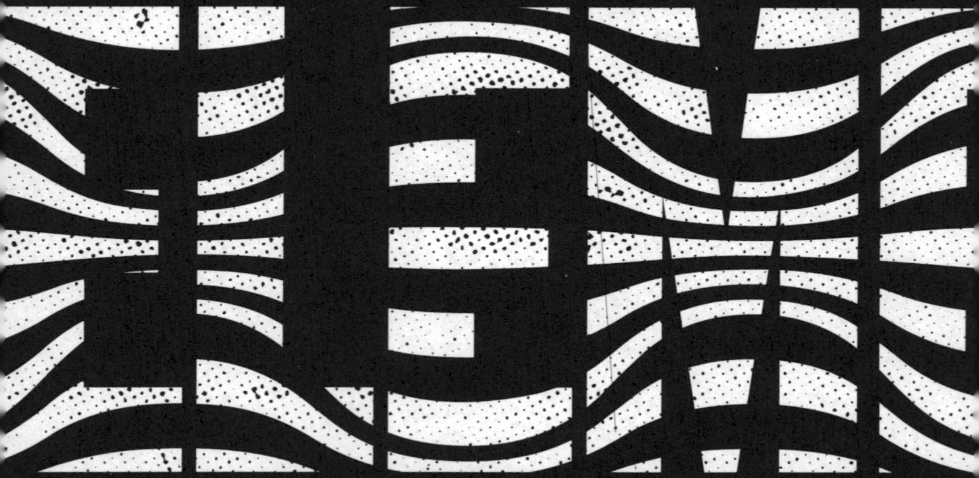
LEM

The Elementals by Michael McDowell
First published as a paperback original
by Avon Books in 1981
First Valancourt Books edition 2014

Copyright © 1981 by Michael McDowell
Published by Valancourt Books, Richmond,
Virginia. valancourtbooks.com

This translation published by
arrangement with The Otte Company.

Tradução para a língua portuguesa
© Eduardo Alves, 2021

Diretor Editorial
Christiano Menezes

Diretor Comercial
Chico de Assis

Gerente Comercial
Giselle Leitão

Gerente de Marketing Digital
Mike Ribera

Gerentes Editoriais
Bruno Dorigatti
Marcia Heloisa

Editores da Coleção
Bruno Dorigatti
Marcia Heloisa

Editor Assistente
Paulo Raviere

Capa e Projeto Gráfico
Retina 78

Coordenador de Arte
Arthur Moraes

Coordenador de Diagramação
Sergio Chaves

Designer Assistente
Guilherme Costa

Finalização
Sandro Tagliamento

Revisão
Lucio Medeiros
Retina Conteúdo

Impressão e acabamento
Coan Gráfica

DADOS INTERNACIONAIS DE CATALOGAÇÃO NA PUBLICAÇÃO (CIP)
Jéssica de Oliveira Molinari — CRB-8/9852

McDowell, Michael
　Elementais / Michael McDowell ; tradução de Eduardo
Alves. — Rio de Janeiro : DarkSide Books, 2021.
　320 p.

ISBN 978-65-5598-138-4
Título original: The Elementals

1. Ficção norte-americana 2. Casas mal-assombradas
3. Horror I. Título II. Alves, Eduardo

21-3943　　　　　　　　　　　　　　　　　　CDD 813

Índices para catálogo sistemático:
1. Ficção norte-americana

[2021]
Todos os direitos desta edição reservados à
DarkSide® *Entretenimento LTDA.*
Rua General Roca, 935/504 — Tijuca
20521-071 — Rio de Janeiro — RJ — Brasil
www.darksidebooks.com

DARK HOUSE

ELEMENTAIS
MICHAEL MCDOWELL

TRADUÇÃO
EDUARDO ALVES

D~~ARKSID~~E

Para nos levar mais fundo na escuridão e
fazer com que nos percamos por completo
nesse labirinto de Erros [...] o Diabo faz o
homem a acreditar que aparições, e seres
semelhantes que confirmam sua existência,
são ilusões de ótica ou melancólica
privação das faculdades mentais.

Sir Thomas Browne
Pseudodoxia Epidemica

*Em memória de James
e Mildred Mulkey*

DARK HOUSE

APRESENTAÇÃO
DARKSIDE

Nem toda a exuberância do reino de Oz pôde inculcar em Dorothy sonhos de permanência. Enquanto seus parceiros de jornada almejavam graças imponentes como cérebro, coração e coragem, ela só queria voltar para casa. Afinal, o que é o lar senão a concentração dos três — nossa expressão mais íntima de mente, emoção e destemor? A casa é o referencial que nos orienta, o colo que nos aquece e a oficina dos nossos anseios de futuro. Entre as paredes de dentro e os perigos lá fora, a casa é o escudo que salvaguarda nossa percepção de segurança. Mas nenhum espaço íntimo é impermeável às ameaças — internas e externas.

O que acontece quando a casa é invadida, quando perdemos sua parca garantia de inviolabilidade? É a partir dessa premissa que surge um dos subgêneros mais fascinantes e populares do horror: as narrativas de casas assombradas. Esses pesadelos domésticos denunciam a fragilidade do que queremos e imaginamos fortaleza e expõem a nossa impotência perante os mistérios que esgarçam os contornos da razão. A casa assombrada, enquanto atestado de santuário em ruínas, trai nosso ideal de proteção e fragiliza a nossa fé na sacralidade do lar.

Construídas em terrenos que preservam em suas entranhas um passado violento, as casas malignas do horror se erguem em um solo encharcado de sangue. Se tomarmos o fantasma como a figuração de tudo que não quer — ou não pode — morrer, detectamos em cada vulto ameaçador vestígios de acontecimentos traumáticos. Nas narrativas norte-americanas, desassossegos pessoais se mesclam aos traumas históricos. A animosidade persecutória dos colonizadores, o extermínio dos povos nativos, as atrocidades da escravidão e as marcas de incontáveis guerras, só para citar alguns exemplos, estão entre as assombrações que povoam o horror real e ficcional do país. Não é por acaso que a explicação para casas amaldiçoadas responsabilize cemitérios indígenas, escravizados em desforra ou mulheres acusadas de bruxaria na Salem do século XVII.

Culpar as vítimas — ou transformá-las em monstros — é parte da incapacidade do país de encarar a sua sombra. Projetada na parede desses lares precariamente sólidos, a sombra acaba por tomar a casa inteira. E é assim que surge uma das grandes contribuições da ficção norte-americana às narrativas de assombração: a casa senciente.

Para além da invasão domiciliar de espíritos e entidades malignas, algumas histórias de fantasmas concentram a monstruosidade na própria casa, transformando-a em ameaça ainda mais inescapável. Dotada de torpeza endêmica, a casa senciente combina medo, paranoia, culpa cristã e a crença de que o Diabo está sempre a um deslize de distância. Impondo-se como árbitro de juízo moral, a casa monstruosa testa seus habitantes e, com frequência, os condena. Enquanto organismo voraz, ela precisa se alimentar da energia vital dos moradores. Mas no embate com a casa, aqueles que a habitam possuem uma grande vantagem: a capacidade humana de mudança, reconstrução, recomeço. Às vezes, a melhor maneira de se vencer uma casa, é saindo dela. Presa em sua pétrea imobilidade, só resta à casa invejar as pernas que nos fazem artífices de novos passos.

Embora tais narrativas não sejam exclusividade dos Estados Unidos, o país concentra exemplos notáveis de casas ficcionais povoadas por espectros. Há três séculos, da casa de Usher de Edgar Allan Poe às franquias cinematográficas *Atividade*

Paranormal e *Invocação do Mal*, os lares amaldiçoados da literatura norte-americana nos abrem suas portas e, a despeito das ameaças monstruosas que neles habitam, cruzamos a soleira e mergulhamos em suas noites eternas. É com muito orgulho que a Caveira convida os *darksiders* para uma temporada em casas diabolicamente perversas, descritas com chocante minúcia em três clássicos do gênero: *Amityville, Hell House: A Casa do Inferno* e *Elementais*. **Dark House**, a nova coleção da DarkSide® Books, foi arquitetada para celebrar histórias de horror que são verdadeiros bens culturais tombados pelo patrimônio histórico do medo.

Nestes tempos pandêmicos, a casa mais do que nunca nos é percebida como espaço de proteção. Mas em nosso prolongado confinamento, também descobrimos o quão assombrados podem ser os nossos lares. Os fantasmas nos machucam com lembranças que nos fragilizam, seja pela nostalgia de dias mais doces ou o ressentimento de amargas perdas. Entidades trazem sonhos perturbados por uma realidade abundante em pesadelos. E, em cada canto de nossas dúvidas, pululam os demônios de um futuro em neblina. Mas se tem algo que podemos aprender com as narrativas de casas assombradas, é que mais do que donos de um espaço físico, somos proprietários de nossas escolhas. Mesmo cercados pelo medo, podemos escolher criar, pulsar, encher nossos dias de ímpeto, inspirar nossas noites com paixão, construir rotas de fuga, saídas, novos caminhos.

Que venham então os fantasmas. Eles nada podem contra nós. São seres que anseiam pelo cérebro, o coração e a coragem da esperança contumaz que nos habita. No fim, o que importa não é a casa que temos. Nosso maior bem há de ser sempre a casa que somos — sobretudo uns para os outros.

Os editores
Halloween, 2021

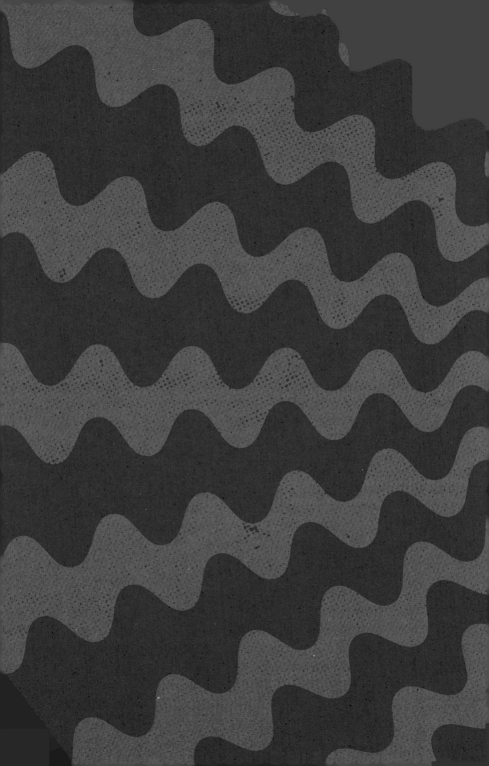

ELEMENTAIS
MICHAEL MCDOWELL

PRÓLOGO

No meio de uma desolada tarde de quarta-feira, nos derradeiros dias escaldantes de maio, um punhado de enlutados se reuniu na igreja de São Judas Tadeu em Mobile, Alabama. O ar-condicionado no pequeno santuário às vezes abafava os ruídos do tráfego no cruzamento do lado de fora, mas nem sempre, e a buzina estridente dos automóveis se erguia acima da música do órgão como um interlúdio mutilado. O espaço era escuro, úmido e frio, e fedia a flores refrigeradas. Duas dúzias de arranjos enormes e muito caros foram montados em linhas convergentes atrás do altar. Uma imensa manta de rosas prateadas repousava drapeada sobre o caixão azul-claro e havia pétalas espalhadas pelo interior de cetim branco. No caixão, o corpo de uma mulher em torno dos 55 anos, de feições angulares e firmes; as linhas que corriam dos cantos da boca até o maxilar eram profundas. Marian Savage não morrera satisfeita.

Em um banco à esquerda do caixão sentava-se Dauphin Savage, o único filho da falecida. Usava um terno azul-escuro da última estação que lhe caía bem, com uma faixa de seda preta amarrada no braço, parecendo um torniquete. À direita, em vestido e véu pretos, sua esposa Leigh. Ela levantou o queixo para vislumbrar o perfil da sogra no caixão azul. Dauphin e Leigh herdariam quase tudo.

Big Barbara McCray, mãe de Leigh e melhor amiga da falecida, estava sentada no banco logo atrás e chorava copiosamente. Seu vestido preto de seda guinchava contra o banco de carvalho polido conforme se contorcia de pesar. A seu lado, revirando os olhos, exasperado com o chilique da mãe, estava Luker McCray. A opinião dele a respeito da falecida era que nunca a vira melhor do que agora, no caixão. Ao lado de Luker, sua filha India, de 13 anos, que não conhecera Marian em vida. A menina focava a atenção nas tapeçarias ornamentais da igreja, atenta para reproduzi-las com bordado em ponto-cruz.

Do outro lado da nave central sentava-se a única filha da falecida, uma freira. A irmã Mary-Scot não chorava, mas de tempos em tempos os outros ouviam o fraco estalido das contas de seu rosário contra o banco de madeira. Sentada muitos bancos atrás da freira estava Odessa Red, negra, magra e austera, que por três décadas estivera a serviço da morta. Usava um minúsculo chapéu de veludo azul com uma única pena tingida de nanquim.

Antes do início do funeral, Big Barbara McCray cutucara a filha e exigira saber por que não havia programas impressos do funeral. Leigh deu de ombros: "Dauphin quis assim. Menos problema pra todo mundo, daí eu não disse nada".

"Não chamaram ninguém!", exclamou Big Barbara.

"Dauphin tá fazendo até quem carrega o caixão esperar", comentou Leigh.

"Mas você sabe *por quê*?", exigiu a mãe.

"Não, senhora", respondeu Leigh, ignorante e desinteressada. "Por que não pergunta pro Dauphin, mãe? Ele tá bem aí, ouvindo cada palavra que você diz pra mim."

"Pensei que soubesse, querida. Não queria incomodar o Dauphin no luto dele."

"Barbara, cala a boca", pediu seu filho, Luker. "Você sabe bem por que isto é um funeral particular."

"Por quê?"

"Porque só a gente em Mobile que viria. Não tem por que fazer propaganda do circo quando todo mundo odeia o palhaço."

"Marian Savage era minha melhor amiga", protestou Big Barbara.

Luker McCray deu uma risada curta e cutucou a filha nas costelas. Ela olhou para cima e sorriu na direção do pai.

Dauphin Savage, que não prestava muita atenção àquela conversa, se virou sem rancor: "Pessoal, por favor, silêncio; o padre chegou".

Todos se ajoelharam para receber a bênção rápida do padre, e em seguida se ergueram para cantar o hino "Abide With Me". Entre a segunda e terceira estrofes, Big Barbara McCray exclamou em voz alta: "Este era o preferido dela!", virando-se para Odessa do outro lado da nave, que confirmou a afirmação com discreto aceno da pena tingida.

Enquanto os outros cantavam o Amém, Big Barbara McCray emendou: "Já tô com saudade!".

O padre leu de forma rápida a homilia dos mortos, porém com expressão solidária. Dauphin Savage levantou-se, andou até a ponta do banco, como se fosse indigno de ter um lugar mais próximo ao caixão, e aludiu a sua mãe nestes termos: "Todos os que tiveram a sorte de conhecer minha mãe de verdade, a amavam muito. Gostaria de poder dizer que ela foi feliz, mas não estaria sendo sincero. Ela nunca foi feliz depois que meu pai morreu. Ela criou Mary-Scot, Darnley e a mim com todo o amor do mundo, apesar de sempre dizer que deveria ter morrido no dia em que papai foi enterrado. Depois, Darnley morreu também. Todos sabem que muitos de seus dias foram difíceis nos últimos anos, com a quimioterapia, que te derruba, todo mundo sabe, e ainda assim você não tem certeza se vai funcionar. É claro que estamos desolados com sua morte, mas não por ela ter parado de sofrer".

Dauphin respirou fundo e olhou para Marian Savage no caixão. Voltou a se virar e, com voz mais triste e suave, prosseguiu: "O vestido dela hoje é o mesmo do dia que me casei com

Leigh. Era o vestido mais bonito que já teve — foi ela quem disse. Quando o tirou depois da recepção, ela o pendurou e disse que iria guardá-lo pra *isto*. Ela ficaria muito feliz ao ver todas as flores, ao ver o quanto as pessoas gostavam dela. Desde que morreu, as pessoas ligaram lá pra casa pra perguntar se deviam mandar flores ou doar dinheiro pra pesquisa contra o câncer, e Leigh e eu, ou fosse lá quem atendia, falava: 'Ah, manda flores, mamãe não ligava muito pra caridade, mas dizia que quando morresse, esperava que houvesse uma igreja cheia de flores. Ela queria que o aroma chegasse no céu!'".

Big Barbara McCray meneou a cabeça com vigor e falou alto: "Bem a cara da Marian. Típico!".

Dauphin seguiu: "Antes de ir na funerária, eu estava abatido pensando em minha mamãe morta. Mas fui lá ontem, vi seu corpo e agora tô bem. Ela parece tão feliz! Parece tão natural! Olho pra ela e penso que ela vai levantar no caixão e ralhar comigo!". Dauphin se virou na direção do caixão e sorriu com ternura para a mãe morta.

Big Barbara agarrou a filha pelo ombro: "Você ajudou com a elegia, Leigh?".

"Cala a boca, Barbara", mandou Luker.

"Mary-Scot", disse Dauphin, olhando na direção da freira, "você quer dizer algumas palavras sobre a mamãe?"

A irmã Mary-Scot fez que não com a cabeça.

"Pobrezinha!", sussurrou Big Barbara. "Aposto que tá arrasada em seu luto."

Houve uma pausa incômoda no andamento do funeral. O padre olhou para Dauphin, que ainda estava junto à ponta do banco. Dauphin olhava na direção da irmã, que apenas remexia no rosário. O organista espiou sobre a balaustrada acima deles, como se esperasse uma deixa.

"É por *isso* que precisa de um programa impresso", sussurrou Big Barbara para o filho, lançando um olhar de reprovação. "Quando não tem, ninguém sabe o que tem que fazer. E eu teria o que colocar no meu álbum de recortes."

A irmã Mary-Scot se levantou de repente.

"Ela vai falar, afinal de contas?", perguntou Big Barbara com voz esperançosa que todos ouviram.

A irmã Mary-Scot não falou, mas ter se levantado foi evidentemente um sinal. O organista fez soar com o pé acordes dissonantes de alguns pedais, saiu tropeçando de sua galeria e desapareceu pela portinha lateral.

Depois de acenar com a cabeça para Dauphin e a irmã Mary-Scot em um gesto sombrio de conluio, o padre de súbito deu meia-volta e saiu. Seus passos ecoaram os do organista para fora do santuário.

Foi como se os dois tivessem decidido, de repente, por uma razão específica e incontornável, abandonar a cerimônia antes do fim. O funeral obviamente não havia se encerrado, pois não houvera o segundo hino, nenhuma bênção, nenhum poslúdio. Os carregadores de caixão ainda aguardavam do lado de fora. Os enlutados foram deixados sozinhos com o corpo.

Em sua imensa perplexidade diante desse procedimento incompreensível, Big Barbara virou-se e falou em voz alta para Odessa, a uns dez metros de distância: "Odessa, *o que* que eles tão fazendo? *Aonde* o padre Nalty foi? *Por que* o rapaz parou de tocar...? Ele recebe um *extra* pra funeral, eu sei que recebe!".

"Dona Barbara...", pediu Odessa de modo polido.

"Barbara", sussurrou Luker, "sossega e cala essa boca."

Ela começou a protestar, e então Dauphin lhe pediu em tom triste e pesaroso: "Big Barbara, por favor...".

Big Barbara, que amava o genro, com muito custo, aquietou-se no banco.

"Por favor, pessoal, rezem por mamãe uns minutinhos", pediu Dauphin. Obedientes, os outros curvaram as cabeças.

Pelo canto do olho, India McCray viu a irmã Mary-Scot tirar de baixo do escapulário uma caixa preta, estreita e alongada. Ela a segurou com firmeza diante de si.

India deu um peteleco nas costas da mão do pai com a unha comprida e pintada: "O que é aquilo?", sussurrou.

Luker lançou um olhar para a freira, balançou a cabeça sem saber e murmurou em resposta: "Não sei".

Então, durante alguns segundos, não houve movimento no santuário. O ar-condicionado começou a funcionar de repente, abafando o som do tráfego do lado de fora. Ninguém rezou. Dauphin e Mary-Scot, envergonhados e evidentemente desconfortáveis, permaneceram se encarando através da nave central. Leigh se deslocara alguns centímetros ao longo do banco e virara de lado. Com o cotovelo apoiado no encosto do banco, manteve o véu erguido para poder trocar olhares perplexos com a mãe. Luker e a filha agarraram a mão um do outro para comunicar seu espanto. Odessa tinha o olhar fixo adiante, como se não fosse esperado que demonstrasse surpresa diante de *qualquer coisa* que acontecesse no funeral de uma mulher tão desprezível quanto Marian Savage.

Dauphin suspirou alto e acenou com a cabeça para a irmã. Devagar, andaram na direção do altar e se posicionaram atrás do caixão. Não olharam para a mãe morta, em vez disso olhavam sombriamente à frente. Dauphin pegou a estreita caixa preta com a freira, a destravou e levantou a tampa. Todos os McCray esticaram o pescoço, mas não conseguiram ver o conteúdo. Nos rostos do irmão e da irmã havia algo ao mesmo tempo tão aterrorizante e tão solene que até mesmo Big Barbara se absteve de falar.

De dentro da caixa, a irmã Mary-Scot retirou uma faca reluzente de lâmina fina e pontiaguda de aproximadamente vinte centímetros de comprimento. Juntos, Dauphin e a irmã Mary-Scot seguraram a adaga pelo cabo polido. Duas vezes a passaram acima do espaço aberto do caixão e então viraram a ponta para baixo na direção ao coração sem vida da mãe.

O assombro de Big Barbara foi tão grande que ela precisou se levantar; Leigh agarrou o braço da mãe e também ficou de pé. Luker e India seguiram o exemplo, assim como Odessa do outro lado da nave. Em pé, os enlutados conseguiam ver o interior do caixão. Havia entre eles uma sensação de que, caso fosse possível, Marian Savage se sentaria em protesto diante daquele procedimento extraordinário.

A irmã Mary-Scot soltou o cabo da faca. Suas mãos tremiam no espaço acima do caixão, os lábios se moviam em prece. Seus olhos arregalaram conforme levava as mãos para dentro do caixão e afastava as roupas mortuárias de linho. A pele sem maquiagem de Marian Savage estava distintamente amarelada; a irmã Mary-Scot afastou uma prótese e revelou as cicatrizes da mastectomia. Puxando o ar em uma inspiração profunda, Dauphin ergueu a faca para o alto.

"Meu Deus, Dauphin!", exclamou a irmã Mary-Scot, "vai logo duma vez!"

Dauphin pressionou a lâmina, que penetrou dois centímetros no peito encovado do cadáver. Assim ele a manteve por alguns trêmulos segundos.

Ele removeu a faca devagar, como se temesse causar dor a Marian Savage. A lâmina emergiu coberta com a mistura de líquidos coagulados do corpo não embalsamado. Estremecendo mais uma vez ante a sensação de realmente tocar o cadáver, colocou a faca nas mãos frias e rígidas da mãe.

A irmã Mary-Scot lançou longe a caixa preta vazia, que retiniu no chão de madeira polida. Depressa, juntou as roupas mortuárias e, sem cerimônia, deixou cair a tampa do caixão por cima do corpo mutilado da mãe. Em seguida bateu com firmeza três vezes na tampa. O som foi incomodamente oco.

O padre e o organista reapareceram na portinha lateral. Dauphin e Mary-Scot dispararam juntos até os fundos da igreja e puxaram as grandes portas de madeira para permitir a entrada dos carregadores. Os seis homens avançaram depressa pela nave, ergueram o caixão nos ombros e, acompanhados de um trovejante poslúdio, o carregaram para o sol escaldante e o calor sufocante daquela tarde de quarta-feira em maio.

PARTE I

AS MÃES SAVAGE

ELEMENTAIS
MICHAEL MCDOWELL

1

A casa em que Dauphin e Leigh Savage moravam fora construída em 1906; era grande e confortável, com cômodos amplos e belos adornos na lareira, nos tetos de gesso, nas molduras e nos vitrais. Das janelas do segundo andar era possível ver os fundos da enorme mansão Savage na Government Boulevard. A casa de Dauphin era a residência secundária dos Savage, reservada para os filhos mais novos e suas esposas. Patriarcas, filhos mais velhos e viúvas ficavam com a chamada Casa Grande. Marian Savage desejava que os recém-casados Dauphin e Leigh lhe fizessem companhia na Casa Grande, enquanto não tivessem filhos, pois ela não nutria nenhum afeto por bebês ou crianças pequenas. Contudo Leigh recusou a oferta com delicadeza. A nora de Marian Savage disse que preferia se instalar em seu próprio lar, e destacou que o ar-condicionado na Casa Pequena era muito mais eficiente.

E, apesar do calor daquela tarde de quarta-feira, quando a temperatura no cemitério estivera acima dos 37°C, a varanda envidraçada nos fundos da casa de Dauphin e Leigh estava quase incomodamente gelada. Os fortes raios solares que triunfavam na frente da casa eram ali filtrados através dos dois enormes carvalhos que separavam o quintal dos fundos da Casa Pequena dos extensos terrenos da mansão. No aposento espaçoso, repleto de pesados móveis estofados em chita, Big Barbara tirou os sapatos e as meias. O piso de terracota estava gelado sob seus pés e seu uísque tinha muito gelo.

Nesse momento, estavam na casa apenas Luker, Big Barbara e India. As duas empregadas de Leigh tiraram o dia de folga em deferência à falecida. Big Barbara estava sentada em uma ponta do grande sofá macio, folheando um catálogo da Hammacher-Schlemmer, marcando páginas para Leigh examinar com mais atenção. Luker, que tinha tirado os sapatos, esticava-se no sofá com os pés no colo da mãe. India sentava-se à mesa, longa e de cavaletes, atrás do sofá, transferindo para papel milimetrado os padrões memorizados na igreja.

"A casa parece vazia", comentou Luker.

"É porque não tem ninguém", disse a mãe. "Casas sempre parecem vazias depois dum funeral."

"Onde tá o Dauphin?"

"Dauphin foi levar Mary-Scot de volta a Pensacola. Acho que volta até a hora do jantar. Leigh e Odessa tão cuidando das coisas na igreja. Luker, escuta só..."

"Quê?"

"*Nenhum* de vocês invente de morrer, porque não quero nem *começar* a falar a dor de cabeça que é organizar um funeral!"

Luker não respondeu.

"Big Barbara?", chamou India, enquanto a avó jogava o último cubo de gelo na boca.

"Que foi, minha filha?"

"Eles sempre fazem aquilo em funerais por aqui?"

"Fazem o quê?", perguntou Big Barbara apreensiva, mas sem se virar.

"Dão facadas nos mortos."

"Tava *torcendo* pra que você não tivesse visto isso", respondeu Big Barbara. "Mas te garanto, minha filha, que *não é* normal. Na verdade, eu *nunca* tinha visto antes. E sinto muito que você tenha visto."

"Não me incomodou." India deu de ombros. "Ela já tava morta, né?"

"Sim", falou Big Barbara, lançando um olhar para o filho, esperando que ele interrompesse aquela conversa infeliz. Os olhos de Luker estavam fechados e Big Barbara sabia que só estava fingindo dormir. "Mas você é muito nova pra saber desse tipo de coisa. Eu fui no meu primeiro casamento quando tinha 9 anos, mas não me deixaram ir num funeral até os quinze... e isso foi depois do furacão Delia, quando metade das pessoas que eu conhecia foi jogada quarenta quilômetros pra cima e palitos de dentes conseguiam atravessar postes telefônicos. Teve muito funeral naquele mês, vou te falar!"

"Já vi gente morta antes", disse India. "Um dia eu tava indo pra escola e tinha um morto na soleira de uma porta. Minha amiga e eu, a gente cutucou ele com um pedaço de pau. A gente mexeu no pé dele e depois saiu correndo. Aí, outro dia, eu tava com o Luker comendo *dim sum* em Chinatown..."

"Vocês tavam comendo *o quê?* É tipo miúdo?"

"A gente tava almoçando em Chinatown", disse India com mais simplicidade, "e quando a gente saiu do restaurante duas garotinhas chinesas foram atropeladas por um caminhão pipa. Foi tenso, a gente viu o cérebro delas e tal. Depois disso, eu disse pro Luker que nunca mais ia comer cérebro de novo, e não comi mesmo."

"Que horror!", exclamou Big Barbara. "As pobrezinhas... eram *gêmeas*, India?"

India não sabia.

"Que história horrível!", insistiu Big Barbara, tirando os pés de Luker de seu colo. "É bem o tipo de coisa que acontece em Nova York. Agora que já se divorciou, não sei por que ainda mora lá."

"Eu amo Nova York", disse Luker sem abrir os olhos.

"Eu também", comentou India.

"Quando você se separou... *daquela lá*, você deveria ter voltado pra casa."

"Eu odeio o Alabama", disse Luker.

India não se manifestou.

"Luker", falou Big Barbara, indo para seu assunto preferido, "o dia mais feliz da minha vida foi aquele que você me ligou e disse que ia se separar. Eu disse pra Lawton, 'Lawton', disse, 'Eu...'"

"Não começa", alertou Luker, "todo mundo aqui já sabe o que você acha... *daquela lá*."

"Então levanta e pega mais um uisquinho pra mim. O luto *sempre* — desde que eu era pequena, hein — o luto sempre seca minha garganta."

Luker se levantou devagar: "Barbara, não são nem quatro da tarde. Você virou o primeiro copo...".

"Eu só queria chegar no gelo, de tanta sede que eu tava. Aquele cemitério devia ter bebedouro; não sei por que não tem. As pessoas têm sede em enterros assim como têm sede em qualquer lugar."

Luker gritou da cozinha: "Você é uma manguaceira, Barbara, e já tá na hora de dar um jeito nisso!".

"Você falou com seu pai, né?!", berrou Barbara e se virou para India. "Você trata ele tão mal quanto ele me trata?"

India afastou o lápis vermelho do papel milimetrado: "Sim".

"Então você é uma peste!", exclamou Big Barbara. "Não sei por que desperdiço meu amor com vocês!"

Luker trouxe a bebida para a mãe: "Tá fraquinho. Só tem gelo e água. Não quero você de porre antes do sol se pôr".

"Minha melhor amiga morreu", retrucou Big Barbara. "Tô brindando à memória dela."

"Foi só o que sobrou, é verdade", disse Luker em voz baixa. Após falar isso, jogou-se no sofá e descansou os pés no colo da mãe novamente: "Deixa eles retos!", mandou Big Barbara, "pra eu apoiar o catálogo."

Houve silêncio por alguns minutos. India continuou seu trabalho meticuloso com um punhado de lápis de cor; Luker aparentemente adormeceu; Big Barbara bebericava do copo e virava as páginas do catálogo apoiado sobre os pés de Luker: "Deus do céu!", exclamou Big Barbara para Luker e socou os joelhos dele. "Você viu isto, Luker?"

"Vi o quê?", murmurou sem curiosidade.

"Tem uma máquina de sorvete que custa 700 dólares. E nem usa sal de rocha. Aposto que nem usa leite e creme. Por esse tanto de dinheiro é só ligar e quatro minutos depois você tem quase dois litros de sorvete de cereja-pêssego-baunilha."

"Tô surpreso que Leigh não tenha uma, então."

"Ela tem!", disse Big Barbara, "mas eu não tinha *ideia* de que custava 700 dólares! Por 700 mangos você pode dar entrada em um trailer!"

"Trailers são de mau-gosto, Barbara. A máquina de sorvete dá pra esconder no armário. Além disso, Dauphin tem todo o dinheiro do mundo. E agora que Marian Savage fez o favor de bater as botas, ele vai ter ainda mais. Eles vão mudar pra Casa Grande?"

"Não sei, ainda não decidiram. Não vão decidir até a gente voltar de Beldame."

"Barbara", falou Luker, "de quem foi a ideia de todo mundo ir pra Beldame? Quer dizer, Marian Savage morreu em Beldame. Você acha que vai fazer bem pro Dauphin ficar onde a mãe morreu uns três dias atrás?"

Big Barbara deu de ombros: "Você não acha que *eu* ia sugerir uma coisa dessas, né? Nem a Leigh; foi ideia do Dauphin... Dauphin e Odessa. Odessa tava lá com Marian, claro, quando ela tava muito doente, Marian não conseguia atravessar o corredor a não ser que Odessa a carregasse. Mesmo assim, ao que parece, Dauphin e Odessa acham que faria bem pra todo mundo ir para lá e tirar isso da cabeça. Você se lembra que quando Bothwell morreu lá, levou seis meses pra alguém voltar... e o verão daquele ano foi *lindo*!".

"Bothwell era o pai de Dauphin?", perguntou India.

Big Barbara assentiu: "Quantos anos Dauphin tinha quando Bothwell morreu, Luker?".

"Cinco. Seis. Sete", respondeu Luker. "Não lembro. Tinha até esquecido que ele morreu em Beldame também."

"Eu sei", concordou Big Barbara. "Quem ainda pensa no pobre e velho Bothwell? Enfim, não é como se Marian tivesse ficado por lá tanto tempo assim, não é como se todo o seu sofrimento tivesse acontecido em Beldame. Ela e Odessa não ficaram lá mais do que um dia e meio antes de Marian morrer. Foi muito estranho. Ela ficou na Casa Grande por quase dois anos, mal arredando o pé daquele quarto, dormindo o dia inteiro e acordada a noite toda, reclamando. Então, de repente, ela se levanta e decide que vai pra Beldame. Dauphin tentou convencer ela. *Eu* tentei convencer, mas quando Marian enfia uma coisa na cabeça, não tem jeito. Daí ela se levantou e foi pra Beldame. Dauphin quis ir junto, mas Marian não deixou. Nem deixou levar ela de carro. Johnny Red levou Odessa e ela. E ficaram lá pouco mais de 24 horas até um policial bater na porta pra contar pro Dauphin que Marian tinha morrido. Foi simplesmente terrível."

"Do que ela morreu?", perguntou India.

"Câncer", respondeu Big Barbara. "Devorou ela. Foi muito estranho ela aguentar dois anos aqui e morrer tão de repente, assim que chegou em Beldame."

"Odessa tava junto quando ela morreu?", perguntou Luker.

Big Barbara negou com a cabeça: "Odessa tava limpando o andar de cima ou algo assim, e Marian teve um derrame na varanda. Quando Odessa desceu, o banco do balanço ainda tava mexendo, mas Marian tava morta no assoalho. Odessa a arrastou pra dentro e a colocou na rede, e então andou até Gasque e ligou pra polícia rodoviária. Ela tentou ligar para Dauphin, mas ninguém atendeu. Escuta, Luker", disse Big Barbara em voz mais baixa, "India me fez pensar: você já conseguiu entender o que foi todo aquele negócio da faca?"

Luker tinha se virado para que o rosto ficasse enterrado entre a almofada e o encosto do sofá. Big Barbara o virou para a frente: "Sim, entendi", respondeu.

"E aí?"

"Dauphin e Mary-Scot se arrependeram de não terem enfiado uma faca nela quando ela tava viva e aquela era a última chance."

No canto do cômodo, em uma gaiola suspensa a quase dois metros do chão, havia um grande papagaio vermelho. Ele gritou.

Big Barbara apontou: "Viu? Nails entende tudo. Marian amava esse pássaro, não se atreva a dizer nada de maldoso sobre Marian na frente de Nails! Ele não gosta."

"O que essa coisa tá fazendo aqui mesmo?"

"Bom, não dava pra apenas deixar o bicho na Casa Grande, ele ia definhar em três horas sem Marian por perto."

"Deviam é enterrar ele junto com a dona."

"Achava que papagaios falassem", comentou India.

Nails enfiou o bico entre as barras da gaiola e gritou de novo.

"Esse daí tá fazendo uma imitação perfeita de Marian Savage agora", falou Luker.

"Luker", ralhou Big Barbara, agarrando um punhado dos dedos dos pés dele e torcendo, "não entendo por que você fica falando tão mal da minha melhor amiga."

"Porque ela foi a megera mais escrota que já caminhou por Mobile."

"Eu *gostaria* que não usasse esse tipo de linguagem na frente duma menina de 13 anos."

"Ela não tá me vendo", disse Luker, invisível para India de onde estava, "e não sabe quem falou."

"Sei, sim", disse India, mas então acrescentou para a avó: "Ele já disse coisas piores. E eu também".

"Acredito", suspirou Big Barbara.

"Barbara, você sabe como aquela mulher era desprezível", disse Luker. "Coitado do Dauphin, que era tratado que nem lixo quando Mary-Scot tava perto. E aí quando Mary-Scot foi pro convento, ele passou a ser tratado que nem merda."

"Shhh!"

"Bom, você sabe que é verdade." Luker deu de ombros. "E as coisas nessa família são assim há duzentos anos. Todos os homens são gentis e de bom-coração, e as mulheres andam por aí de cara fechada."

"Mas são boas esposas", protestou Big Barbara. "Marian foi uma boa esposa pra Bothwell durante toda a vida. Ela fez ele feliz."

"Claro, e ele curtia ser pregado na parede e apanhar com corrente de bicicleta."

"*Você* curte", disse India para o pai. Big Barbara virou a cabeça, aturdida.

"India tá mentindo na cara dura", falou Luker despreocupado. "Ela não sabe nada da minha vida sexual. Ela só tem 13 anos", disse, levantando-se para poder sorrir para a filha. "Ela nem sabe o que é trepar."

"*Luker!*"

"Oh, Barbara, presta atenção, já que tô com os pés no seu colo, por que não me faz uma massagem? O sapato tava apertado."

Big Barbara retirou as meias do filho e começou a lhe massagear os pés.

"Bom", disse Luker, "vamos admitir que as mulheres Savage são boas esposas, mas o fato é que como mães elas são um desastre."

"Não são, não!"

"Barbara, você não sabe o que tá falando. Por que quer defender uma mulher morta?"

"Marian Savage..."

"*As mães Savage devoram os filhos!*", berrou Luker, e o papagaio gritou outra vez.

ELEMENTAIS
MICHAEL MCDOWELL

2

Big Barbara, Luker e India permaneceram na varanda envidraçada por mais uma hora, esperando Leigh voltar. Luker dormiu com os pés no colo da mãe e virou-se incomodado apenas quando o papagaio Nails gritou. India, enquanto trabalhava com bordado de linhas verdes e roxas em uma camisa de trabalho azul, entregou à avó uma pilha de catálogos para que fossem examinados. O sol continuava resplandecente e esverdeado através da folhagem dos carvalhos nos fundos da casa. Um quadrado de vitral chumbado oscilava diante de uma das janelas, e, de tempos em tempos, o sol, atravessando por um momento a folhagem agitada, perfurava aquele quadrado de vidro e pintava o rosto de India de dourado, azul e vermelho.

Enfim Leigh chegou: ouviram o ruído dos cascalhos que forravam a entrada para veículos, depois as portas do carro baterem e, por fim, a porta da lavanderia no andar de baixo abrir.

"Tinha tanta coisa assim pra fazer?", perguntou Big Barbara à filha, que entrou pela cozinha. "Você ficou fora um tempão."

"Levanta, Luker!", mandou Leigh. "Fiquei em pé o dia todo." Luker levantou-se cansado e cambaleante do sofá. Leigh arrancou os sapatos e pegou o lugar dele. Ela desprendeu o véu e o largou na mesinha de centro. "Mamãe, aposto que você massageou o pé dele a tarde toda. Agora é a minha vez."

"É pra tirar ou pra deixar as meias?"

"Deixa. Não tenho forças pra tirar agora."

"Você trouxe Odessa de volta?", perguntou Luker, agora sentado à mesa, examinando o trabalho da filha no papel milimetrado.

"Tô aqui", anunciou Odessa da porta da cozinha.

"Foi por isso que a gente demorou", explicou Leigh. "A gente foi pra igreja, resolveu tudo... apesar de que com só sete convidados e um caixão, não tem muita coisa pra fazer."

"O que você fez com as flores?"

"Levei pra igreja da Odessa. Um senhor morreu lá na noite passada, a família não tem nada, então a gente levou as flores e colocou na igreja. Convidaram a gente pro funeral, mas eu disse não, quero dizer, achei melhor não, um funeral por semana já chega."

"Precisam dalguma coisa?", perguntou Odessa.

"Chá gelado", pediu Leigh, "por favor, Odessa."

"Uísque com muito gelo", disse Big Barbara.

"É melhor deixar comigo", disse Luker para Odessa. "Acho que vou correr atrás do prejuízo. Quer alguma coisa, India?"

India, que não aprovava a ideia de ter empregadas de família, tinha recusado a oferta de Odessa; mas para o pai disse: "Se tiver, um pouco de xerez...".

"Dauphin tem Punt e Mes", disse Luker.

"Oh, ótimo! Com gelo."

Big Barbara virou o corpo: "Luker, essa criança *bebe!*?".

"Começou depois que a gente fez ela largar a anfetamina", disse Luker e piscou para Odessa.

"Você é muito *nova* pra beber!", exclamou Big Barbara para a neta.

"Não sou, não", retrucou India com calma.

"Bom, você não vai beber na minha frente!"

"Então vira pra lá."

"Vou virar", devolveu Big Barbara, e assim o fez. Se dirigindo a Leigh. "Você sabia que essa criança vê gente morta o tempo todo em Nova York, *na rua*. Gente morta na rua, já pensou uma coisa dessas? Gente morrendo onde você pode ver e pode cutucar com um pedaço de pau!"

"India é muito mais madura do que eu com essa idade, mãe", disse Leigh. "Não precisa se preocupar."

"Luker deve ser um pai terrível, se quer saber minha opinião. Ele é a pessoa mais gente ruim do mundo, pode perguntar pra quem quiser."

"É por isso que você ama ele mais do que eu?", perguntou Leigh.

Big Barbara não respondeu, mas India riu: "Luker não é ruim", comentou.

Luker apareceu com uma bandeja de bebidas. Ele foi até India primeiro: "Barbara, olha" chamou a mãe, "veja como criei ela direitinho. Como é que se fala, India?". India levantou-se da mesa, emulou um gesto de agradecimento e disse com voz afetada: "Muito obrigada, pai, por trazer-me o copo de Punt e Mes com gelo". India voltou a sentar-se, porém Big Barbara não estava convencida: "Ela tem bons modos, mas e moral, hum?".

"Ah", exclamou Luker, jovial, "a gente, ela e eu, não tem moral. A gente se vira com um ou dois princípios."

"Bem o que pensei", disse Big Barbara. "Isso não vai dar certo."

India se voltou para a avó: "Somos diferentes de você", arrematou.

Big Barbara balançou a cabeça.

"Já ouviu verdade maior, Leigh?"

"Não", respondeu Leigh, enquanto derramava por acidente metade do seu chá gelado na frente do vestido preto. Balançando a cabeça por ser tão desastrada, levantou-se e foi se trocar. Ao retornar, alguns minutos depois, Luker tinha roubado seu lugar no sofá; ao vê-la, fez uma oferta insincera de ceder o assento.

"Bom, gente", disse Leigh, sentando-se em uma cadeira diante de todos, "vocês tão se coçando pra saber do lance da faca, né?"

"Não me diga que você sabe!", exclamou Big Barbara.

"Odessa me contou na volta da igreja."

"Por que Odessa sabia e você não?", perguntou Luker.

"Porque é um segredo da família Savage, por isso, e não existe nada dos Savage que Odessa não saiba."

"Marian Savage me contava *tudo*", disse Big Barbara, "mas nunca falou nada de enfiar faca em gente morta. Eu ia me lembrar disso."

"Fala logo", exigiu Luker, impaciente, apesar da postura lânguida. A luz no cômodo agora estava completamente verde.

"Pega um trago pra mim, Luker, que vou contar o que Odessa me disse. E depois que souberem, ninguém vai sequer mencionar isso pro Dauphin, entenderam? Ele não gostou de ter que fazer aquilo, não queria enfiar a faca no peito de Marian."

"Era só me pedir!", ironizou Luker.

Nails gritou na gaiola.

"Como eu detesto esse pássaro", comentou Leigh, exausta.

Luker levantou-se para buscar a bebida e, quando voltou, notou Odessa logo atrás: "Veio ver se ela vai contar direito?", perguntou Luker por cima do ombro e ela assentiu. Com os dedos ossudos correndo para cima e para baixo pelas laterais do copo de chá gelado, Leigh sentou-se na outra ponta da longa mesa onde India se debruçava sobre o papel milimetrado.

Leigh fitou a todos e sua expressão estava séria: "Odessa, você vai me interromper se eu esquecer alguma coisa, né?".

"Sim, senhora, com certeza", respondeu Odessa e selou o acordo com um gole de chá.

"Bom", começou Leigh, "todo mundo sabe há quanto tempo os Savage tão em Mobile..."

"Desde antes de *existir* Mobile", disse Big Barbara. "Eles eram franceses. Os franceses foram os primeiros a chegar aqui, depois dos espanhóis, quero dizer. Eles antes eram os

Sauvage." Esse pequeno discurso foi direcionado a India, que, por cima do bloco de desenho, fez um gesto indicando que tinha entendido.

"Bom, por volta dessa época, uns 250 anos atrás, Mobile era dos franceses, e os Savage já eram muito importantes naquele tempo. O governador de todo o território francês nesta redondeza era um Savage e a filha dele... não sei o nome, você sabe Odessa?"

Odessa fez que não com a cabeça.

"Bom, essa filha morreu dando à luz. O bebê também morreu, e enterram os dois juntos no mausoléu da família. Não é o mesmo do enterro da Marian hoje, era um outro, que já não existe mais. Enfim, no ano seguinte, o marido dessa mulher também morreu, cólera ou coisa assim, e abriram o mausoléu de novo."

Ela fez uma pausa.

"E sabe o que que encontraram?", instigou Odessa de trás.

Ninguém fazia ideia.

"Descobriram que tinham enterrado a garota viva", contou Leigh. "Ela acordou no caixão, tirou a tampa e gritou... gritou... mas ninguém ouviu. Ela feriu as mãos tentando abrir a porta do mausoléu e não conseguiu. Sem nada pra comer... *comeu o bebê morto*. E quando acabou de comer a criança, empilhou os ossos no canto e colocou as roupas do bebê em cima. Então morreu de fome, e foi isso que descobriram quando abriram o mausoléu."

"Isso não ia acontecer se tivessem embalsamado", comentou Big Barbara. "Muitas vezes as pessoas ficam escuras por um segundo na mesa de embalsamamento e isso quer dizer que ainda tinha um pouco de vida, mas depois que o fluído de embalsamamento entra, ninguém acorda. Já vou logo avisando: quando eu morrer, quero que se certifiquem de que vão me embalsamar."

"Ainda não é o fim da história, Barbara!", cortou Luker, repreendendo-a pela interrupção.

"Ora!", exclamou Big Barbara na defensiva, "já é uma história tão horrível, não vejo como pode piorar."

"Bom, quando encontraram a morta no mausoléu e a pequena pilha de ossos, ficaram tão transtornados que acharam que tinham que fazer alguma coisa pra que isso não acontecesse de novo. Então, depois disso, em cada funeral o chefe da família enfia uma faca no coração do cadáver só pra ter certeza que tá morto mesmo. Eles sempre faziam isso no funeral, pra que todo mundo visse o que tinha sido feito e não se preocupasse com o cadáver despertando no mausoléu. Quero dizer, não era uma ideia ruim, já que provavelmente não sabiam nada sobre fluído de embalsamamento."

India tinha erguido o olhar do papel milimetrado e ouvia Leigh com atenção. Contudo, seu lápis se movia sem parar e com determinação no papel, e de vez em quando ela voltava o olhar para o desenho e se surpreendia com a imagem que ia se formando.

"Depois disso, toda pessoa que nasce na família Savage ganha uma faca no dia do batizado, e essa faca permanece com ela pelo resto da vida. E aí, quando a pessoa morre, a faca é enfiada no peito, e depois enterrada no caixão."

"A partir daí virou um ritual", disse Luker. "Mas Dauphin não enfiou a faca até o fim, né? Ele só meio que cortou."

"Isso", concordou Odessa, "mas não é só isso."

"Não acredito que tem mais!", exclamou Big Barbara.

"Em algum momento, antes da Guerra Civil", continuou Leigh, "uma garota se casou com um Savage e teve duas filhas. O terceiro bebê era menino, mas morreu no parto, e a mãe logo depois. Fizeram o funeral com a mãe e o bebê no caixão, exatamente como da primeira vez."

"Não diga que enfiaram a faca no bebê também?", perguntou India. Seu lápis fez pequenas hachuras no papel sem que abaixasse os olhos.

"Pois enfiaram", respondeu Odessa.

"Fizeram isso, sim.", disse Leigh, "O pai enfiou a faca primeiro no filho e aí arrancou ela. Deve ter sido horrível. Daí, com a igreja cheia, o pai, chorando, arrancou a faca do seu bebezinho, e, com determinação, ergueu a faca alto e cravou no peito da esposa..."

"E?", incitou Luker quando ela pausou.

"E ela acordou gritando", disse Leigh em voz baixa. "Ela acordou com o choque da perfuração da faca. Espirrou sangue pra todo o lado, por toda roupa mortuária, por todo o caixão, por cima do bebê e do marido. Ela agarrou o pescoço dele e puxou pro caixão, que tombou e os três rolaram pra nave central. Ela manteve os braços em volta do pescoço dele e morreu assim. Daí, fizeram um funeral *de verdade*..."

"O que aconteceu com o marido?", indagou India, curiosa.

"Casou de novo", respondeu Leigh. "É o tataravô de Dauphin. Foi ele que construiu Beldame."

Big Barbara começou a chorar, afetada não apenas pela história, mas também pelo fim de tarde, pelo uísque consumido e pelo crescente sentimento de perda. Luker, para consolar a mãe, massageou-lhe a coxa com as solas dos pés: "E é por isso que ele não cravou a faca até o cabo?", perguntou Luker em voz baixa.

"Hum-hum", respondeu Odessa.

"Dão só uma espetada no peito, essa é a parte simbólica", explicou Leigh. "Mas enterram a pessoa com a faca na mão e essa parte *não* é simbólica. Acreditam que se o defunto acordar no caixão, pode se matar com a faca."

"Marian Savage não foi embalsamada?", perguntou Luker.

"Não", respondeu Big Barbara, "não foi. Bothwell não foi embalsamado, aí ela disse que também não queria."

"Bom", disse Luker com praticidade, "se embalsamassem todos os Savage, não iam precisar da faca."

"Agora você é uma Savage", disse India para Leigh. "Tipo, *você* tem uma faca?"

"Não", respondeu Leigh surpresa, pois ainda não tinha pensado nisso. "Não tenho, não sei o que vão fazer..."

"Sim, senhora", disse Odessa, "cê tem, sim."

Leigh ergueu os olhos.

"Tenho? Onde tá, Odessa, eu não sabia..."

"A dona Savage deu ela procê no casamento, mas seu Dauphin não deixou usar e escondeu. Ele sabe onde tá e eu também sei. Posso mostrar, se quiser." Ela se levantou para buscar a faca.

"Não!", gritou Big Barbara, "deixa pra lá, Odessa."

Odessa sentou-se.

"É assustador", comentou Leigh com um leve estremecimento, "eu não sabia, eu..."

"Não quero que façam isso com você", afirmou Big Barbara.

"Agora ela é uma Savage, Big Barbara", disse India. "Tem que fazer... quando ela, tipo, morrer." O lápis de India se movia depressa sobre o papel, em um ângulo agudo. Todavia, ela não olhava para o que desenhava.

"Não!", exclamou Big Barbara. "O Dauphin não vai enfiar uma faca em você, ele..."

"Barbara", interrompeu Luker, "se controla. Se ela tiver morta, não vai se machucar. Além disso a Leigh ainda não morreu e você nem vai tá por aqui quando isso acontecer."

"Mesmo assim, não gosto!"

"Mas mãe, nem se preocupa. Eu só queria que soubessem a história da faca pra não abrirem o bico quando o Dauphin chegar. Não foi fácil pra ele deixar a gente ir na missa. Os funerais dos Savage sempre foram privados por causa da faca e tal, mas ele demonstrou o quanto confia na gente. Ele sabe que a gente não vai sair por aí espalhando que ele e a irmã enfiaram uma adaga no peito de Marian morta..."

"É claro que não!", exclamou Big Barbara e emborcou o que restava do gelo derretido.

"O Dauphin sabe que a gente sabe?", perguntou Luker.

"Sabe. Ele que me pediu pra contar pra dona Leigh pra ela contar procês", disse Odessa. "Sabe, sim."

"Ótimo", disse Luker, olhando para a mãe com severidade, "então não se fala mais nisso. Dauphin é o cara mais gente boa do mundo e ninguém aqui vai dizer *uma palavra* que deixe ele minimamente desconfortável. Ouviu, Barbara?"

"Óbvio que não vou dizer nada!"

"Vou começar a fazer janta procês", anunciou Odessa, levantando-se para ir à cozinha.

Leigh e a mãe foram ao quarto para que Big Barbara vestisse algo mais confortável. A intimidade entre mãe e filha McCray era preservada com o hábito de se ajudarem a trocar de roupa.

Luker foi à cozinha reabastecer o copo da filha e o dele. Quando voltou, sentou-se no banco ao lado de India e disse: "Deixa ver o que você fez aí".

Ela segurou o papel: "Não fui eu", disse.

"Como assim?"

"Tipo", explicou India, "eu não tava desenhando. Só segurei o lápis."

Luker a fitou, sem compreender: "Mostra o desenho".

Ela o entregou ao pai: "Eu nem vi. Comecei a desenhar outra coisa, daí parei pra ouvir a história da Leigh e o lápis continuou se mexendo. Olha", falou, apontando para diversas linhas dispersas, "foi aqui que comecei meu desenho. O que taí foi feito por cima."

"Não parece seu estilo", observou Luker com curiosidade. O desenho foi feito com lápis vermelho na parte de trás de uma folha de papel milimetrado, um traçado estranhamente formal: a imagem de uma mulher gorda com expressão saturnina, sentada em postura rígida em uma cadeira invisível sob sua enorme corpulência. Ela usava um vestido com corpete justo e saia larga e tinha os braços estendidos à frente. "O que ela tá segurando, India?"

"Não desenhei isso", disse India. "Acho que são bonecas. Medonhas, né? Parecem bonecas de cera que ficaram muito tempo no sol, derretidas e deformadas. Lembra daquelas bonecas alemãs horríveis no Museu da Cidade de Nova York, moldadas a partir de bebês de verdade, que você disse que era a coisa mais feia que já tinha visto? Acho que é isso... pode ser que tenha lembrado delas quando..."

"Quando o quê?"

"Quando desenhei", completou em voz baixa e intrigada. "Só que na verdade não fui eu, pois o desenho meio que se fez sozinho."

Luker olhou a filha com atenção: "Não acho *mesmo* que desenhou isto... *não é* seu estilo".

India balançou a cabeça e tomou um gole de xerez.

"Este vestido da mulher, India, você faz ideia de quando é?"

"Ah..." ela hesitou. "Década de 1920?"

"Chutou mal", disse Luker, "é de 1875, mais ou menos. Na verdade, é exatamente 1875 e você nem sabia, né?

"Não", respondeu. "Eu tava sentada aqui, ouvindo a história da Leigh e foi, tipo, saindo, sem eu fazer nada." India olhou para o desenho com desgosto. "Não gosto dele."

"Não", concordou Luker, "eu também não."

ELEMENTAIS
MICHAEL MCDOWELL

3

Naquela noite, quando Dauphin retornou do convento em Pensacola, para onde havia levado sua irmã Mary-Scot, ninguém fez qualquer comentário a respeito do funeral ou da faca. Leigh escondeu a pilha de cartas de condolências que retirara da caixa postal. O jantar foi bastante calmo e, embora todos, exceto Dauphin, tivessem trocado de roupas, o sentimento geral era como se tivessem sido engomados e pressionados contra a cadeira. Até mesmo Dauphin bebera vinho demais, e chegou a pedir a terceira garrafa de volta quando Odessa a retirou com desaprovação. Durante a refeição, fizeram planos para deixar Mobile no dia seguinte: escolheram quais carros usariam para viagem, quem iria às compras, que horas partiriam, o que fariam com as correspondências, os negócios e Lawton McCray. A morte de Marian Savage era o motivo aparente para a viagem, mas nenhuma palavra foi dita sobre ela. A Casa Grande estava próxima demais, e o quarto principal de onde a mulher moribunda mal saíra nos dois anos de doença agora parecia vibrar devido à desocupação incomum durante da noite.

De seu lugar na mesa, Dauphin se inclinava com frequência para o lado, a fim de avistar a janela do quarto da mãe, visível da sala de jantar, como se esperasse ou temesse vê-lo iluminado; como estivera iluminado todas as noites na hora do jantar desde que ele e Leigh voltaram da lua de mel.

Eles se demoraram na sobremesa e no café, e já estava tarde quando afinal se levantaram da mesa. Leigh foi para a cama de imediato e Big Barbara à cozinha ajudar Odessa a encher a lava-louças. Seguindo o pai e Dauphin até a varanda, India se esticou no sofá com a cabeça no colo de Luker e adormeceu sem balançar o pires e a xícara de café frio apoiados em sua barriga.

Pouco depois, Big Barbara apareceu na porta da cozinha e disse cansada: "Dauphin, Luker, vou levar Odessa pra casa e depois vou pra casa também. Volto de manhã".

"Big Barbara", propôs Dauphin, "deixa que eu levo Odessa. Fica com o Luker, durma aqui. Não tem motivo pra você sair."

"Vejo vocês amanhã bem cedinho", falou Big Barbara. "Desconfio que o Lawton já chegou em casa e vai querer ouvir...", ela se recusava a falar do funeral, "vai querer conversar sobre o dia dele."

"Tudo bem", concordou Dauphin, "certeza que não quer que eu leve?"

"Certeza", respondeu Big Barbara. "Luker, seu pai vai querer ver você e India antes de a gente ir pra Beldame amanhã. O que que eu digo pra ele?"

"Diz que eu dou uma passada lá de manhã antes de ir."

"Ele disse que quer falar com você sobre uma coisa."

"Aposto que ele quer que eu mude o sobrenome", disse Luker em voz baixa para Dauphin, acariciando os cabelos de India. "Boa noite, Barbara", em voz alta, "vejo você de manhã."

India estava dormindo e os dois homens sentaram-se em silêncio. Pelas janelas, viam a noite totalmente escura. Nuvens encobriam a lua e as estrelas; a folhagem obscurecia as luzes dos postes. De algum modo, a julgar pela temperatura do ar-condicionado dentro da casa, podiam perceber que lá fora ainda estava abafado e úmido a ponto de ser desconfortável. No canto, longe da cadeira de Dauphin, um único abajur brilhava. Luker, com cuidado, afastou os dedos de India do pires e o colocou na mesinha de centro; com um aceno de cabeça aceitou o vinho do porto que o cunhado trouxera.

"Tô muito feliz que você veio, Luker", disse Dauphin em voz baixa ao se sentar.

"Os últimos tempos foram difíceis, né."

Dauphin anuiu. "Mamãe ficou doente por quase dois anos, mas nos últimos oito meses ela tava morrendo mesmo, dava pra ver. Ela piorava dia após dia. Sabe-se lá quanto tempo mais ia aguentar, mesmo que não tivesse ido pra Beldame. Eu quis pedir para que não fosse, na verdade, cheguei a falar, mas ela foi mesmo assim. E isso matou ela."

"Sinto muito que tenha passado por isso", falou Luker. Sua compaixão por Dauphin não chegaria a palavras hipócritas de gentileza pela falecida; sabia que Dauphin não esperava dele qualquer elogio a sua mãe. "Mas você quer ir mesmo pra Beldame? Deve ter uma cacetada de coisas pra cuidar, tipo o testamento e tal. E com tanto dinheiro envolvido, dinheiro e propriedades, né, deve ser muito trabalhoso... e só você pode cuidar disso."

"Eu sabia que ia acontecer." Dauphin deu de ombros. "E já cuidei de tudo que podia. Sei o que consta no testamento que vão ler em algumas semanas... eu volto a tempo. Mas você tem razão: é muita coisa pra fazer."

"Mesmo que já *tenha* cuidado de tudo, será que o melhor é sair de férias? Deus sabe que não tem nada pra fazer em Beldame... o que vai fazer lá, além de ficar sentado o dia todo pensando em Marian? Não seria mais jogo ficar aqui, cuidando dos negócios um por vez, se acostumando a ver a Casa Grande vazia? Se acostumando com a ausência de Marian?"

"Provavelmente", concordou Dauphin, "mas, Luker, vou te dizer, enfrentei isso por dois anos, e mamãe nunca foi uma pessoa fácil, mesmo quando tava bem. Foi ruim demais... dos três filhos, ela amava mais o Darnley, mas um dia ele foi velejar e não voltou. Sabe, mamãe sempre procurava a vela de Darnley toda vez que chegava perto da água. Acho que ela nunca superou a impressão que um dia ele ia ancorar na praia em Beldame, do nada, e dizer: 'E aí, gente, que horas sai a janta?'. E depois de Darnley, ela amou Mary-Scot. Então Mary-Scot foi pro convento... elas brigaram sério, você lembra. Aí só sobrou eu, e mamãe nunca me amou do jeito que amava eles dois. Não tô reclamando, claro. Mamãe não podia escolher quem amava. Sempre lamentei não terem sido eles a cuidar dela. Cuidar da mamãe não era fácil, mas fiz o que pude. Acho que me sentiria menos mal se ela tivesse morrido na Casa Grande em vez de Beldame. As pessoas dizem que eu não devia ter deixado ela ir, mas queria ver alguém impedir mamãe de fazer alguma coisa depois que ela enfiava na cabeça! Odessa diz que não tem nada que se pudesse fazer, que era a hora de mamãe, e que ela simplesmente caiu do balanço pro chão da varanda e pronto! Luker, eu *preciso* sair daqui, e fico feliz porque a gente vai junto pra Beldame. Não queria arrastar Leigh pra longe sozinha... sei que ficaria irritada se a gente fosse sozinho, então pedi que Big Barbara fosse junto, mas não achei que ela fosse aceitar, por causa da campanha do Lawton..."

"Péra", interrompeu Luker, "deixa eu entender uma coisa..."

"O quê?"

"Você deu dinheiro pro Lawton pra essa campanha?"

"Um pouco", respondeu Dauphin.

"Quanto é um pouco? Mais de 10 mil?"

"Sim."

"Mais de 50 mil?"

"Não."

"Você ainda é uma besta, Dauphin", disse Luker.

"Não entendi," retrucou Dauphin, mas não na defensiva. "Ele é candidato pro Congresso e precisa do dinheiro. Não é jogar dinheiro fora. Lawton nunca perdeu uma campanha: foi eleito vereador de primeira, e também se elegeu deputado estadual na primeira vez, e daí senador. Não vejo motivo pra duvidar de que ele não vai estar em Washington ano que vem. Leigh não me pediu pra dar dinheiro, e Big Barbara também não. Nem o próprio *Lawton* pediu. Foi ideia minha e não vou me sentir mal por isso, não importa o que diga."

"Bom, espero que pelo menos você consiga uma bela dedução no imposto de renda."

Dauphin se remexeu desconfortável: "De uma parte, sim... da parte que se enquadra na lei eleitoral. É preciso ter cuidado".

"Você tá me dizendo que deu mais que o limite permitido?"

Dauphin confirmou. "É complicado. Oficialmente, é a Leigh que dá dinheiro pra ele. Eu dou a grana pra ela e ela dá pra Big Barbara que deposita em uma conta conjunta e então chega no Lawton. Tem muita exigência em relação a fundos de campanha. Então, a verdade é que consigo deduzir uns poucos milhares de imposto. Mas...", e sorriu, "fico feliz em ajudar. Vai ser legal ver meu sogro no Congresso. Você não ia ficar orgulhoso em falar pros amigos que seu pai tá na Câmara?"

"Nunca me orgulhei muito da carreira política do Lawton", disse Luker, seco. "Eu só queria ter nascido com a *tua* grana. Você não ia me ver dando fundos pra campanha de Lawton McCray." Ele pegou India nos braços e a levou pro mais próximo dos quartos contíguos que lhes foram destinados. Quando voltou, encontrou Dauphin cobrindo a gaiola de Nails. "Você não quer ir pra cama ainda, né?", perguntou Luker.

"Eu devia", respondeu Dauphin. "Foi um dia longo, um dia ruim. E amanhã também vai ser, eu devia ir pra cama... mas não vou. Fica mais um pouco, vamos conversar, se tiver a fim. Você não vem pra cá tanto quanto deveria, Luker."

"Por que você e Leigh não vão me visitar em Nova York? Podem ficar lá em casa... ou pegar um hotel. Leigh ia ver como é fazer compras numa loja de verdade, em vez de encomendar por catálogo."

"Ela ia gostar, aposto", comentou Dauphin com ternura. "Eu queria visitar vocês, mas mamãe..."

Luker sinalizou que entendia.

"...mamãe não tava lá muito bem", concluiu Dauphin com coragem. "Não era fácil me afastar. Eu disse pra Leigh pra ela ir, mas ela decidiu ficar comigo. Não precisava, mas fiquei feliz por ela ter ficado. Ela ajudou demais, embora sempre fingisse que tava atrapalhando e que não gostava de mamãe..."

Com gentileza, Luker encorajou Dauphin a continuar falando: sobre Marian Savage, sobre a doença, sobre a morte. O filho enlutado contou as minúcias da deterioração física de Marian Savage, mas não disse nada sobre os próprios sentimentos. Luker suspeitava que Dauphin, com seus modos modestos, sentia que isso não tinha nenhuma importância diante da imensa e opressiva realidade da morte. O amor genuíno que Dauphin nutria pela mãe insensível e mal-humorada pontuava cada frase com um sussurro.

Durante a noite, a casa se acomodou. Estalidos ressoaram nos corredores como passos errantes, janelas rangeram nos caixilhos, a porcelana tilintou nos armários e quadros de repente deslizaram de viés nas paredes. Enquanto os dois homens bebiam o vinho do porto, Dauphin falava e Luker ouvia. Ele sabia que Dauphin não tinha amigos, apenas colegas de trabalho; e aqueles que o bajulavam, buscando aproximação, se interessavam pelo dinheiro dele ou pelos benefícios que poderiam obter. Luker sentia afeição por Dauphin e estava consciente do quanto lhe ajudaria se apenas ficasse quieto e o deixasse falar. O pobre Dauphin não tinha com quem desabafar; pois embora confiasse e amasse tanto Leigh quanto Big Barbara, a timidez de Dauphin não era capaz de vencer o temperamento volúvel de ambas.

Por volta das 2h30, Dauphin já desfiara seu rosário de tristeza por aquele dia terrível, embora Luker estivesse convencido de que ele iria se renovar no dia seguinte e por muitos outros depois. Luker tinha mudado o rumo da conversa para tópicos menos dolorosos: o progresso da campanha congressional de Lawton McCray, a provável infestação de moscas de areia em Beldame e seu recente trabalho fotográfico na Costa Rica. Logo poderia sugerir que fossem dormir: Luker já estava enrolado em um canto do sofá e brincava aparvalhado com o copo vazio e grudento.

"Mais?", perguntou Dauphin, levantando-se com o próprio copo estendido.

"Tira isso daqui", respondeu Luker. Dauphin levou os dois copos para a cozinha escura e Luker fechou os olhos antes da volta do cunhado. Esperava que Dauphin visse que estava pronto para dormir.

"O que é isso?", perguntou Dauphin com tom de voz que fez Luker abrir os olhos depressa. Dauphin estava parado ao lado da mesa comprida segurando a pilha de papel milimetrado de India e virando-o na direção da luz.

"É o que India desenhou de tarde, pouco antes de você chegar de Pensacola. Foi estranho, ela..."

"Por que ela desenhou *isto*?", perguntou Dauphin com óbvio e inexplicável pesar.

"Não sei", respondeu Luker, perplexo. "Ela desenhou enquanto..."

"Enquanto o quê?"

"Enquanto Leigh contava uma história pra gente."

"Qual história?"

"Uma história da Odessa", desconversou Luker. Dauphin compreendeu a referência. "India disse que não desenhou, disse que o lápis fez sozinho. E a parte esquisita é que não tem mesmo nada a ver com o estilo dela. Ela nunca faz nada tão bem-acabado. Na verdade, eu vi: ela tava desenhando no bloco e o lápis tava a mil, mas ela nem sequer olhava. Achei que fosse só rabisco. Se não conhecesse India tão bem, eu ia dizer que ela tava mentindo, que outra pessoa desenhou e ela só rabiscou em outra página..."

Dauphin folheou depressa as outras folhas: "Todas as outras tão em branco".

"Eu sei. Ela desenhou, mas não acho que soubesse o que tava fazendo. Quero dizer, essas bonecas..."

"Não são bonecas", corrigiu Dauphin com tom quase áspero.

"*Parecem* bonecas, nem um bebê irlandês é feio desse jeito, eu..."

"Olha só", interrompeu Dauphin, "por que você não vai se deitar? Leva isso aí", e entregou o desenho a Luker, "e eu te encontro no quarto em uns cinco minutos."

Cinco minutos mais tarde, Luker estava sentado na beirada da cama com o desenho de India ao lado. Ele estudava a figura da mulher gorda saturnina segurando as duas bonecas — que Dauphin disse não serem bonecas — nas enormes palmas das mãos estendidas.

Ainda com o terno do funeral, e com a faixa preta no braço, Dauphin entrou no quarto. Do bolso do paletó, retirou uma pequena fotografia colada em papelão duro e a entregou a Luker.

Era uma *carte de visite*, que Luker, por entender muito sobre a história da fotografia, por instinto datou como da época da Guerra Civil ou talvez de um ano depois. Ele analisou o verso, com marca e crédito do fotógrafo, antes de deixar que o significado da imagem o atingisse.

A foto, desbotada, contudo ainda nítida, era de uma mulher gorda com cabelo e franja frisados, de vestido com armação e amplos bordados em preto ao longo da saia e das mangas. Estava sentada em uma cadeira que desaparecera sob sua corpulência. Nas mãos estendidas, segurava duas pequenas pilhas de carne disforme que não eram, afinal, bonecas.

"Esta é a minha tataravó", disse Dauphin. "Os bebês são gêmeos natimortos. Ela pediu que tirassem a foto antes de enterrar os dois. Eram meninos: Darnley e Dauphin."

"Por que ela queria uma foto com os natimortos?", perguntou Luker.

"Desde o advento da fotografia, os Savage tiram foto dos falecidos. Tenho uma caixa cheia lá dentro. Estes bebês foram enterrados no cemitério e acho que se mereciam lápides, também mereciam foto."

Luker virou a imagem, estudou o verso outra vez sem saber o que pensar: "India deve ter visto isto...", disse afinal, se esticando na cama e segurando a *carte de visite* com o braço esticado, diretamente acima do rosto. Ele a virou para que o reflexo da luz obscurecesse a imagem.

Dauphin pegou a fotografia: "Impossível. As velhas fotos de família tão trancadas num armário no meu escritório. Fechado a chave".

"Alguém pode ter descrito a fotografia pra ela", insistiu Luker.

"Ninguém sabe dessa foto, só Odessa e eu. Eu não a via há anos. Só lembrei dela porque me dava pesadelos. Quando era pequeno, junto com o Darnley, a gente pegava essas fotos dos Savage mortos pra olhar, e era essa a que mais me assustava. É a minha tataravó e foi a primeira moradora da casa de Beldame. E essa foto e o desenho de India são iguais."

"Não, não são", discordou Luker. "Os vestidos são diferentes. O vestido na foto é claramente mais antigo do que o desenhado por India. A fotografia é de mais ou menos 1865, o desenho de India é de uns dez anos depois."

"Como é que você sabe?"

Luker deu de ombros: "Eu sei um pouco de vestuário norte-americano, só isso. Se India tivesse só copiando a foto, então ela ia copiar o vestido da fotografia. Ela não ia pensar num outro vestido duns dez anos depois. India, sinto dizer, não sabe nada da história da moda".

"Mas o que isso quer dizer... que os vestidos são diferentes?", perguntou Dauphin perplexo.

"Não faço a menor ideia", respondeu Luker. "Não estou entendendo nada."

Luker ficou com o desenho de India e prometeu a Dauphin que no dia seguinte iria questioná-la melhor. Desconheciam o que poderia significar aquilo. Luker expressou a esperança de que fosse apenas o vinho do porto que os tivesse confundido e que a manhã resolvesse o mistério de forma simples e satisfatória.

Dauphin levou a fotografia de volta ao escritório e a devolveu à caixa que continha as imagens dos cadáveres de todos os Savage mortos nos últimos 130 anos. A da sua mãe seria acrescentada em uma semana, pois o fotógrafo visitara a igreja de São Judas Tadeu uma hora antes do funeral. Ele girou a chave na fechadura da caixa, escondeu a chave em outra gaveta do armário de arquivos, então trancou tanto o armário quanto a porta do escritório. Andou devagar e pensativo pelos corredores escuros da casa e de volta à varanda envidraçada. Apagou a luz, e, devido à penumbra e à leve embriaguez, bateu a cabeça na gaiola do papagaio: "Oh", sussurrou, "desculpe, Nails, você tá bem?". Sorriu, lembrando-se da afeição que sua mãe sentia pelo pássaro estridente, apesar de sua mudez decepcionante. Levantou a cobertura para espiar.

O papagaio agitou as asas escarlates e iridescentes e enfiou o bico pelas barras. Seu olho preto e desinteressado refletia uma luz que não estava no cômodo. Pela primeira vez em oito anos de vida, o papagaio falou.

Em uma imitação fria da voz de Luker McCray, o papagaio gritou: *"As mães Savage devoram os filhos!"*.

ELEMENTAIS
MICHAEL MCDOWELL

4

Enquanto a manhã seguinte se dissipava na preparação para a viagem a Beldame, a coincidência inquietante da fotografia centenária e o desenho inconsciente de India foi esquecida. A luz do dia não trouxera uma solução, mas concedera indiferença. Por terem chegado no Alabama no dia anterior, Luker e India não tinham sequer desfeito as malas, e portanto não tiveram dificuldade em se prepararem para aquela segunda viagem. Odessa tinha pouco a levar: ela trouxera a mala de vime consigo para a Casa Pequena quando Leigh fora buscá-la. Dauphin tinha ligações inevitáveis pela manhãzinha, que precipitaram incumbências adicionais; e Leigh e Big Barbara tiveram que correr de um amigo para outro por algum tempo, despedindo-se, devolvendo itens emprestados e solicitando a conclusão de tarefas pequenas, todavia importantes, em sua possível ausência prolongada. Parecia impossível para Leigh que Marian Savage estivesse viva apenas quatro dias antes. Algumas vezes, nessa rodada de visitas, ela se interrompeu, lembrando-se que devia assumir uma expressão de pesar, e responder que *sim*, eles realmente precisavam se afastar por um tempo, e que lugar melhor para ir do que Beldame, tão remoto que você poderia muito bem estar no fim do mundo?

India acordou Luker às 9h, foi à cozinha e preparou café para ele — ela não confiava nas empregadas para isso — depois o levou ao quarto, o despertando de novo.

"Meu Deus", sussurrou ele, "obrigado."

Ele bebericou o café, colocou-o de lado, levantou-se e cambaleou pelado pelo quarto por alguns minutos.

"Se tá procurando o banheiro", disse India, sentada com o café cuidadosamente equilibrado no braço estreito da poltrona, "é ali", e apontou.

Quando Luker voltou, India tinha separado suas roupas: "Vamos ver o teu pai hoje?", perguntou. India preferia não se referir ao homem por seu nome de batismo ou pela denominação revoltante e carregada de *avô*.

"Sim", respondeu Luker. "Você se incomoda *muito*?"

"Mesmo que me incomodasse, a gente ia do mesmo jeito, né?"

"Posso dizer que você tá vomitando sangue ou algo assim e aí você espera no carro."

"Não, tudo bem", respondeu India, "entro e falo com ele, se me prometer que a gente não vai demorar."

"Não vamos demorar", prometeu Luker abotoando os jeans.

"Se ele for eleito, Big Barbara se muda pra Washington? Assim ela ia ficar bem mais perto."

"Não sei", falou Luker, "depende. Você quer ela por perto?" Ele desabotoou os jeans para enfiar a camisa dentro das calças.

"Sim", respondeu India, "na verdade, gosto muito de Big Barbara."

"Bom", disse Luker, "espera-se que garotas gostem das avós."

India desviou o olhar com expressão azeda: "Depende do quê?", perguntou.

"Depende de como Big Barbara estiver. Depende de como ela e Lawton estão."

"Big Barbara é uma pinguça, né?"

"Sim", respondeu Luker. "E infelizmente não existe metadona pra beberrões."

Alguns minutos depois, Big Barbara ligou para dizer que Lawton tinha ido à fazenda bem cedo naquela manhã. De modo que, caso não o encontrassem lá nas próximas horas, seria necessário esperar até o meio da tarde, quando ele retornaria de um discurso para as Mães das Meninas do Arco-Íris que faria na hora do almoço. Os cuidadosos planos da noite anterior foram então riscados, e India e Luker, sem quererem adiar a visita onerosa, partiram em direção à fazenda. Odessa, depois de acondicionar inúmeras caixas de comida para Beldame no porta-malas, foi com eles. Entraram no Fairlane que Dauphin comprara um ou dois anos antes apenas para o uso de hóspedes ou conhecidos que, por uma razão ou outra, se viam temporariamente sem transporte.

A estreita faixa do território do Alabama, que consiste apenas nos condados de Mobile e Baldwin, tem formato de um dente com um grave abcesso. A baía de Mobile representa o enorme elemento em decomposição que separa as metades, e nas extremidades norte os condados são separados ainda mais por um complexo sistema de rios serpenteantes e pântanos.

As terras dos McCray ficavam ao longo do rio Fish, a aproximadamente trinta quilômetros de Mobile, porém localizadas no outro lado da baía, no condado de Baldwin. Era um terreno plano, rico e produtivo, excelente para gado e árvores frutíferas e suficientemente fértil para qualquer cultura que alguém se interessasse em cultivar. Além de suas atividades agrícolas, que eram supervisionadas por uma família de fazendeiros chamada Dwight, a qual Lawton McCray muito tempo atrás salvara da falência, o pai de Luker tinha um negócio de fornecimento de fertilizantes situado em Belforest, cidade por perto que passa despercebida. Apesar do recente aumento exorbitante no preço do fósforo, o negócio de fertilizantes continuou a render uma bela quantia aos McCray.

A empresa estava em um espaço desobstruído de aproximadamente 80 m² perto dos trilhos da estrada de ferro que não parava mais em Belforest. Havia três grandes galpões de armazenagem, dois celeiros antigos convertidos para o mesmo propósito e uma área pavimentada onde repousava uma grande quantidade de caminhões, trailers e fertilizadores.

De um lado havia o escritório, uma pequena construção atarracada de blocos de concreto com paredes azul-esverdeado e janelas encardidas. Um cachorro de raça indefinida latia amarrado a um suporte vergado do alpendre. Luker teria passado direto pelo lugar e seguido para a fazenda caso não tivesse reconhecido o Continental rosa do pai estacionado na frente do escritório. Quando Luker abaixou a janela, ouviram a voz desagradável de Lawton McCray dentro do escritório refrigerado, discutindo com o distante parente empobrecido que gerenciava operações tão lucrativas em seu lugar. Tão logo Luker desceu do Fairlane, seu pai o avistou através de uma janela riscada de sujeira. Lawton McCray saiu para cumprimentar o filho. Era um homem grande, com lindos cabelos brancos, mas com carne extra suficiente — na forma de bochechas caídas, nariz comprido e inúmeros queixos — para compor outro rosto completo. Suas roupas eram caras, não lhe caíam bem, e precisavam de uma boa lavagem. Ele e Luker se abraçaram sem jeito, então Lawton deu a volta no Fairlane e bateu com força na janela pela qual sua única neta o olhava desconfiada. India abaixou o vidro com hesitação e enrijeceu quando Lawton McCray enfiou a cabeça e os ombros dentro do carro para beijá-la: "Como tu tá, India?", berrou o homem. Sua boca se alargou e os olhos ficaram assustadoramente miúdos. India não sabia se gostava menos dele como parente ou político.

"Muito bem, obrigada", respondeu.

"Odessa", virando a cabeça enorme apoiada no pescoço grosso, ele gritou para o banco de trás, "como tu tá?"

"Tô boa, seu Lawton."

"Odessa", indagou, "tu já viu uma menina mais bonita que essa aqui?"

"Nunca vi", respondeu Odessa, calma.

"Nem eu! A gente tem que cuidar dessa garota. É a única neta que eu tenho e eu amo essa garota como amo minha alma! Ela é a alegria da minha velhice!"

"Cê não é velho, seu Lawton", comentou Odessa, de modo servil.

"Tu vai votar em mim?", riu ele.

"Mas claro."

"Vai me conseguir o voto do Johnny Red, aquele zero à esquerda?"

"Seu Lawton, eu tentei fazer o Johnny tirar o título, mas ele fala do imposto comunitário. Eu falo pra ele que isso não existe mais, mas nem assim ele quer ir atrás do título. Se quer o voto, cê precisa falar com ele!"

"Diga que nunca mais tiro ele da cadeia se não se registrar."

"Vou falar", disse Odessa.

Lawton McCray abriu um sorriso sombrio e então se voltou para India, que estava acuada perante a violência e a vulgaridade da voz do avô: "O que achou do funeral ontem? Big Barbara disse que foi o primeiro que você foi. Nunca tinha visto um morto antes de me alistar, mas a criançada cresce rápido hoje em dia, parece. Você gostou? Vai contar pros amigos como que é um funeral sulista? Vai fazer uma redação pra aula, India?"

"Foi muito interessante", disse India. Com cuidado, ela estendeu um braço esguio na direção dele. "Você se incomoda se eu fechar a janela?", perguntou com um sorriso gélido. "O ar frio tá saindo." E ela mal lhe deu tempo de tirar a cabeça e os ombros antes de girar a manivela com vigor.

"Luker!", gritou McCray para o filho, que estava a menos de um metro de distância, "essa menina esticou, hein! Essa menina cresceu um meio metro desde a última vez que vi! Ela é uma graça! Fico feliz por ela não ter herdado a sua cara. Ela já está quase da sua altura, né! Fica mais parecida com a mãe a cada dia, parece."

"Sim", disse Luker inexpressivo, "acho que sim."

"Vem cá, quero falar com você rapidinho."

Lawton McCray puxou o filho para a sombra de um trator Caterpillar amarelo — embora não pudesse haver um alívio verdadeiro do sol do Alabama naquele lugar que fedia a produtos químicos, diesel e pó de fósforo. Parado com um pé na pá serrilhada do trator, como se o desafiasse a dar partida e lançá-lo aos ares, Lawton McCray prendeu Luker em uma conversa relutante por quase dez minutos.

Cada vez que India olhava para o pai e o avô, ficava mais surpresa ao ver Luker resistir por tanto tempo. Com a desculpa plausível de que todo o ar frio dentro do carro havia se dissipado, India abriu a janela. Mas nem assim conseguiu ouvir a conversa. A voz de Lawton estava incomumente moderada: "Do que tão falando?", perguntou a Odessa. A curiosidade superou a indisposição em conversar com a empregada dos Savage.

"De que mais aqueles dois falam?", respondeu Odessa com pergunta retórica. "Tão falando da dona Barbara."

India concordou: fazia sentido. Poucos instantes depois, os dois — um robusto, corado, corpulento e lerdo; o outro baixo, ligeiro, pele escura, mas sem bronzeado, parecendo tanto pai e filho quanto India e Odessa pareciam mãe e filha — caminharam de volta para o carro. Lawton McCray enfiou o braço grosso através da janela e agarrou o queixo de India. Ele puxou quase todo o corpo dela para fora: "É impressionante como você parece tua mãe. Foi a mulher mais bonita que eu já vi na vida".

"Não pareço nada com ela!"

Lawton McCray riu alto em sua cara: "E fala igualzinho a ela também! Fiquei chateado quando teu pai se divorciou. Mas minha nossa, India, ele nem precisa dela se tem você!".

India estava envergonhada demais para falar.

"Como ela tá, tua mãe?"

"Não sei", respondeu India, mentindo. "Não vejo ela faz sete anos. Eu nem lembro mais da cara dela."

"Só olhar no espelho, India, olha no espelho, pô!"

"Lawton", disse Luker, "a gente tem que ir se quiser chegar em Beldame antes da maré alta."

"Vão lá, então!", berrou seu pai. "E escuta, Luker, me conta do desenrolar das coisas, tá me entendendo? Confio em você!"

Luker deu um aceno de cabeça muito significativo. *Do desenrolar das coisas* parecia ter um sentido específico e importante para os dois.

Enquanto Luker se afastava do complexo da McCray Fertilizer Company, Lawton McCray levantou o braço e o manteve erguido no ar poeirento.

"Então", disse India para o pai, "se ele for eleito, não preciso contar pra nenhum dos meus amigos, né?"

ELEMENTAIS
MICHAEL MCDOWELL

5

Eles seguiam o caminho para o sul pelo interior do condado de Baldwin, descendo uma estrada vicinal estreita e com sombras, margeada por valas rasas cheias de mato e algumas feias flores amareladas. Para além das decrépitas cercas baixas de madeira ou arame, havia vastos campos de leguminosas agarradas ao solo, que pareciam muito descuidadas e empoeiradas, plantadas por algum motivo que não a finalidade de servirem de alimento para pessoas ou gado. O céu descolorido quase ao ponto da brancura e fiapos de nuvens pairavam tímidos no horizonte em todas as direções, contudo sem se fixarem diretamente acima das cabeças. De quando em quando, passavam por algumas residências e, não importava se a casa tinha cinco ou 150 anos, o alpendre estava cedendo, as laterais empoladas pelo sol, a chaminé precariamente inclinada. A dilapidação era constante, assim como a aparente ausência de vida. Até mesmo India, com pouquíssima expectativa da agitação da existência rural, ficou surpresa por não ter visto um único ser vivo em 25 quilômetros: nenhum homem, mulher, criança, cachorro ou gralha.

"Tá na hora do almoço", informou Odessa. "Todo mundo tá na mesa. Por isso que cê não vê um'alma. Ninguém sai ao meio-dia."

Até mesmo Foley, a cidadezinha que alardeava uma população de 3 mil almas, parecia deserta quando passaram por ela. Era bem verdade que havia carros estacionados no centro, Odessa afirmou ter visto rostos na janela do banco e uma viatura dobrou a esquina dois quarteirões à frente — mas a cidade estava inexplicavelmente vazia.

"Cê ia sair num dia desse?", indagou Odessa. "Se tem juízo, cê fica dentro de casa no ar-condicionado."

Querendo fazer uma experiência, India abriu um pouco a janela: o calor entrou rugindo e queimou sua bochecha. O termômetro no banco Foley marcara 39°C: "Deus do céu!", exclamou India. "Tomara que tenha ar-condicionado onde a gente tá indo."

"Tem não", disse Luker. "India, quando eu era pequeno e a gente vinha pra Beldame todo verão, nem eletricidade tinha, né, Odessa?"

"Isso! E mesmo hoje não funciona o tempo *todo*. Nem dá pra confiar naquele gerador. Tem vela em Beldame... Tem lamparina a querosene. Aquele gerador... não confio. Mas filhota, tem uma gaveta cheia de leque."

India lançou um olhar magoado para o pai: para que tipo de lugar ele a estava levando? Que vantagens Beldame poderia ter em relação ao Upper West Side, até mesmo ao Upper West Side durante o verão mais quente imaginável? Luker dissera a India que Beldame era tão bonito quanto Fire Island — lugar que India adorava —, só que as inconveniências de Fire Island eram apenas pitorescas e excêntricas por comparação. India suspeitava que Beldame não fosse civilizado e temia não ficar apenas entediada, mas também desconfortável: "Lá tem água quente?", perguntou, achando que esse seria um padrão justo pelo qual julgar o lugar.

"Ah, demora quase nada pra esquentar no fogão", disse Odessa. "O fogão em Beldame tem uma chama desse tamanho!"

India não perguntou mais. De Foley até a costa eram pouco mais de quinze quilômetros. Os campos ficaram para trás e foram substituídos por uma floresta atarracada e desmilinguida de pinheiros e carvalhos-anões doentes. Em alguns lugares, a vegetação rasteira, espessa, amarronzada e desinteressante, estava enredada em areia branca. De vez em quando, a areia branca soprava pela estrada, e dunas erguiam-se ao longe. Depois de uma pequena elevação, o Golfo do México ficou visível. Era de um azul matizado, a cor que o céu deveria ter. A espuma que quebrava no topo das ondas mais próximas parecia cinza, se comparada com a areia branca que margeava a estrada.

Gulf Shores surgiu de repente à vista: uma comunidade de veraneio com centenas de casas e uma dúzia de lojinhas e comodidades. Todas as construções tinham telhas verde e telhados cinza, e telas enferrujadas em todas as janelas. Mesmo que menos gente morasse ali agora, no meio da semana, o lugar ao menos preservava a ilusão de estar cheio, e India se permitiu ficar um pouco mais esperançosa. Então, como que para murchar de propósito sua parca esperança, Luker comentou que aquele trecho da costa do golfo era conhecido como Riviera dos Caipiras. Ele virou na rua em cuja placa se lia Dixie Graves Parkway, em uma faixa de asfalto que às vezes se perdia sob a camada de areia branca soprada pelo vento. Gulf Shores logo ficou para trás.

De ambos os lados da estrada ondulavam suaves dunas brancas, com um punhado de grama alta e dura ou um amontoado de rosas rugosas aqui e ali. Apesar da água azul dos dois lados, somente no lado esquerdo havia um quebra-mar. Odessa apontou para a direita: "Olha a baía. Aquela é a baía de Mobile. Mobile fica ali pra cima a uns... quanto, seu Luker?".

"Uns 80 quilômetros."

"Então nem dá pra ver", disse Odessa, "mas é ali. E", apontando para a esquerda, "aquele é o golfo. Nem tem nada pra lá, nadica de nada."

India tinha certeza disso.

Chegaram à outra comunidade, com apenas uma dúzia de casas e nenhuma loja. Incontáveis conchas de ostras esmagadas dispostas por cima da areia formavam as entradas para carros e os jardins das casas. Apenas algumas poucas casas não estavam fechadas com tábuas, e para India o lugar parecia o último estágio da desolação: "Isto é Beldame?", perguntou, apreensiva.

"Nossa, não!", riu Odessa. "Aqui é *Gasque!*" Ela falou como se India tivesse confundido o World Trade Center com o Flatiron Building.

Luker embicou no terreno de um posto de gasolina que evidentemente estava fechado fazia muitos anos. As bombas eram de um modelo que India nunca vira antes, delgadas e cilíndricas com o topo de vidro vermelho que as fazia parecerem bispos no tabuleiro de xadrez: "Isso aqui já era", disse ao pai. "Precisa de gasolina?", perguntou contrariada, desejando o tempo todo estar na esquina da rua 74 com a Broadway. (Com que clareza a revia em sua memória!)

"Não, tá tranquilo", respondeu Luker, estacionando atrás do posto. "Só temos que trocar de carro."

"Trocar de carro?"

Atrás do posto, havia uma pequena garagem geminada. Luker saiu do Fairlane e abriu a porta destrancada. No interior havia um jipe e um International Scout. Os dois tinham placas do Alabama. Luker pegou a chave pendurada em um gancho perto da porta, subiu no Scout e o tirou de ré: "Me ajuda a tirar as coisas do carro, India", pediu Luker, e, relutante e emburrada, India saiu do carro refrigerado. Em poucos minutos, todas as malas e caixas de comida guardadas no porta-malas e no banco traseiro do Fairlane estavam empilhadas na traseira do Scout. Luker levou o Fairlane para a garagem e fechou a porta.

"Ei", disse India, quando Luker e Odessa se sentaram na frente do Scout, "onde que eu sento?"

"Pode escolher", disse Luker. "Em pé no estribo ou no colo da Odessa. *Ou...* no capô."

"Quê?"

"Mas se for no capô, tem que segurar com força."

"Eu vou cair!", exclamou India.

"A gente para pra te pegar de volta", riu Luker.

"Vai te catar, Luker, eu prefiro ir a pé, eu..."

"Menina!", gritou Odessa. "Que palavreado é esse?"

"É longe demais pra ir a pé", riu Luker. "Vai, pega uma toalha. Coloca no capô e senta. A gente vai devagarzinho e se você escorregar, tenta não ir pra debaixo da roda traseira. Eu *adorava* ir no capô! Eu *brigava* com Leigh pra ver quem ia no capô!"

India tinha medo de arranhar os pés no estribo; contudo se sentar no colo de Odessa era uma indignidade impensável. Quando Luker se recusou a deixá-la ali e fazer uma segunda viagem para buscá-la, ela pulou irritada no capô do Scout. Depois de se certificar que India estava acomodada na toalha que Odessa lhe entregou, Luker se afastou do posto de gasolina e entrou na praia do golfo.

A sensação de andar no capô do Scout não era, afinal de contas, desagradável, apesar dos borrifos de areia que se arrastava por baixo das roupas de India e se alojava nas pálpebras. Mesmo usando óculos escuros, ela semicerrava os olhos diante do clarão. Luker dirigia devagar, pouco acima da linha da maré alta, e de vez em quando amplos arcos de água espumosa rastejavam para baixo dos pneus. Gaivotas, borrelhos e quatro outras espécies de pássaros que India não conseguiu identificar fugiram com a aproximação do veículo. Caranguejos correram, e quando ela espiou por cima do para-lama pôde ver milhares de buraquinhos na areia molhada, por onde os crustáceos respiravam. Peixes pulavam nas ondas mais próximas, e Luker, cuja voz ela não conseguia ouvir devido ao barulho da forte rebentação, apontou um ponto ao longe onde, depois de uma linha verde-clara que devia ter sido um banco de areia, brincava um cardume de toninhas. Em comparação com aquilo, o litoral de Fire Island estava morto.

Seguiram em frente na direção oeste por talvez cinco quilômetros. Depois de Gasque ficar para trás, não viram mais nenhuma casa. A linha que era Dixie Graves

Parkway ficava visível de tempos em tempos, mas nenhum carro trafegava lá. India se virou e gritou pelo para-brisa: "Falta muito?".

Nem Luker nem Odessa lhe responderam. Ela tocou o capô do Scout, mas recolheu a mão rapidamente, para evitar uma queimadura.

Luker virou o Scout de súbito e India teve que se segurar para não cair. Uma onda maior do que as outras se quebrou contra o para-lama dianteiro, encharcando o capô e India.

"Tá melhor?", gritou Luker, rindo ao notar seu evidente desconforto.

Com o interior da manga, a única parte de sua roupa que tinha escapado do banho, India secou o rosto emburrado e não se virou mais. Em poucos minutos, o sol a secara. O som das ondas, o balanço delicado do Scout, o ronco do motor embaixo do capô e, mais do que tudo, o calor que engrandecia todas as formas de vida naquele lugar solitário, hipnotizaram a garota até ela quase se esquecer da raiva. Luker tocou a buzina e ela se virou.

Ele apontou para frente e formou *Beldame* com os lábios. India se recostou contra o para-brisa, sem se importar em bloquear a visão dele, e fitou à frente. Cruzaram uma pequena depressão de areia e argila molhadas, coberta de conchas, que mais se parecia com o leito de um rio seco, e seguiram até um cordão litoral, com pouco menos de 50 metros de largura. No lado esquerdo ficava o golfo, com gaivotas e peixes-voadores, e toninhas ao longe; à direita havia uma laguna estreita de água esverdeada e plácida e, depois dela, a península muito mais extensa que era atravessada pela Dixie Graves Parkway. Por esse estreito cordão litoral viajaram outros 400 metros, e a pequena laguna à direita se alargou e pareceu se aprofundar. E agora, diante dela, India viu um conjunto de casas: mas não como aquelas construídas em Gulf Shores e Gasque — aquelas caixinhas de sapatos cobertas de sarrafos erguidas sobre blocos de concreto com telas enferrujadas e telhados ressecados. Eram casas grandes, excêntricas e antigas, tais como as que vira em livros de mesinha de centro sobre a extravagante arquitetura norte-americana.

Havia três delas, ela via agora; três casas solitárias aprumadas no ponto mais distante do cordão litoral. Eram estruturas vitorianas grandes, altas, transformadas em um cinza uniforme pelas intempéries, com verticalidades angulosas e centenas de inesperados fragmentos de ornamentação em madeira. Conforme se aproximavam, India viu que as três casas eram idênticas, com janelas idênticas localizadas de maneira idêntica nas fachadas e varandas e cobertas por cúpulas idênticas que corriam pelas três laterais idênticas. Cada uma apontava para uma direção. A casa à esquerda ficava diante do golfo, a casa à direita despontava para a laguna e para a península de terra que serpenteava a partir de Gulf Shores. A terceira casa, no meio, direcionava-se para a ponta do cordão litoral, no entanto a vista ocidental estava bloqueada pelas dunas altas que tinham se formado ali.

As casas estavam dispostas em ângulos retos e os fundos davam para um pátio ao ar livre feito de passeios cobertos de conchas e arbustos baixos. Exceto por essa vegetação, tudo era areia branca, e as construções permaneciam sólidas na superfície ondulante da praia volúvel.

India estava fascinada. Que importava uma eletricidade precária, ou ter que lavar o cabelo com água fria, quando Beldame era composta por três casas esplêndidas como aquelas?

Luker estacionou o Scout ao lado dos arbustos compartilhados pelas três casas. India pulou do capô: "Qual é a nossa?", indagou, e seu pai riu da animação que ela não conseguia esconder.

Ele apontou para casa no golfo: "Aquela", respondeu. Apontou para a casa do outro lado, na pequena laguna. "Aquela é a casa da Leigh e do Dauphin. A extensão de água é a Laguna de Elmo. Na maré alta, o golfo flui pra dentro de St. Elmo e ficamos isolados aqui. Na maré alta, Beldame é uma ilha."

India apontou para a terceira casa: "E aquela? É de quem?".

"Ninguém", respondeu Odessa enquanto tirava uma das caixas de comida do carro.

"Como assim?", perguntou India. "É maravilhosa... são todas maravilhosas! Por que ninguém mora lá?"

"Não dá para morar lá", respondeu Luker com um sorriso.

"Por que não?"

"Vai pela frente e olha", disse, tirando a primeira das malas do Scout. "Dá a volta, olha, e volta aqui pra ajudar com as malas."

India percorreu depressa as calçadas do terreno compartilhado, o que Luker chamava de quintal, e agora via como as dunas de areia no final do cordão litoral se aproximavam da terceira casa. Algo fez com que hesitasse em galgar os degraus da varanda, preferindo caminhar ao redor da lateral. Ela parou de supetão.

A duna de areia branca, ofuscante, agora que o reflexo do sol brilhava diretamente em seus olhos, não apenas se aproximava da casa, como começava a engoli-la. Os fundos da casa estavam intocados, porém a areia encobrira toda a frente até muito acima do telhado da varanda. A duna deslizava de modo gracioso ao longo do cômodo e aprisionara um balanço de carvalho que pendia de correntes no teto.

India caminhou até o outro lado da casa. A situação era semelhante, embora a areia não estivesse tão alta e o declive até o terreno árido fosse mais suave. Ela ansiava por entrar na terceira casa para ver se a duna se estendia para dentro dos cômodos com as mesmas curvas delicadas, ou se as paredes e janelas tinham suportado a pressão da areia. Seria possível ficar diante da janela e olhar através do vidro para o interior da duna?

Ela hesitou no canto da varanda. Sua curiosidade era intensa: ela esquecera toda animosidade que sentira pelo pai por tê-la levado àquele fim de mundo.

Ainda assim, algo impedia que India galgasse os degraus; algo lhe dizia para não espiar pelas janelas daquela casa onde ninguém vinha para ficar; algo lhe impedia até de enfiar os dedos dos pés nos últimos grãos de areia branca que tinham deslizado do topo da duna até o terreno árido a seus pés. Luker chamou-a e ela correu de volta para ajudar a descarregar o Scout.

ELEMENTAIS
MICHAEL MCDOWELL

6

Após descarregarem o Scout, India andou de cômodo em cômodo pela casa que pertencia aos McCray. Pensando na apática opulência decorativa da casa de Big Barbara em Mobile, ficou surpresa com seu estilo despojado, mas bem harmonioso. Luker explicou que a casa de veraneio fora reformada quando a compraram em 1950 e, exceto a troca dos estofamentos, as almofadas e as cortinas, porque apodreciam rápido no ar salgado, tudo permanecera intocado desde então. Só o que faltava, na opinião de India, eram tapetes nos pisos de madeira, mas Luker explicou que era impossível manter tapetes limpos, já que entrava areia na casa o dia inteiro.

O primeiro andar de cada casa em Beldame consistia em três cômodos grandes: uma sala de estar que se estendia pelo comprimento lateral da casa e, no lado oposto, uma sala de jantar na frente e uma cozinha nos fundos. O único banheiro tinha sido construído no canto da cozinha. No segundo andar, os quartos ficavam cada um em um canto, com duas janelas e uma única porta que se abria para o corredor central. Uma escadaria estreita descia ao primeiro andar e um conjunto de degraus ainda mais apertado levava ao terceiro. Essa parte superior de cada casa era um único cômodo estreito, com uma janela de cada lado, e sempre fora reservado aos criados.

India ficou com o quarto no segundo andar que dava para o golfo na frente e na lateral proporcionava uma visão da duna implacável que devorava a terceira casa. O cômodo era guarnecido com uma cama de casal de ferro com detalhes de bronze, uma penteadeira pintada, um guarda-roupa, uma escrivaninha de vime e um grande armário vertical.

Enquanto India desfazia as malas, seu pai entrou no quarto; sentou-se na beirada da cama e inseriu filme na Nikon: "Qual quarto você pegou?", perguntou India.

"Aquele", respondeu apontando para a parede compartilhada com o outro quarto na frente da casa. "É meu quarto desde 1953. Big Barbara fica naquele na diagonal, do lado do meu. E aí", continuou, erguendo a câmera e tirando várias fotos da filha enquanto ela permanecia parada diante da mala aberta, "o que tá achando de Beldame?"

"Gostei muito", respondeu em voz baixa, com a intenção de fazê-lo entender mais do que isso.

"Achei que fosse gostar. Mesmo sendo no fim do mundo."

Ela assentiu.

"Isso é muito nova-iorquino, sabia."

"O quê?", perguntou ela.

"Desfazer as malas assim que chega em um lugar."

"Por que é nova-iorquino?", indagou ela, na defensiva, parada entre a mala e a cômoda.

"Porque depois de terminar, você fecha e enfia ela debaixo da cama — essas casas não têm closet, aposto que já notou — e vai falar: 'Tá, agora vamos ao que interessa!'"

India riu.

"É verdade. Acho que tô com a cabeça em Fire Island."

"É", concordou Luker, "mas a gente fica na ilha só dois, três dias... vira um pouco pra lá, você tá na sombra. Só Deus sabe quanto tempo a gente vai ficar *aqui*. E caso não tenha notado, devo salientar que não tem muita coisa pra fazer em Beldame."

"Vai ser pior pra você", disse ela, dando de ombros. "Eu, pelo menos, nem tenho idade pra ficar com tesão..."

"Eu sobrevivo", disse Luker. "Vim pra cá a vida toda, pelo menos até você nascer. *Aquela mulher* — como Barbara chama — *aquela mulher* e eu, a gente veio aqui uma vez, parte da lua de mel, mas ela odiou o lugar e disse que nunca mais queria voltar. Ficamos só o tempo pra conceber você."

"Quê? Você acha que foi aqui?"

Luker deu de ombros: "Acho sim. A gente, *aquela mulher* e eu, transava bastante antes de casar, claro, mas na época ela tomava anticoncepcional... na lua de mel, ela parou... e não me contou, claro. Brigamos feio quando descobri e a gente só foi transar de novo uns dois meses depois, aí acho que a conta bate pra você ter sido concebida aqui."

"Você tá me dizendo que eu fui um acidente?"

"Claro, você acha mesmo que eu *queria* uma filha?"

"Mas isso é muito esquisito", comentou India.

"O quê?"

"Que tenham me concebido nesta casa e que esta seja a primeira vez que venho aqui desde então."

"Não acho que você lembre de muita coisa."

"Não", retrucou India, "mas esse lugar também não me parece estranho."

"Quando sua mãe disse que odiava Beldame, logo vi que tinha algo errado com nosso casamento. Enfim, por um motivo ou outro, *eu* também não venho aqui desde então... é estranho estar aqui."

"Muitas lembranças?"

"Sim", respondeu ele, fazendo um gesto para que ela fosse até a janela. India, que tivera milhares de fotos tiradas pelo pai e pelos pais das amigas, obedeceu sem embaraço e fez poses e expressões que ela sabia que iriam agradá-lo. "*Mas*", continuou ele, ajustando a exposição, "só queria te avisar que vai ter que se entreter sozinha."

"Eu sei."

"Se ficar ruim demais, me chama que te dou um calmante."

India franziu o rosto: "Eu fico chapada com calmante".

"Eu tava brincando. Você não vai precisar de nada." O golfo quebrava ruidoso na praia e eles tinham que aumentar a voz por causa do barulho. O vento soprava vindo da água e as cortinas finas se enrolavam com delicadeza em volta de India.

"Os quadros na parede são meus", disse Luker. "Eu pintava quando vinha pra cá. Achava que ia ser pintor."

"Os quadros são uma porcaria", disse India com suavidade. "Mas você é um *bom* fotógrafo. Por que não tira essas coisas e pendura umas fotos?"

"Talvez. Talvez seja um bom projeto para este ano, se tiver forças. Deixa eu te avisar: Beldame é um lugar de energia muito baixa. Dá para planejar duas coisas por dia e uma delas é sair da cama."

"Luker, eu sei me cuidar. Não se preocupa. Eu trouxe aquele painel que quero pendurar em cima da cama lá em casa e vai levar uma eternidade. Se eu tiver agulha e linha, vou ficar de boa."

"Tá bem," disse Luker, aliviado. "Prometo não me preocupar com você."

"Quanto tempo vamos ficar?"

Ele deu de ombros: "Não sei. Depende. Mas não fique nervosa".

"Não estou. Mas vai depender do quê?"

"Da Big Barbara."

India assentiu; compreendeu, pela relutância de Luker em dar mais detalhes, que aquele era um assunto que não deveria ser discutido entre eles. Após desfazer as malas, India fechou a valise e a enfiou embaixo da cama. Sentou-se à penteadeira e Luker a fotografou enquadrando sua imagem refletida.

"Vai para perto da janela", pediu Luker, depois de algum tempo, "quero o mar como plano de fundo." Em vez de andar até a janela que se abria diretamente para a água, ela se postou no outro batente e olhou para a terceira casa, a quinze metros de distância. Não havia nada a não ser um quadrado de areia intocada entre as casas: "Não consigo parar de pensar naquela casa", disse India. "De quem é? Dos Savage?"

"Acho que sim...", disse Luker, hesitante.

"Que loucura. Só tem três casas em Beldame, há trinta anos você vem pra cá direto, mas não sabe quem é o dono da terceira casa?"

"Não."

Ele a fotografava, movendo-se depressa para capturá-la de ângulos diferentes e, ao que parecia a India, ângulos que não incluíssem a terceira casa ao fundo.

"Vamos descer", disse India, "e sentar lá fora. Quero que me conte tudo sobre Beldame. Sabe, você meio que manteve este lugar em *segredo*. Nunca me contou que era maravilhoso desse jeito!"

Luker concordou; em poucos minutos estavam sentados no balanço que pendia do teto, no canto sudeste da varanda. Dali viam apenas o golfo diante deles; caso se virassem, enxergariam a casa dos Savage atrás; já a terceira casa ficava fora de vista, escondida pelo canto da varanda. India matou um pernilongo e perguntou: "Quando Beldame foi construída?".

"O tataravô do Dauphin construiu as três casas em 1875. Ele construiu uma pra ele e pra segunda esposa, uma pra irmã e o marido, e uma pra filha mais velha e o marido dela. E todos tiveram filhos. É provável que tenha usado apenas um tipo de planta, pra evitar discussão de quem ficaria com qual... ou talvez ele só fosse mão de vaca mesmo. Claro, não teve ter sido barato trazer mão de obra e materiais para cá em 1875. Tudo deve ter vindo de barco de Mobile, acho, ou de Pensacola. Gostaria de saber mais da construção — essa é a parte realmente interessante. Talvez Dauphin saiba onde tão os registros — os Savage nunca jogam *nada* fora." Luker olhou para a filha para ver se ela ainda parecia interessada. Ela compreendeu e assentiu para demonstrar seu desejo de que ele fosse em frente: "Aí", continuou, "as três famílias ficavam aqui de meados de maio até meados de setembro. Deviam vir umas vinte pessoas, fora criados e hóspedes. Não que aqui fosse muito mais fresco no verão, é que Mobile não era muito saudável; muita gente morreu de febre do pântano. E as casas foram passadas de geração em geração da família Savage. Na Grande Depressão, duas delas foram vendidas, esta e a terceira... apesar de que, se quiser minha opinião, os Savage fizeram besteira em não ficarem com esta, que tem vista do golfo. Lawton e Big Barbara a tomaram em 1950 de umas pessoas chamadas Hightower, que deviam dinheiro pra eles, e Lawton aceitou a casa como pagamento... ou parte do pagamento. A gente começou a vir para cá todos os anos, e a gente, Big Barbara e eu, ficava quase o verão todo. Foi então que Big Barbara e Marian Savage ficaram muito amigas. E elas engravidaram de Leigh e Mary-Scot na mesma época. E é claro que Dauphin, Darnley e eu brincávamos juntos o dia todo. Darnley tinha a minha idade."

"Então não tinha ninguém na terceira casa naquela época?"

Luker fez que não com a cabeça: "Está assim desde que eu venho pra cá. Nem sempre foi coberta de areia, claro. Acho que isso começou não faz nem vinte anos. Antes, o lugar só ficava fechado e ninguém aparecia. Não me lembro bem como foi a história. A casa foi vendida durante a Grande Depressão, como disse, e as pessoas vinham pra cá, mas não ficavam muito; acho que foi isso. Elas compraram a casa, mas nunca usavam, e quando os Savage recuperaram um pouco do dinheiro na Segunda Guerra, acho que compraram a casa de volta. É algo assim... Dauphin pode contar melhor."

"Por que as pessoas que compraram a terceira casa pararam de vir? Aconteceu alguma coisa?"

"Não sei", respondeu Luker dando de ombros. "Não me lembro de como foi a história. É estranho pensar nisso tudo de novo, já esqueci muita coisa. Depois de a gente vir pra cá por anos, Leigh e Mary-Scot nasceram, e poucos anos depois Darnley começou a ir prum clube de vela na Carolina do

Norte no verão. Foi nessa época que eu fiquei mais próximo de Dauphin. Sou três anos mais velho que ele. É engraçado você chamar de *terceira casa*, porque é assim que a gente chama também. Ela me assustava, e também assustava Leigh. É por isso que meu quarto é aquele... dali não dá pra ver a terceira casa. Eu tinha medo de levantar de noite e olhar pra ela, tinha medo que houvesse alguma coisa vivendo lá."

"Mas você me deixou num quarto com vista pra casa", comentou India.

"É que você não tem medo", explicou Luker. "Criei você pra não ter medo dessas coisas."

"Tem muito mais areia agora do que quando você veio da última vez?"

Luker hesitou antes de responder. Ele bateu em uma mosca de areia em seu braço: "Não sei," respondeu, "tenho que dar uma olhada."

"Vamos lá", disse India. "Quero ver como é. Pega a câmera e tira umas fotos. Talvez, se der pra entrar, você pode fazer uma foto minha num cômodo meio cheio de areia... ia ser demais!"

"Ah", disse Luker em voz baixa, "não fique tão animada, India. Temos todo o tempo do mundo. Tem pouca coisa pra fazer em Beldame, talvez você devesse guardar um pouquinho de animação para quando estiver *realmente* entediada." Ele pressionou o pé contra o assoalho e impulsionou o balanço em um amplo arco lateral. Através da janela aberta da casa dos Savage, ouviram Odessa guardando os mantimentos nos armários da cozinha.

ELEMENTAIS
MICHAEL MCDOWELL

7

India, que herdara a pele delicada da mãe, vestia mangas longas e chapéu cônico quando Luker a levou para passear pelo cordão litoral. Começaram logo em frente da própria casa e caminharam pela ampla depressão rasa que se parecia com o leito seco de um rio. Através desse canal, na maré alta, a laguna de St. Elmo fluía para dentro do golfo e isolava por completo Beldame da península continental. Eles caminharam ao longo da laguna de St. Elmo, India admirada com a beleza da água verde e plácida.

"Não sei por que você não conta pros seus amigos de Nova York sobre Beldame", disse India. "Cara, é perfeito pruma festa. Seus amigos têm dinheiro, eles podem pagar a viagem de avião pra passar um fim de semana aqui. Não tem nada assim em Long Island... nem parecido!"

Luker não gostou da pergunta e isso ficou evidente para India: "Beldame é um lugar muito particular", respondeu afinal. "É da família. Pertence a nós, aos McCray e aos Savage. Não somos de convidar pessoas de fora pra virem aqui."

"Sempre foi assim?", indagou India. "Ou já tiveram hóspedes em Beldame alguma vez?"

"Ah, claro!", respondeu Luker. "Muitas vezes... mas não recentemente, acho."

"Desde quando?"

Luker deu de ombros: "Desde que Dauphin se formou no ensino médio".

"Por que pararam de convidar as pessoas?"

"Ah, a gente só se tocou que os hóspedes... que quem não é da família não gosta muito de Beldame."

"*Eu* adoro este lugar", disse India.

"Você é da família, bobinha."

"É muito estranho ter uma família", comentou India, pensativa. "Toda essa gente com quem você não teria relação nenhuma, mas tem por que são parentes. É mais fácil pra você, que cresceu com um monte de gente. Eu só tive você."

"Melhor só eu do que sua mãe e eu juntos."

"Verdade!", exclamou India. "Por que pararam de convidar as pessoas pra virem pra cá?"

"Ah, não sei bem por quê..."

"Sabe sim", disse India. "Conta, vai."

"Bom, Dauphin deu uma festa aqui. Logo depois de sua formatura. E convidou uns amigos pra passar o fim de semana..."

"Você tava junto?"

"Eu tava cursando umas matérias de verão em Columbia aquele ano, não pude vir. Mas Big Barbara e Leigh tavam aqui e alojaram todas as garotas na nossa casa e os garotos com os Savage. Odessa e Marian Savage também tavam aqui, claro, tomando conta das coisas."

"E alguma coisa deu errado?"

Luker fez que sim.

"Tipo o quê?", questionou India.

"Não sei bem..."

"Como assim?"

"Não sei bem se algo aconteceu de verdade. Talvez não tenha sido nada... mas as garotas tavam dormindo na nossa casa, e elas tavam nos dois quartos da ala oeste — aquele que você tá e o do lado, que também tem vista pra terceira casa. Aí elas ficaram acordadas até tarde no sábado, conversando, fofocando, se penteando e sei lá mais o que garotas dessa idade faziam quando dormiam fora de casa, e elas viram alguma coisa no lado de fora."

"O que elas viram?"

"Bom, elas acharam que viram uma mulher..."

"Uma mulher? Que mulher?"

"Elas não conseguiram ver direito. Era só uma mulher: gorda e de vestido longo, foi só o que viram."

"O que ela tava fazendo? Só tava, tipo, andando no quintal? Talvez fosse Marian Savage."

"Marian Savage era muito magra, mesmo antes do câncer. Não, essa mulher era grande e gorda e tava andando no telhado da terceira casa."

"O quê?"

"Ela tava andando no telhado acima da varanda, olhando pelas janelas e tentando abrir alguma pelo lado de fora. Elas não enxergaram bem, porque tava muito escuro. Elas..."

"A mulher entrou na terceira casa?"

"Não tinha mulher nenhuma", disse Luker. "Elas imaginaram. Uma alucinação coletiva ou algo assim. Não tinha ninguém. Você viu como é difícil chegar em Beldame, ninguém ia vir aqui no meio da noite. Muito menos uma mulher gorda com um vestido longo. Nem tem como subir naquele telhado sem escada e não tinha escada lá na manhã seguinte. Elas imaginaram tudo."

"E se fosse uma assaltante ou algo do tipo?"

"Gordos são péssimos assaltantes, India. Além disso, por que um assaltante ia vir aqui justo quando tinha gente, se na maior parte do ano o lugar fica vazio? E as garotas gritaram, mas a mulher nem se virou pra elas."

"Pra onde ela foi? O que aconteceu?"

"As garotas disseram que ela simplesmente deu a volta e sumiu, e não viram ela de novo."

"Talvez tenha entrado por uma janela do outro lado da casa. Alguém entrou na casa no dia seguinte?"

"Claro que não. Tô te falando, não tinha mulher nenhuma. Mas as garotas ficaram assustadas, acordaram Big Barbara, e Odessa e Marian Savage, e voltaram pra Mobile naquela noite. E, desde então, não convidamos mais ninguém pra vir pra Beldame. E tenho a impressão, pelo que Big Barbara contou, que a maioria não viria nem se fosse convidada."

Essa conversa os tinha levado até a frente da casa dos Savage. Luker parou e apontou para o tênue movimento escuro visível através da janela do segundo andar: "Odessa tá se preparando pros outros. Ela já veio pra cá tantas vezes quanto qualquer outro. Ofereceram pra ela um dos quartos do segundo andar, aquele que tem vista pra terceira casa, mas ela não quis. Em vez disso, foi pro terceiro andar. Ela fica com ele todinho pra ela e diz que o calor não incomoda. Depois de uns trinta verões lá em cima, acho que não incomoda mesmo."

Luker parou diante da casa e India teve a impressão que ele preferiria continuar falando de Odessa a completar o circuito ao redor de Beldame. Ela o puxou para longe da casa dos Savage até a ponta do cordão litoral. Ali o sol poente cintilava em hachura nas ondas que colidiam.

"Não sei nada de geologia marinha ou sei lá o nome", disse Luker, "então não sei bem o que tá acontecendo aqui. Mas quando eu era da sua idade, este trecho de praia aqui era maior, mas tá tudo debaixo d'água e agora não é mais do que um banco de areia... e um banco de areia não muito confiável, ainda por cima. Ele *parece* seguro, mas eu não confio. Quando eu era pequeno, a duna tava só começando a se formar, e Marian Savage ficava reclamando da areia na varanda da terceira casa. A gente não sabia na época que toda a casa seria coberta. Sempre que a gente voltava, a duna tava um pouco mais alta. Agora olha", falou, de costas para a água, "daqui quase não se vê o topo da areia."

O que India conseguia ver da terceira casa era grande parte do segundo andar e a única janela no topo. O sol refletido no vidro intacto daquelas janelas a cegavam.

Ela pulou para frente e pousou o pé na base da duna; a textura da areia ali era diferente o suficiente daquela da praia para ser chamada de "base da duna."

"O que você tá fazendo?", indagou Luker, ríspido.

"Vou até o topo olhar pela janela. Vamos!" Ela deu alguns passos penosos para cima.

"Não!", gritou Luker. India se virou e sorriu: ela o estava testando. A relutância dele em falar sobre a casa, a não ser por insistência dela, ficara evidente.

"Você ainda tem medo", provocou ela. "Você tinha medo quando era criança e continua com medo agora, né?" Ela estava alguns metros acima dele e seus pés afundavam devagar na areia fina e solta.

"Sim", respondeu ele, "é claro que tenho. Pergunte para Leigh e ela vai dizer que tem medo também."

"E o Dauphin? Ele tem medo da terceira casa?"

Luker fez que sim com a cabeça.

"E Big Barbara e Odessa?"

"Por que teriam medo?", perguntou Luker. "Elas começaram a vir pra Beldame já adultas. Acho que a casa só tem efeito nas crianças. Não tem nada errado, nenhuma história de fantasma ou algo assim. Mas pela casa estar vazia, coberta pela areia e por ser tão chato aqui, a gente não tinha nada melhor para fazer a não ser sentir medo."

"Então sobe aqui comigo e vamos olhar as janelas. Quero ver se a areia entrou na casa."

"Não é seguro, India."

"Que bobeira, Luker, é só uma duna de areia e você já viu em várias na Fire Island, não?", perguntou com sarcasmo.

"Sim," respondeu. "Mas eram dunas permanentes na ilha, elas..."

"Dunas não são permanentes", interrompeu India, em tom didático, "é o que as caracteriza como dunas e, além disso, esta aqui só tem uns cinco metros." Sem esperar a permissão do pai, ela se virou e avançou depressa para o topo. Seus pés calçados com sandálias afundavam na fina areia branca e era difícil levantá-los. Ela parou, tirou as sandálias, e as jogou para Luker lá embaixo. Ele as pegou, as bateu na coxa e as girou pelas tiras com movimentos impacientes. India se dirigiu à janela da esquerda, para ver o quarto correspondente ao seu. A areia chegava à segunda das quatro fileiras de vidraças no caixilho.

Descalça, India alcançou o cume da duna. E teria escorregado caso não tivesse agarrado uma das flores-de-lis entalhadas que adornavam o friso do segundo andar da casa. Ela se içou até ficar diante do caixilho e olhou através da janela para um quarto que era estruturalmente idêntico ao seu.

Mais tarde, não saberia dizer bem o que se passara, mas qualquer que fossem suas expectativas, não foram atendidas pelo que ela viu.

O aposento, parecidíssimo com o seu em termos de proporção, marcenaria e decoração, era mobiliado em um estilo que ela reconheceu como do final do período vitoriano. Havia uma armação de cama de mogno em quatro colunas com abacaxis entalhados no topo; um guarda-roupa, uma cômoda e uma penteadeira da mesma madeira, esculpidos com estilo idêntico. Um tapete de junco tinha sido disposto no chão e as paredes eram cobertas com papel de parede listrado de verde e preto. Havia muitos quadros em molduras escuras, apenas um pouco tortos nos suportes triangulares. Sobre uma mesa ao lado da cama havia uma garrafa cor de rubi com um copo de vidro da mesma cor de ponta-cabeça sobre a boca da garrafa. India pôde ver que ainda tinha água. Sobre a penteadeira havia uma mixórdia de escovas e uma caixa aberta com espelho que suspeitou ser um conjunto de barbear.

O sol brilhava através da janela, iluminando uma parte do quarto com clareza reluzente e deixando o resto obscurecido. A própria sombra curiosa de India se espichava pelo chão, como resíduo assustado do último habitante do quarto.

Através da porta aberta que dava para o corredor, ela pôde distinguir debilmente a balaustrada da escadaria que descia ao primeiro andar.

India estava fascinada. Espiando agora os cantos obscuros do quarto, ela viu as marcas da violência casual da passagem do tempo. O espelho do conjunto de barbear estava rachado e uma lasca caída na cômoda refletia um ponto de luz solar na parede ao lado. Um dos suportes dos quadros tinha se rompido e um canto da moldura quebrada pendia em seu campo de visão no outro lado da cama. Uma linha reta de pó vermelho jazia sob o tapete logo abaixo da cortina onde a franja tinha apodrecido. Mas o quarto estava maravilhosamente intacto. Foi com expressão de perplexidade que ela se voltou para o pai.

"India, o que foi?", perguntou, preocupado e descontente.

"Luker, você *tem* que subir aqui e ver, é..."

A flor-de-lis a que ela segurava para se manter ereta sobre a areia inconstante e macia se soltou com a pressão. Ofegando, ela caiu na duna. Suas mãos e joelhos afundaram na areia e ela olhou surpresa para o pai, que não tinha subido para ajudá-la.

"Viu o que quero dizer?", disse ele. "Desça."

Ela tentou ficar em pé, mas no declive não conseguiu se firmar. Seus pés tinham desaparecido sob a areia e quando se esforçou para levantá-los, sem querer, ela enfiou o pé direito através de umas das vidraças inferiores da janela.

A ideia de que parte dela estava agora realmente dentro do quarto preservado como que por milagre amedrontou India. Algo que estivera escondido ao longo da parede, fora do seu campo de visão, agora iria agarrar sua perna e puxá-la pela janela. Algo que...

Ela puxou o pé de volta pelo vidro e se afastou, cambaleando.

"India, o que aconteceu?", quis saber Luker.

"Desculpe", sussurrou ela, ao se sentar na areia e deslizar alguns centímetros. Ela endireitou o chapéu cônico, que tinha enviesado. "Quebrei uma das vidraças, foi sem querer, eu..."

"Tudo bem", disse Luker. "Mas você se machucou?"

Ela esticou o pé descalço e o virou dos dois lados.

"Não", respondeu, ela mesma surpresa por não encontrar sangue. A vidraça já deveria estar solta e a leve pressão do seu pé com aquela exercida pela areia implodiu o vidro para dentro do aposento.

"Desce", mandou Luker. "Desce logo, não vá me inventar de pegar tétano no primeiro dia. Eu não tenho..."

Ele parou de repente ao ouvir algum som que India não tinha escutado: "É o jipe", anunciou, "os outros chegaram. Desce". Ele jogou as sandálias dela de volta e se afastou correndo ao redor da duna e de volta para as outras casas.

India tirou as sandálias da areia, com cuidado para manter o equilíbrio no declive. Mas em vez de voltar de imediato, se virou e andou até o caixilho outra vez. Ela se recusava a tomar para si o medo irracional de Luker pela terceira casa.

Com um pequeno tremor, olhou outra vez pela janela, e o simples fato de ver que o quarto permanecia inalterado foi reconfortante. A vidraça se quebrara em diversos pedaços grandes sobre o tapete, e mesmo enquanto os observava, eles foram encobertos por um montículo de areia que se derramava pela abertura. Quando moveu o pé um pouco mais do que um centímetro, a areia passou a escorrer mais depressa. Ela se sentiu culpada pela sua falta de jeito que fizera o quarto ser, afinal, violado pela areia, até então confinada ao primeiro andar. Quem sabe se, não fosse por seu pé idiota, a areia se elevasse centímetro a centímetro por fora da janela e encobrisse a casa por completo sem encontrar uma entrada? O quarto, antes impecável, agora estava fadado a destruição, graças à sua falta de cuidado. Sua vontade agora era de chutar uma segunda vidraça, e não fosse o medo de se machucar, seria capaz de ter chutado mesmo.

Ela examinou o quarto outra vez. Se ia se encher de areia, por que não tirar as coisas de lá? Desconfiava que fosse medo e não respeito pela propriedade privada que impedira Luker de se apropriar das raridades daquele quarto... e provavelmente os outros também. Virando-se, decidiu sugerir que tirassem tudo que era valioso de dentro da casa antes que fosse encoberta por completo pela duna. Aquela garrafa e aquele copo de vidro cor de rubi sobre a mesinha de cabeceira ficariam perfeitos ao lado de *sua* cama na rua 74.

Através da janela, ela fitou a garrafa, pensando em sua casa, e perguntando-se quanto tempo demoraria até voltar. A areia sibilava através da abertura na janela e formava uma pilha mais alta no chão. Um pequeno funil apareceu na areia entre os pés de India; para fazer uma experiência, ela removeu a fita da aba do chapéu, a desamarrou e a balançou acima do buraco. Ela a abaixou mais e a fita foi sugada para dentro do funil. Ela ficou surpresa pela força do puxão, e a seda escorregou de seus dedos. Ela olhou pela janela e viu a fita se esticar por cima do montículo que se formava no tapete de junco. Era como se o quarto tivesse se transformado em uma enorme ampulheta, a ser lentamente preenchido pela areia; ela observava fascinada conforme a fita era encoberta. Sua atenção estava tão focada no chiado da areia sobre a seda que não notou o outro barulho suave no quarto, mas quando de repente levantou o olhar, viu a porta que dava para o corredor central ser fechada com cuidado.

ELEMENTAIS
MICHAEL MCDOWELL

8

Luker se esticou na enorme cama de mogno da mãe, e teria pegado no sono caso Big Barbara não estivesse falando com ele sem parar enquanto desfazia as malas. Pequenos montículos de roupas de baixo foram empilhados no peito e nas coxas dele, enquanto aguardavam distribuição para as devidas gavetas. O quarto de Big Barbara não tinha nenhuma vista digna de menção: um triângulo do golfo pela janela lateral e a casa dos Savage aos fundos. Mas recebia o sol da manhã.

Luker disse: "Vocês chegaram bem na hora, a maré tava subindo. Achei que iam ter que esperar até amanhã".

A luz lá fora tinha começado a mudar de cor e intensidade.

"Não", respondeu Big Barbara, "não tinha mais que meio metro de água no caminho, e acho que Leigh teria sido capaz de fazer uma jangada pra gente chegar hoje."

"Não sabia que ela tava tão ansiosa."

"Ela tá ansiosa por causa do Dauphin. Torcendo para que este tempo aqui o ajude a superar a morte da pobre Marian. *E* aquele negócio no funeral. Mary-Scot tem as freiras pra consolar ela, mas o Dauphin só tem a gente. Agora, Luker", falou apoiando-se na cômoda pra fechar duas gavetas de uma só vez, "eu sei por que *Dauphin* quis vir pra Beldame, mas o que quero saber é: o que é que fez *você* vir pro Alabama. Sei que não era fã de Marian Savage e, verdade seja dita, querido, ela também não ia muito com sua cara."

"Usei o funeral como desculpa pra vir a Beldame."

"Você não precisa de desculpa pra vir aqui. Imploro há anos pra vir ficar comigo aqui e trazer India. E Dauphin e Leigh também. Luker, você não pisa em Beldame desde que veio aqui com *aquela mulher* em 1968. E você sabe o que ela me disse daquela vez? Ela disse..."

"Prefiro não saber. Não quero falar dela."

"Eu só queria acreditar que aquela mulher morreu! Uma foto da lápide dela ia fazer sua mãe muito feliz, Luker! Muito feliz!"

"Não, ela não morreu, ela..." Luker pôs o rosto no travesseiro com um bocejo.

Big Barbara puxou o rosto dele de volta: "Luker! Não me diga que você viu aquela mulher!".

"Não. Nem sei onde ela tá."

"Ótimo", emendou Big Barbara, "o inferno é pouco praquela mulher..." Ela arrebatou os sutiãs de cima do peito de Luker com um movimento vingativo e os enfiou na gaveta de cima da cômoda. "Ótimo!", exclamou de novo, "prontinho. Agora, por que não dá um pulo lá embaixo, me prepara uma bebidinha e a gente vai ver Dauphin e Leigh?"

"Não", disse Luker.

"Não o quê?"

"Não, não vou preparar uma bebidinha pra você." Ao responder, ele abriu os olhos e a encarou.

"Bem", disse ela cautelosa, pressentindo que algo estava errado, "eu mesma faço, então. Você quer alguma coisa?"

"Não."

"Luker..."

"Barbara, não tem bebida na casa. Não trouxe nada."

"Luker, eu separei a caixa, tava bem ali na lavanderia, prontinha. Como é que você não viu, eu *não* sei."

"Eu vi, só não trouxe... de propósito."

"Bem", disse Big Barbara, "tomara que o Dauphin tenha tido o bom senso de trazer a caixa no outro carro, eu..."

"Dauphin também não trouxe", interrompeu Luker. "Barbara, Beldame secou, por voto popular."

"Eu não votei!"

"Não importa. A maioria teria escolhido a lei seca."

Big Barbara estava acomodada à penteadeira e falou para o reflexo do filho no espelho. Luker tinha se sentado na cama: "É pra *isso* que você tá aqui", disse Big Barbara em voz baixa.

"É pra *isso* que veio pra Beldame, né... pra ficar de inspetor."

"Isso aí."

"Podia ter tido a decência de me contar, Luker."

"Você iria tentar dar um jeito."

"Mas é claro que sim... e você devia ter me dado a chance!"

"Não", respondeu Luker baixinho. "Barbara, você é alcoólatra e não aceita ajuda. Sei que a Leigh já conversou com você, sei que Lawton conversou com você, e se Dauphin não fosse tão educado, também ia conversar. Mas você não ouve ninguém e toda noite vai lá e bebe até trançar as pernas..."

Big Barbara se afastou do espelho: "Luker", implorou, "gostaria que você não..."

"Vou te contar, Barbara", disse seu filho, "de todos os problemas que uma pessoa pode obrigar os amigos e familiares a lidarem, o alcoolismo é o mais chato. Não tem nada de atraente. E em *você* é particularmente ruim. Quando bebe, você desanda a falar e não há Cristo que te faça calar a boca. Sai contando o que não deveria, conta tudo pra *qualquer um* e deixa todo mundo envergonhado. E vou te falar, Barbara, quando você enche a cara, é difícil te amar."

"E *então*", disse Big Barbara, "você me trouxe pra cá pruma cura milagrosa. Vai tirar a alça de couro da mala, me amarrar na cama e correr com India pra casa do lado, torcendo pra não me ouvir gritar!"

"Se for preciso." Luker deu de ombros. "Barbara, se continuar bebendo, vai viver mais uns cinco anos, e acabar mais doente do que Marian Savage. É idiotice beber desse jeito. Não sei por que faz isso."

"Eu sei", vociferou Big Barbara. "Eu bebo porque gosto."

"Eu também gosto", devolveu Luker, "mas sei largar a garrafa antes de ela ficar vazia. Barbara, você não bebia assim quando eu e Leigh éramos pequenos."

"Mas foi quando comecei", disse Big Barbara, "quando vocês eram pequenos."

"Por quê? Por que começou?"

"Luker, quando me casei, não passava de uma doce garotinha sulista, que nunca sequer tinha ido ao norte da linha Mason-Dixon. Tive dois filhos e um casamento feliz. Lawton gostava de pescar e eu gostava de beber. Tive três motivos pra beber: dois filhos eram os motivos um e dois, e o terceiro era que eu gostava de me *desligar*. Por volta das 18h todas as tardes, eu me sentava no pátio entre as magnólias e as gardênias — gardênias todas florescendo e empesteando tudo com aquele cheiro! — e pensava, 'não vou beber nada' e aí você ou Leigh chegava e dizia, 'mamãe...' e eu pensava, 'Meu Deus, preciso de um trago', e corria pra casa. Então lá pelas 19h30, eu já tava longe, tinha ido embora..."

"Mas eu cresci", disse Luker, "Leigh cresceu. E Lawton parou de pescar dez anos atrás."

"Sim, mas Luker, eu ainda gosto de me desligar..."

"Desligar é ótimo", disse Luker. "É muito divertido, mas Barbara, você perdeu o controle!"

Por um minuto, Big Barbara McCray sentou-se imóvel e tentou controlar a raiva que sentia da família por agir de forma tão despótica. Parar de beber tinha se tornado, desde que a filha e o marido tinham começado a falar disso, uma responsabilidade premente; mas Luker, ao enganá-la indo a Beldame sem uma gota de álcool, a tinha privado da glória que acompanhava a renúncia voluntária.

Na verdade, não deveria sentir raiva de Luker, pois sabia que ele não suportava ficar longe de Nova York e que também devia ter penado para convencer India a viajar ao Alabama por um período indeterminado. Era uma viagem motivada por amor incondicional a ela. Ainda assim, a frustração e o temor pelos dias e semanas sem bebida que teria que encarar, percebendo que já estava tensa pois se aproximava das 18h e desde o meio-dia não saboreava um uísque, levaram Big Barbara a buscar uma válvula de escape para seu ressentimento: "Foi Lawton", falou, afinal, "que pediu pra você vir".

"Sim, foi. Mas eu vim por você, não por ele. Você sabe disso."

"Eu sei", disse Barbara, severa, "mas tô fula com Lawton por tramar esse esquema. Você sabe por que ele fez isso, né?"

Luker não respondeu.

"Vou te contar o porquê. Ele fez isso porque não queria que eu envergonhasse ele na campanha. Não queria que eu caísse de cara num prato de salada de frango num piquenique da igreja. Não queria me ver saindo dum bar carregada em uma maca..."

"Barbara, foi bem isso que aconteceu na semana passada. Como você acha que eu me senti quando Leigh me ligou, no meio dum jantar, pra contar que você tava na clínica de desintoxicação do Mobile General? Isso não deixou ninguém feliz."

"Não foi porque eu bebi. Foi porque eu tinha acabado de saber que Marian tinha morrido. Lawton nem se importa comigo. Pra ele, tanto faz se eu me trancar no armário e descer uma garrafa goela abaixo. 'Oh, claro, tudo bem. Ela tá se divertindo pra burro lá dentro, ninguém entra lá pra incomodar já que ela tá se divertindo tanto!' É isso o que ele pensa. Ele acha que eu sou um risco pra campanha. Como aquele representante do Kansas que a esposa espancou o filho de dois anos deles até a morte uma semana antes da última eleição. Ela era um risco e ele perdeu. Lawton me deixa furiosa. Aquele homem não seria nada se eu não incentivasse! Eu *ainda* cuido dele! Fui eu que o instruí a não falar de abate de suínos na frente da esposa do vice-presidente! Aquele homem não seria *nada* sem mim, Luker. A gente não ia ter um centavo furado no banco! No dia que você nasceu, eu disse pro Lawton, 'Lawton, *fertilizante é a onda do futuro*'. E ele me ouviu naquele dia! Ah, naquela época, no dia que você nasceu, ele ainda me ouvia! Ele saiu e comprou uma empresa de fertilizantes e *ela rendeu muito dinheiro*. Se não fosse por aquela empresa de fertilizantes, ele não ia ter como se candidatar pro Congresso. Sem aquela empresa, ele não ia ter como se candidatar nem à guarda de trânsito!"

Com a respiração pesada, ela se virou depressa e secou os olhos com um lenço de papel. Quando voltou a falar com Luker, foi com voz mais baixa e controlada: "Luker, nesta manhã antes de eu vir pra casa, Lawton me disse que se eu não ficar sóbria, ele vai dar entrada no divórcio logo depois da eleição e não vai fazer diferença nenhuma se ele ganhar ou perder, pois não quer ficar preso a uma mulher que bebe mais do que um bando de irlandeses".

"Um divórcio seria tão ruim assim? Se você se divorciasse do Lawton, podia ir morar com Leigh e Dauphin. Eles adorariam te receber. Acho que você mesma devia ter dado entrada em divórcio no dia que Leigh se tornou uma Savage."

"Um divórcio ia me matar, Luker. Sei que você não tem o melhor relacionamento do mundo com Lawton e sei que não ama ele do mesmo jeito que me ama..."

Luker deu uma risada áspera.

"...mas eu amo Lawton e sempre amei. Sei que ele é mesquinho, e sei que ele mente, e foi a própria Marian Savage, nunca diga isso pro Dauphin, que me contou daquela biscate em Fairhope com quem seu pai está metido desde 1962, e ela é ruiva, tem cabelo crespo e um rabo do tamanho de um estádio de futebol..."

"Barbara, você nunca me contou isso!"

"Por que contaria? Não tinha por que você saber."

"Você ficou chateada quando descobriu?"

"É claro! Mas nunca disse uma palavra. O que me magoou mais foi quando ele começou a falar de divórcio... hoje não foi a primeira vez que ele mencionou. Luker, ouça, vou ceder e vou tentar esse negócio..."

Ela virou o rosto por instantes, contemplando as dificuldades que lhe aguardavam. Então, virando-se para o filho, exclamou: "Mas pelo amor de Deus, pega um copo pra eu segurar. Preciso apertar os dedos nem que seja em um copo vazio!".

Luker escorregou para fora da enorme cama de mogno e se espreguiçou: "Você vai ficar bem", disse, despreocupado.

ELEMENTAIS
MICHAEL MCDOWELL

9

No caminho de Mobile até Beldame, Dauphin comprara meia dúzia de lagostas, que Odessa cozinhou para o jantar, com batatas e salada de repolho como acompanhamento. Todos comeram na sala de jantar da casa dos Savage e Luker se absteve de reclamar com Big Barbara que sua enfermidade alcoólica impediria que degustassem cerveja ou vinho no jantar. A refeição não foi feliz, pois ninguém estava inteiramente relaxado; mas pelo menos estavam famintos. Somente ao fim do jantar, quando o estalido de cascas e o som da tenra carne de lagosta sendo sugada de carcaças estraçalhadas já não encobriam o silêncio, que a falta de conversa se tornou incômoda.

Dauphin, sempre obsequioso, tomou para si a responsabilidade de resgatá-los. Desdenhando superficialidades, comentou com India sem preâmbulos: "Luker me disse que eu não devia ter vindo pra Beldame depois que mamãe morreu, que era melhor ter ficado em Mobile...".

"Sim", respondeu India, sem entender por que aquele comentário foi direcionado a ela. "Sei que ele disse isso, mas você não pensa assim."

"Não, não penso. Beldame é o lugar onde já fui mais feliz na vida. Tenho 29 anos e venho pra cá desde o verão que nasci. Nunca quis ir pra outro lugar. Os verões que passei aqui com Luker, você nem imagina como eu era feliz nessa época... como ficava arrasado quando tinha que voltar pra

Mobile! Luker nem falava comigo quando a gente voltava pra casa. Melhores amigos em Beldame, mas em Mobile ele não me dava a mínima."

"Você era três anos mais novo que eu", afirmou Luker dando de ombros. "E eu tinha uma imagem pra manter."

"O que me deixava *muito* infeliz", devolveu Dauphin, sorrindo. "Enfim, continuei vindo para cá, mesmo depois de Luker casar e não aparecer mais. Eu vinha com mamãe e Odessa e era feliz nessa época também. E enquanto isso, Leigh foi crescendo... e ela era tão esperta... foi oradora da turma no ensino médio, chegou à lista do reitor da Vanderbilt e ganhava concursos de beleza a torto e a direito..."

"Eu fui Rainha do Fogo de Mozart", revelou Leigh em tom autodepreciativo. "E uma vez ganhei uma escova de dentes elétrica num concurso de poesia."

"Ainda assim", disse Dauphin a India, "eu achava que a coisa mais maravilhosa do mundo era que quando a gente tava em Beldame e ela andava pela praia comigo."

"Era porque eu sabia que você tinha uns 18 milhões na conta", disse Leigh ao marido.

Ele prosseguiu, ignorando o comentário dela: "Um dia a gente tava sentado aqui, *nesta* mesa, só eu e ela...".

"Eu tava lá em cima contando pra Marian o que ia acontecer", disse Big Barbara.

"E Odessa tava na cozinha tentando matar uma vespa", riu Leigh, "e durante todo o tempo em que Dauphin tentava me pedir em casamento, a gente ouvia aquele *plá, plá, plá* nas paredes e as panelas todas chacoalhando."

"...e eu disse: 'Sabe, Leigh, sei que você é esperta, que é linda e que existem uns 18 milhões de caras que pulariam da caçamba dum caminhão em movimento pra ter uma chance de dizer algo legal pra você, mas eu tenho muito dinheiro e se você casar comigo, vai se divertir muito torrando tudo...'"

"E eu disse: 'Dauphin, com certeza vou!'", completou Leigh. "E me divirto mesmo!"

"Bom, Barbara", lançou Luker, "agora que Leigh tá bem de vida, espero que vocês tenham mudado o testamento pra me deixar como único beneficiário da McCray Fertilizer Company."

"Vai depender de como você me tratar no futuro", rebateu Big Barbara.

Odessa saiu da cozinha para servir mais café e retirar os pratos. A pergunta de India quase se perdeu sob os tinidos dos pratos: "Dauphin, você também tem medo da terceira casa?".

"Sim", respondeu ele, sem hesitação.

"Por que essa pergunta, minha filha?", indagou Big Barbara.

"Porque Luker tem medo."

"Luker", disse a mãe dele, "você andou inventando história pra menina?"

Luker não respondeu.

"India", disse Leigh, "não tem nada na terceira casa. As pessoas só acham que tem por que ela tá abandonada há um tempão e a areia tá cobrindo tudo e tal. O lugar parece..." Ela não quis terminar a frase.

"Parece que tem alguma coisa errada lá", completou Luker. "Só isso. India me perguntou por que não convidamos mais ninguém pra vir pra cá a não ser os parentes e contei da festa de formatura de Dauphin."

"Ah, aquilo não foi nada!", exclamou Big Barbara. "India, aquilo não foi nada! Só dez garotinhas acordadas até tarde contando histórias de fantasmas e assustando umas às outras, porque Beldame é um lugar solitário de noite, se não tiver acostumado. É tudo invencionice. Eu tava na casa aquela noite e não vi nada. Tinha uns dez garotos passando a noite aqui na casa dos Savage e também não viram nada. Não tinha nada pra ver."

"Mas mesmo assim vocês não convidam ninguém pra vir aqui", comentou India.

"As pessoas gostam de animação e luzes piscantes hoje em dia", explicou Big Barbara, "não querem vir pra pobre e velha Beldame, onde não tem nada pra fazer a não ser decorar a tabela das marés."

"Mesmo assim", disse Leigh, "não tem motivo pra *você* ter medo da terceira casa, India. Dauphin, Luker e eu temos medo porque crescemos com ela. A gente vivia inventando história, dizendo que tinha alguém que morava lá, alguém que tava sempre escondido onde ninguém podia ver. A gente se desafiava a olhar pela janela e quando espiava, achava que quem tava lá dentro se escondia debaixo da cama ou atrás do sofá e tal."

"Hoje", disse India, "esta tarde, eu..."

"India foi muito insensata hoje", interrompeu seu pai, "e subiu até o topo da duna na frente da terceira casa. E olhou pela janela."

Dauphin pareceu horrorizado e Big Barbara emitiu sons engasgados. Leigh disse: "India, você não deve fazer isso. Luker, você não podia ter deixado! A areia não é firme, ela podia escorregar e ser engolida! A areia naquela parte de Beldame é traiçoeira, traiçoeira que só!".

"Eu olhei pela janela e..."

"Não!", interrompeu Big Barbara. "Chega disso... é tudo bobagem. Né, Odessa?"

Odessa tinha voltado com mais café: "Certeza", concordou Odessa. "Nada na terceira casa além de areia e poeira."

"India", falou a avó, "a gente não te deixaria brincar numa montanha-russa abandonada e nem vai deixar você brincar em volta daquela casa. Ela é podre e perigosa."

India pousou a mão na xícara de café e não quis tomar mais.

Dauphin confessara seu medo a India, mas se recusara a dar mais detalhes. Entretanto, era certo que escolhera o quarto no canto noroeste da casa para ele e Leigh. De suas duas janelas não era possível ver nada a não ser a laguna de St. Elmo, que cintilava com fosforescência verde doentia. Era a vista mais solitária e triste que Beldame proporcionava, principalmente à noite. Em nenhum outro lugar as noites eram mais escuras do que em Beldame; não havia um poste de luz em um raio de 48 quilômetros. Somente depois da praia o golfo era fundo, e não precisavam de boias de sinalização. Quando todos foram para a cama e as luzes se apagaram nas casas, restaram apenas as estrelas e a ampla faixa ondulante da laguna de St. Elmo. A lua nova era um retalho escuro costurado em uma colcha ainda mais escura.

Depois do jantar, quando Luker, India e Big Barbara já tinham atravessado o quintal e entrado na casa, Dauphin ficou diante da janela do seu quarto e de Leigh e olhou para a laguna. Acima, ouviu os passos de Odessa e Leigh no terceiro andar. Quando Leigh voltou, pediu para que lhe lesse algo na cama até adormecer: "Tudo bem", concordou, "mas por quê?"

"Porque", respondeu com simplicidade, "tenho medo de ser o último a dormir em Beldame."

"Mesmo se eu tiver do seu lado na cama?"

Ele fez que sim com a cabeça.

"O que você fazia quando dormia sozinho?", perguntou Leigh.

"Eu pedia pra Odessa ficar comigo. Nunca era o último a dormir."

"Dauphin, por que você nunca me contou isso?"

"Eu tinha medo que você pensasse que eu tava agindo que nem um idiota."

Leigh riu: "E por que tá me contando agora?".

"Ah, por causa do que India disse hoje."

"Sobre a terceira casa?"

"Sim. Não gosto de falar dela. Não é que eu ainda tenha medo..."

"Mas você tem", disse a esposa. "Você ainda tem medo dela."

Ele assentiu: "Acho que tenho. É engraçado estar aqui agora. E é estranho, achei que ia ficar pensando em mamãe o tempo todo, mas cheguei aqui, e tava sentado no balanço, e só agora lembrei que mamãe morreu naquele balanço. Não tava pensando nela, só pensava na terceira casa...".

"Dauphin, não acho que você tá agindo que nem um idiota. Mamãe e Marian que foram idiotas, criando a gente pra ser supersticioso, pra ter medo. Se a gente tiver filhos, vai ser diferente. Eles não vão ouvir uma palavra sequer sobre a terceira casa."

"Acho que é o melhor mesmo", comentou Dauphin. "Não é nada bom, sabe, crescer com medo de tudo o tempo todo."

Leigh acendeu o abajur na mesinha de cabeceira e leu uma *Cosmopolitan* de quinze meses antes. Dauphin pegou no sono com a cabeça enterrada no lado do corpo dela, e o braço esticado sobre seu peito. Até mesmo os pés dele estavam emaranhados nas pernas dela — como proteção contra a terceira casa.

Quando sentiu o calor do sol nascente no lençol que jazia ao longo de seu corpo, Dauphin tentou não acordar. Leigh estava deitada em seus braços, mas não despertou ao ser abraçada. Ainda assim, ele não abriu os olhos, esperando que apesar do calor crescente, que o fazia transpirar, e apesar da luz carmesim que queimava contra a parte interior das pálpebras, fosse vencido pelo sono outra vez.

Com muito cuidado, se afastou de Leigh e se deitou de costas para ela. Mas tinha perdido mesmo o sono e Leigh não acordou. O esforço de manter os olhos fechados por fim se tornou grande demais e ele permitiu que se abrissem. Um grande retângulo de luz vermelha — cuidadosamente delineado e seccionado como a janela — estava na porta que dava para o corredor; enquanto o fitava, se moveu um pouco, descendo na direção da maçaneta. Era provável que não passasse das 5h.

Esperou pelos passos de Odessa no andar de cima. Sabia com exatidão em qual da meia dúzia de camas ela dormia: a que ficava diretamente acima da cômoda. Assim que ela colocasse os pés no chão, saberia. E quando ela tivesse se vestido e ouvisse seus passos na escada, se permitiria levantar. Apesar de não ter se importado em admitir para a esposa que temia ser o último a adormecer em Beldame, teria vergonha em confessar que também tinha medo de ser o primeiro a se levantar. Qualquer um podia entender terror noturno, mas o que pensariam de alguém cujos medos persistiam ao amanhecer?

Dauphin estremeceu: os passos vieram, mas de um lugar inesperado, logo acima do guarda-roupa no canto oposto. Dauphin se perguntou o que poderia ter levado Odessa a mudar um hábito de 35 anos, dormindo naquela temporada em uma cama diferente. Ele fitou o ponto onde os passos tinham soado. Por que Odessa tinha...

Por que ele não tinha ouvido mais nenhum passo?, perguntou-se de repente, levantando a cabeça do travesseiro pela primeira vez.

Então mais passos soaram: Odessa pisando leve pelo cômodo, sabendo que podia ser ouvida nos quartos abaixo. Ao longo de trinta verões em Beldame (sua primeira ida ao lugar fora na barriga grávida de Marian Savage), Dauphin levantara poucos minutos depois de Odessa. Ele sempre fora o primeiro para quem Odessa preparava o café da manhã, ao mesmo tempo em que preparava o dela própria; e era apenas nessa refeição, naquele lugar, e apenas com Dauphin, que Odessa quebrava a regra autoimposta de nunca comer com os patrões. Em Beldame, às 6h15 de todas as manhãs, Odessa e Dauphin Savage compartilhavam o café da manhã à mesa da cozinha.

Dauphin também sabia que a escada do terceiro andar emergia diretamente no centro do cômodo acima dele, bem aos pés da quarta cama. Não havia nenhuma porta para abrir e em pouco tempo Dauphin ouviu Odessa descer a escada.

Ele tinha saído da cama e vestido o pijama, com a intenção de segui-la até o andar de baixo. Sem querer correr o risco de acordar Leigh, Odessa não falaria com ele até chegarem na cozinha. O quadrado da vermelha luz do sol matinal lustrava a maçaneta de bronze da porta; Dauphin girou a chave na fechadura e a abriu.

Marian Savage estava parada na sua frente. Nas mãos, segurava um enorme vaso vermelho que ele nunca tinha visto antes: "Dauphin", disse ela.

Dauphin sorriu, então se lembrou de que a mãe estava morta.

PARTE II
A TERCEIRA CASA

ELEMENTAIS
MICHAEL MCDOWELL

10

Enquanto Dauphin Savage sonhava que sua mãe morta tinha ido até a porta do seu quarto, India McCray estava diante da janela e fitava a terceira casa. Na hora mais escura antes do amanhecer, quando as estrelas cintilantes eram obscurecidas pelas nuvens e a laguna de St. Elmo emitia apenas um tênue brilho espectral, ela não conseguia ver quase nada da construção que tanto a intrigava. Com um leve tremor, India se deu conta de que nunca estivera em um lugar tão escuro quanto aquele. Durante toda a vida, morara na cidade, onde a noite era caracterizada não pela escuridão, mas apenas por uma relativa diminuição de luminosidade. Havia postes de luz, placas de neon e janelas sem cortinas, faróis de carros e uma névoa avermelhada que cobria Nova York do crepúsculo ao alvorecer. Em Beldame, durante a noite, a luz estava extinta, e India sentia-se cega.

O silêncio do lugar a oprimia. As ondas que quebravam na praia, a dezenas de metros de distância, eram uma reverberação irritante nos ouvidos e pareciam desconectadas de qualquer fonte física. India sentia que o padrão imprevisível e sempre mutável do barulho, que era ainda mais estático e monótono por sua inconstância invariável, disfarçava o verdadeiro silêncio do lugar, um silêncio sinistro, à espera. Coisas poderiam se mover, e coisas podiam se deslocar sem que pudessem ser ouvidas, encobertas pelo trovejo poderoso das ondas.

Fora despertada por algum ruído estridente sob a contínua rebentação e, sabendo que, não importava o que fosse, estava relacionado a terceira casa, foi de imediato até a janela. Ficou parada manuseando a cortina e aguçou os ouvidos. Talvez os ruídos de portas rangendo e vidro quebrando que julgou ouvir fossem apenas a sua imaginação. Nas ondas, todos os sons eram possíveis: chamado de sereias ou o andar arrastado dos mortos na areia.

As janelas da terceira casa começaram a refletir o céu que clareava ao leste. As vidraças queimavam com um cinza gélido enquanto o restante da casa permanecia imerso no mesmo preto indistinguível do céu.

India voltou para a cama e teve um sono sem sonhos até as 10h. Quando acordou, não se lembrava de ter levantado antes do alvorecer.

Ela não tomou café da manhã, pois todos já tinham comido e a ideia de ser servida de modo especial por Odessa a insultava. Encheu uma xícara com café da cafeteira mantida quente no fogão e foi até a sala de estar da casa dos Savage. Big Barbara estava lá sozinha.

"India", chamou, "vem, senta aqui comigo."

India se sentou ao seu lado e perguntou: "Como você tá hoje?".

"Ah, minha filha! Hoje eu tô um dia mais velha que Deus e um dia mais nova que a água! Não preguei o olho a noite inteira. Era cinco da manhã eu ainda tava acordada na cama, virando dum lado pro outro e pensando na Grande M."

"Manhattan?"

"Morte, querida... a Grande M é a morte."

"Foi porque você não bebeu ontem?"

"Menina, que coisa feia para se dizer a sua vó! Queria saber por que Luker não te deu nem uma colherada de bons modos quando você era pequena!"

India deu de ombros: "O alcoolismo é uma doença", declarou. "Tipo frieira ou herpes. Não é pra ter vergonha. Luker e eu temos muitos amigos alcoólatras. E viciados em anfetaminas também."

"Bom, continua não sendo um assunto que eu queira conversar com a minha família. Mas vou te dizer sobre o que eu *quero* conversar..."

"O quê?"

"Quero que você me conte sua vida em Nova York. Quero saber o que você faz todos os dias. Quero que me conte das amiguinhas e o que você e Luker fazem quando estão sozinhos. India, você é a minha única neta e eu praticamente não te vejo."

"Tá", disse India, hesitante. "Você pergunta e eu respondo." Ela tomou um gole reforçado de café preto. Havia coisas sobre seu pai que India conhecia bem demais, mas que não poderia revelar para a avó de jeito nenhum; tinha que ficar atenta para não dizer nada que pudesse deixar Big Barbara muito consternada ou surpresa.

"Ah, que alegria!", exclamou Big Barbara. "India, traz essa xícara e vamos até a varanda olhar o golfo. Lá vamos ter a vantagem da brisa."

Big Barbara e India atravessaram o quintal e se sentaram no balanço na varanda dos McCray. Se estivessem no parapeito, teriam visto a única manta na qual Luker, Leigh e Dauphin estavam tomando banho de sol. No quarto, India pegou um trabalho de costura, a camisa de trabalho azul que ela estava bordando: "Tá", disse para a avó, fechando o bastidor em volta do bolso da frente, "o que você quer saber?".

"*Tudo!* Me conta tudo que você quiser que eu saiba."

India pensou, então sorriu: "Vou te contar da minha mãe, pode ser?".

Big Barbara se retraiu tão depressa que o balanço oscilou para trás nas correntes e India quebrou uma agulha no dedal.

"Nem uma palavra, minha filha! Nem me fale daquela mulher! Aquela vagaranha! Eu queria passar por cima da alma dela numa estrada asfaltada! Isso *me* deixaria feliz!"

"O que é uma *vagaranha*?", perguntou India.

"Algo entre vagabunda e piranha. É o que era a sua mãe!"

"Desculpa falar dela, então. Vejamos, o que mais posso te contar? Vou te contar..."

"O que você sabe dela?", inquiriu Big Barbara. "Você não andou encontrando com ela não, né? Minha filha, aquela mulher abandonou você com uma mão na frente e outra atrás. Tomara que teja vendendo enciclopédia de porta em porta, tomara que teja plantando batata na Louisiana, tomara que ela teja no fim do mundo, tomara..."

"Ela mora a duas quadras da gente", interrompeu India, serena. "Vou na escola com um garoto que mora no mesmo prédio dela, mas ele mora no andar de cima e eu..."

"Quê!", exclamou Big Barbara. "Você tá querendo me dizer que você *viu* ela!"

"É claro. Cruzo com ela na rua o tempo todo. Não 'o tempo todo', mas tipo uma vez por semana, talvez. Eu..."

"Luker me disse que não tinha ideia do que tinha acontecido com aquela mulher!"

"Vai ver ele não quer te chatear", disse India, depois de uma pausa.

"Ele tá pensando em... em reconciliação? Ele tá *saindo* com ela?"

"Cruzes, não!", riu India. "Eles nem se falam. Ele ignora ela na rua."

"Você não deve confiar naquela mulher, India, tá me ouvindo?", disse Big Barbara com seriedade. "Você tem que enfiar os dedos no ouvido quando ela falar com você, e se avistar ela na rua, quero que vire as costas e corra pro outro lado o mais rápido que puder. Antes de você ir embora, vou te dar uns trocados. Quero que fique com esse dinheiro o tempo todo, pra que quando ver aquela mulher perto, pular no primeiro ônibus que estiver passando e se mandar pra bem longe!"

"Ela não pode fazer nada comigo", disse India. Atropelando o que parecia outra interrupção de Big Barbara: "Deixa eu te contar o que aconteceu com ela e aí você não vai ficar preocupada".

"India, conta tudo! Eu *adoraria* ficar sozinha com aquela mulher e uma banheira de água fervente!"

India passou a agulha com linha verde através do tecido azul e começou: "Quando mamãe deu no pé, Luker não inventou história nem nada, ele só disse: 'Sua mãe deu no pé, não sei pra onde e não sei por que e, pra dizer a verdade, tô até feliz com isso'. E aí tudo ficou bem por uns oito anos, mas um dia a gente tava indo pro cinema ou algo assim, e ela veio reto na gente na rua... eu a reconheci das fotos. Aí ela chegou e disse 'Oi', e Luker disse, 'Vai se foder, sua vadia'...".

"India!", exclamou Big Barbara, aturdida pelo palavreado, ainda que fosse uma citação.

"...e a gente seguiu nosso rumo. Eu não disse nada pra ela. Aí um dia eu tava sozinha e ela me viu na rua e disse que queria conversar rapidinho. E eu disse que tudo bem."

"Ah, India, que grande erro!"

"Foi aí que ela disse que morava a umas duas quadras de distância. Que tava morando com um psiquiatra, um tal de Orr, que era bem rico e que ela tinha arrumado um trabalho idiota de RP pruma galeria de leilão."

"Não acredito que deixou ela falar com você assim!"

"Nem foi tão ruim. Eu só fiquei sentada e ela me contou toda essa besteirada de como ela gostaria de ter a chance de criar uma relação, que ia chegar a hora que eu ia precisar duma mãe..."

"Você *sempre* pode contar comigo!"

"...e eu ouvi o que ela tinha a dizer e falei, 'Vamos ver'."

"E foi só isso?"

"Não", respondeu India. "Teve outra coisa: um dia eu tava sozinha em casa. Luker tava caçando em Poconos e eu sabia que ele ia chegar bem tarde. Bateram na porta e eu fui ver quem era. Ela tava ali... nem sei como ela entrou no prédio. Se tivesse tocado o interfone, eu não ia deixar entrar. Tava com uma sacolinha do Zabar's e disse: 'Posso entrar pra gente conversar um pouco, eu trouxe salmão defumado'. Eu não queria deixar ela entrar, mas adoro salmão defumado. Não sei *como* ela sabia."

"O diabo sabe tudo!"

"Enfim, deixei ela entrar e ela foi muito educada. A gente conversou um pouquinho e aí ela disse: 'Deixa que eu preparo na cozinha'. Ela disse que tinha esquecido de comprar bebida, me deu uma nota de cinco dólares e me pediu pra ir comprar Perrier e limão. E eu fui..."

"Você deixou ela sozinha no apartamento!"

"Deixei", confirmou India. "Foi imbecil, eu sei. Quando voltei com a Perrier, ela já tinha se mandado... e levou o salmão defumado junto!"

"E o que mais? Aposto que ela aprontou alguma!"

"Aprontou. Ela foi na geladeira e mordeu tudo o que tinha lá. Eu tinha acabado de fazer três dúzias de cookies com gotas de chocolate e tinha uma mordida em cada. Ela fez furinhos minúsculos em todos os ovos e virou todos de ponta-cabeça. Ela descascou as bananas e apertou o tubo com pasta de amêndoa. Tinha um pão de forma novinho... ela abriu o pacote, pegou o cortador de cookies e tirou o miolo de cada fatia. Também furou o fundo das latinhas de tempero e misturou tudo no liquidificador. Pegou a poncheira e esvaziou dentro todas as garrafas de vinho e as bebidas que encontrou na casa!"

"Ah, não!", resmungou Big Barbara. "Pobrezinha! O que você fez?"

"Fiquei tensa, porque não sabia como explicar pro Luker o que aconteceu. Sentei e fiquei chorando um tempão e quando Luker chegou em casa só disse que fui uma baita duma imbecil por ter deixado ela entrar. Ele disse que eu devia ter furado os olhos dela, arrancado as tetas e batido a porta na cara."

"É o que eu faria", disse Big Barbara, satisfeita. "Mas Luker chamou a polícia?"

"Não, a gente só ligou pra ela. Ele numa extensão e eu na outra, e quando ela atendeu a gente soprou os apitos de polícia o mais alto que deu. Ele disse que a gente deve ter estourado o tímpano dela e que deve ter espirrado sangue pelo telefone. E agora quando a gente vê ela na rua, nem dá papo. Uma vez, o dr. Orr, o psiquiatra que mora com ela, me ligou e disse que queria conversar sobre relacionamentos de mães e filhas, mas eu mandei ele à merda."

"Ah, minha menina!", exclamou Big Barbara, abraçando a neta. "Se não fosse pelo linguajar, eu diria que Luker criou certinho a filha dele, de ficar orgulhosa mesmo!"

ELEMENTAIS
MICHAEL MCDOWELL

11

Big Barbara exagerou ao dizer a India que não havia pregado os olhos a noite toda. Nada conseguia evitar que aquela mulher dormisse, mas qualquer coisinha a impedia de dormir bem. Depois de Odessa servir hambúrguer e batata frita para o almoço, Big Barbara vestiu o traje de banho e se apossou da manta disposta na praia do golfo. Alguns minutos depois, Luker foi até lá e cobriu o corpo da mãe, que havia adormecido, com uma toalha grande para evitar que ela se queimasse. Por respeito ao pudor de Big Barbara, Luker levou outra manta para um ponto mais distante na praia, longe da vista das três casas, antes de tirar o traje de banho e deitar nu ao sol.

"Você é nojento", disse India, acordando-o aproximadamente uma hora depois.

Ele abriu os olhos, protegendo-os do sol e olhou para ela; mas com o clarão conseguiu ver apenas seu contorno incolor contra o céu: "Por quê?", sussurrou; pois o sol lhe extraiu não apenas a energia e o intelecto, mas também a voz.

"A cor do bronzeado", respondeu. "Você não pega o sol há seis meses, mas tá aqui um dia e já tá começando a ficar no bronze." India vestia calças, camisa de manga longa e seu chapéu cônico. Ela sentou-se na areia ao lado dele: "Olha pra mim: só não cobri o pé e já tá queimando".

"Foda", disse Luker.

"Posso pegar sua câmera?"

"Claro, mas cuidado. É muito fácil entrar areia. Vai fotografar o quê?"

"A terceira casa, é claro. O que mais?"

Luker não disse nada por um tempo: "Achei que você queria que *eu* fotografasse", comentou, cauteloso.

"Não, achei melhor fazer sozinha. Você não vai, óbvio."

"Por quê?"

"Te conheço. Você não quer nem chegar perto da casa. Se eu pedisse pra você tirar as fotos, você ia ficar enrolando. Então resolvi ir sozinha."

"India", disse Luker, "não quero você escalando aquela duna de novo. É perigoso. Você quase cortou o pé fora ontem. Aprenda a lição. Também não vai na varanda. Aquelas tábuas não são seguras, você pode cair. Aquelas lascas podem te engolir inteira."

"Sempre que volta pro Alabama, você liga o 'modo pai'. India, faz isso; India não faz aquilo. Olha, a terceira casa é segura que nem as outras duas, e você sabe disso. Me empresta a câmera e me deixa tirar as fotos. Não vou fazer um estardalhaço e pode ter certeza que não vou entrar... pelo menos, não hoje. Só quero fazer umas fotos da casa de ângulos diferentes, de como a areia tá tomando conta de tudo. Não acredito que nunca tenha tirado uma foto sequer dela, podia ter vendido um milhão de cópias já."

"Escuta, India. Ninguém sabe sobre Beldame e se as pessoas descobrirem que tem essas três casas vitorianas perfeitas aqui, iam vir pra cá aos montes. Beldame nunca foi roubada e não quero começar a dar ideias pras pessoas."

"Isso é desculpa", retrucou India, com desdém. "Você tá é cagado de medo da terceira casa, é isso."

"É claro que tô", confessou Luker, virando-se levemente irritado. "É um trauma de infância, porra, e todo mundo tem trauma de infância..."

"Eu não."

"Porra, sua vida inteira é um trauma de infância", falou Luker. "Você só não sabe ainda. Espera crescer, e aí vai ver como era toda cagada..."

"Posso pegar a câmera?", insistiu India.

"Já disse que pode", respondeu Luker. Conforme ela caminhava de volta às casas, ele gritou: "India... *cuidado!*".

No quarto dele, India pegou a segunda melhor Nikon do pai e o fotômetro, e os levou para o quintal. Odessa estava sentada nos degraus dos fundos da casa dos Savage, tirando ervilhas das vagens, colocando-as em uma panela grande e jogando as cascas em um jornal aberto a seus pés. India mediu a luz, encaixou a lente objetiva grande-angular e um filtro uv. Odessa desceu os degraus e se aproximou de India. Apontando para o segundo andar da casa, disse em voz baixa: "O seu Dauphin e a dona Leigh tão dormindo. Vai bater foto?".

"Da terceira casa", respondeu India.

"Por quê? Não tem ninguém lá. Por que tirar foto daquela velharia?" Odessa franziu o rosto, e havia advertência, não curiosidade, em sua voz.

"Porque ela é bem estranha. Vai dar umas boas fotos. Você já entrou lá?"

"Pra quê?"

"Eu queria tirar umas fotos do interior", ponderou India.

"Nem tem ar dentro daquela casa", disse Odessa. "Você vai sufocar."

India ergueu a câmera, enquadrou a casa depressa e fez a foto. Pensou que Odessa iria se opor, contudo a mulher não disse nada. India se afastou um pouco e tirou outra foto: "Luker diz que o lugar é perigoso...".

"É", concordou Odessa depressa, "você só não sabe por quê..."

"Ele diz que a estrutura não é segura."

"Quê?", exclamou Odessa, sem entender.

"Luker diz que as tábuas vão ceder. Acho que ele só tá com medo. Eu..."

"Sai daí", disse Odessa. "Nem dá pra ver nada daí, vai pra lá." Ela apontou para um ponto no passeio de conchas quebradas, um metro mais perto da casa. Intrigada, India foi até lá e tirou outra foto.

Odessa sorriu, satisfeita, depois apontou para outro ponto, diversos passos para a esquerda, mas inconvenientemente perto de um arbusto de espinheiros, que arranharam os tornozelos de India.

A menina não conseguia imaginar o nível de conhecimento que Odessa tinha de configurações fotográficas para ditar aqueles posicionamentos. Porém, ela guiou India ao redor daquele quintal, lhe indicando em quais janelas e detalhes arquitetônicos deveria focar, bem como qual o ângulo a ser utilizado, na horizontal ou na vertical. Tudo aos sussurros, para não incomodar os dorminhocos no segundo andar. India a obedeceu de maneira mecânica.

Na câmera, as composições pareciam se enquadrar de maneira perfeita, e com frequência India não tinha que fazer nada a não ser verificar a luz e acionar o obturador. Ela se antevia feliz mostrando para o pai fotos esplêndidas da terceira casa e da duna que lentamente a soterrava.

Depois de mais ou menos quinze posições e talvez duas dúzias de fotos — Odessa às vezes exigia que determinada foto fosse tirada duas vezes — ela disse: "Tá bom, já deu, filhota. Já tem o que quer. E assim que ver as fotos, vai desistir da terceira casa, te garanto".

"Obrigada", disse India, que agora pensava se as instruções de Odessa tinham sido apenas para impedi-la de subir os degraus que levavam à casa ou de chegar perto demais das janelas. "Mas ainda tem o outro lado da casa pra fotografar."

"Filhota", disse Odessa em voz baixa, "não..."

India fitou Odessa nos olhos: "Acho que vocês são todos loucos", disse e deu a volta até o outro lado da duna para fotografar as poucas partes visíveis da frente da casa.

Ela pretendia seguir as ordens do pai ao pé da letra, mas parada sozinha na base da duna com a água rasa do golfo quebrando em ondas baixas bem atrás de si, compreendeu que deveria, a todo custo, ignorar o medo da terceira casa que ia rapidamente tomando conta dela também. Era necessário derrotá-lo, pois, ao que parecia, todos os outros haviam sucumbido.

Não era toda a casa que a assustava, mas apenas aquele único quarto que correspondia ao que ela dormia na casa dos McCray, cuja porta fechara devagar enquanto o observava através da janela. India se perguntava agora por que não contara aos outros nada do que vira. Em parte, ponderou, sentira medo, medo de descrever uma experiência que parecia sobrenatural. E a relutância de Luker em falar da casa também a infectara. Além disso, India nunca fora previsível, e revelar o que se passava de mais importante em sua mente lhe parecia de uma crassa superficialidade. Por fim, a ocorrência, a visão, ou seja lá o que tenha sido, parecera ter sido destinada apenas a ela. E India sabia guardar segredo.

O sol estava quase diretamente acima dela. India sabia que não poderia ir embora sem olhar aquele quarto mais uma vez. Encaixou a tampa na lente da câmera e escalou depressa até o topo da duna. No caminho, jogou o chapéu cônico para o lado, temendo que prejudicasse seu equilíbrio. Seu pé desenterrou a flor-de-lis que ela arrancara do friso; India a pegou e a jogou no mar. Agarrou outra e parou mais uma vez diante da janela.

Não tinha certeza se esperava encontrar a porta fechada ou aberta; qualquer que fosse sua preferência, a porta permanecia fechada. Era provável, ocorreu-lhe com alívio considerável, que o fechamento da porta tenha sido somente o resultado da mudança atmosférica no quarto causada pela vidraça quebrada. Mas qualquer que fosse o caso, agora o quarto parecia bem diferente. Ela percebeu depressa, no entanto, que isso se dava graças à diferença na luz. Um conjunto de objetos inteiramente novos no quarto estava delineado, ao que parecia; e aqueles que ela se lembrava com clareza repousavam escondidos nas sombras. Acima da porta havia uma placa pintada com um provérbio que àquela distância não conseguia decifrar. Duas ripas da armação da cama estavam soltas. Na prateleira da cômoda, observou uma xícara lascada encoberta por uma pilha alta de moedas prateadas: de dez e cinquenta centavos. Mas ela não conseguia mais ver a linha de poeira vermelha no tapete de junco. A moldura quebrada atrás da cama era apenas uma sombra. Os utensílios de barbear na penteadeira pareciam um amontoado indistinguível.

No chão sob a janela havia um monte de areia tão alto quanto a janela e que se esparramava para longe do vidro quebrado em um arco suave, até uma distância de aproximadamente um metro e vinte. Era uma réplica em miniatura da duna em que se acocorava do lado de fora da casa. A pressão do seu peso espalhou mais areia pela abertura, e em um ponto à esquerda do arco de areia soterrou mais nós do tapete de junco.

A destruição foi menor do que poderia ter sido, India supôs, ainda desconfortável ao lembrar que fora ela a responsável pelo estrago. Vira com que facilidade a areia tinha entrado; no entanto, mal podia imaginar como seria difícil tirá-la do quarto agora.

Fez meia dúzia de fotos do quarto com as lentes normais, tentando registrar tudo que podia ser visto através daquela janela. Precisou segurar a câmera com apenas uma das mãos, enquanto mantinha o equilíbrio e a posição com a outra. Ajustou o obturador em velocidade baixa para capturar o interior sombrio, e temia que o menor tremor da mão borrasse a imagem. Sorriu ao pensar que sua escapada só seria descoberta por Luker ao revelar as fotos, o que poderia demorar semanas, e até lá, poderia até já ter entrado na terceira casa. Os temores de Luker eram obviamente infundados, afinal, como dissera, tratava-se um trauma de infância e nada mais. Ela própria ficara um pouco assustada com a terceira casa, mas apenas por um instante; voltara e provara que não tinha medo e que não havia nada a temer.

Mais uma foto e terminaria o segundo rolo de filme. India segurou a câmera perto da janela e olhou pelo visor, focando no espelho da porta do guarda-roupa aberto. Ele refletia parte da parede frontal, que de outra maneira não lhe seria possível enxergar. Olhando através da câmera para essa porta com espelho, teve um vislumbre de movimento leve, mas agitado, na areia, como se alguma coisa estivesse entocada lá embaixo. Ela abaixou a câmera depressa e espiou pela janela; embora se contorcesse e se inclinasse bem para a direita, não conseguia ter visão direta daquela parte do monte de areia refletido no espelho. De modo que voltou a olhar o espelho e observou perplexa conforme a areia inchava e se retorcia devagar.

Ela abaixou o olhar para a janela quebrada. A areia ainda escorria, mas em ritmo lento, e agora se acumulava no lado direito da janela, não no esquerdo.

Agora conseguia ver o contorno do seja lá o que for que estivesse sob a areia, embora não fosse exatamente isso. O contorno parecia tomar forma a partir da própria areia. Era humano, mas pequeno, do tamanho aproximado da própria India.

A areia ondulou e se esparramou por cima de si mesma em linhas e ondas, esculpindo o contorno e a imagem de uma criança. Em poucos segundos, ficou claro que a criança era uma menina.

Quando a figura se completou, a areia voltou a ficar imóvel, inteiramente imóvel. Perplexa, India ergueu a câmera e focou no espelho do guarda-roupa; antes, se lembrou de fazer ajustes para compensar a discrepância da imagem refletida.

Ela olhou pelo visor e enquadrou a imagem.

Enquanto pressionava o obturador, a figura de areia sentou-se de repente. A areia sobre seu peito e sua cabeça escorreu depressa. Era uma garotinha negra sorridente, cujo cabelo curto estava dividido com esmero em oito quadrados, trançado e preso com fitinhas. O vestido era vermelho, de má-qualidade e textura áspera — o tecido parecia ser o mesmo da colcha da cama, incluindo a bainha com franjas ao redor da parte inferior.

India ficou parada junto à janela, a câmera balançando contra o peito que martelava. O calor do sol castigava sua cabeça desprotegida.

A menina engatinhou na direção da janela, e a areia escorria conforme avançava, a cada segundo revelando mais pedaços de pele escura, mais partes avermelhadas de vestido endurecido. India se forçou a olhar para baixo através do vidro.

Escalando a duna até a janela, a menina levantou o rosto para fitar India. A areia deslizou dos cantos dos olhos pretos com pupilas brancas. Ela abriu a boca para gargalhar, contudo não emitiu qualquer som. Apenas uma longa faixa de areia branca e seca escorreu de sua boca.

ELEMENTAIS
MICHAEL MCDOWELL

12

India não chegou a contar o que tinha visto. Ela cambaleou e escorregou pela duna, deu a volta correndo até a frente da casa dos McCray e fugiu para seu quarto no andar de cima. Um cansaço incapacitante a subjugou e ela adormeceu de imediato atravessada na cama, a Nikon do pai ainda pendurada no pescoço. De grão em grão, dois montículos de areia se formaram embaixo de seus pés suspensos.

Quando Luker a acordou horas depois, julgou se tratar de um quadro de insolação. Blusas de manga longa e chapéu não seriam suficientes até ela se acostumar com o sol do Alabama: deveria ficar no interior da casa no período de maior calor do dia. De manhã cedinho e ao entardecer, poderia sair para passear ou nadar no golfo, ainda que não por mais de quinze minutos de cada vez.

"Muito sol", alertou ele, "é tipo um veneno, principalmente pra alguém de pele tão clara quanto a sua."

"Causa alucinações?", indagou India.

Luker, evitando questionar o motivo de uma pergunta tão direta, apenas respondeu: "Às vezes...", e avisou que ela deveria se aprontar para o jantar.

Nos dias que se seguiram, a esmagadora rotina faustosa de Beldame soterrou tudo, até o medo. Ao final da primeira semana, India compreendeu como Luker, Dauphin e Odessa, mesmo com o evidente medo que sentiam da terceira casa e de seja lá o que a habitasse, conseguiam voltar àquele lugar. É que os dias em Beldame eram tão maçantes e abafados, tão claros e quentes, que os tremores e agitações emocionais eram completamente consumidos pelo calor.

India nunca simpatizara muito com o estilo de vida sulista, com sua afabilidade generalizada, sua malícia displicente, sua lassitude esmagadora. Sempre quisera dar jeito naquele estilo de vida, fazer com que se sentasse direito e fosse direto ao ponto, mas Beldame foi demais para ela. Sentia-se enfeitiçada, como Merlin diante de Nimue. Ao entardecer, sua indolência era tanta que mal conseguia levantar o braço. E dez minutos de reflexão quase não foram suficientes para decidir se trocaria o balanço na varanda dos McCray pela cadeira estofada no alpendre dos Savage. Provavelmente foi um acerto ter desfeito as malas nos primeiros minutos da chegada em Beldame, pois, caso tivesse adiado, talvez não encontrasse mais forças para fazê-lo. O ar era soporífico, a comida oscilava na barriga como lastro de refeição em refeição, e a mobília parecia ter sido projetada especificamente para acomodar a forma humana adormecida. Não havia nada pontudo em Beldame, até mesmo os cantos das casas pareciam arredondados. Não havia ruídos súbitos ou estridentes, pois a rebentação nunca deixava de mascará-las com seu rugido. Preocupações, pensamentos inteligentes, conversas, tudo era esmagado pelo peso da atmosfera.

Os dias e as noites eram maçantes, porém nunca tediosos. No outono anterior, India e Luker tinham ido juntos à Inglaterra e viajado de trem de Londres a Glasgow. As Midlands eram estupidamente industriais, o Lake Country magnífico, mas foram as intermináveis colinas áridas e monótonas do sudoeste da Escócia que mais intrigaram a dupla. Havia esplendor em uma vista que era completa e até mesmo agressivamente fastidiosa. Assim também era Beldame: nada acontecia ali, nada *podia* acontecer ali. Os dias eram identificados pelo clima: um dia quente, ou um dia não tão quente; chovia, ou parecia que ia chover; ou chovera no dia anterior, mas era provável que ficasse apenas quente hoje. India perdera depressa a noção da passagem dos dias da semana: o tempo se dividia em breves sequências arbitrárias de dias quentes e dias chuvosos. As palavras *ontem* e *amanhã* poderiam ser extirpadas do vocabulário, pois não acontecera nada ontem sobre o que valesse a pena conversar hoje, e amanhã não poderia prometer nenhuma mudança em relação ao dia de hoje. Hipnotizada, como se olhasse pela janela de um trem, India fitava a vida em Beldame.

A casa dos Savage se levantava cedo e a casa dos McCray se levantava tarde; e a hora em que todos acordavam, que nunca variava em mais do que um quarto de hora, constituía a duração e extensão da conversa matinal. Odessa, na cozinha, preparava uma sucessão de cafés da manhã. No final do período, todos, exceto India e Odessa, deitavam na praia por mais ou menos uma hora, e era raro não adormecerem novamente de imediato. Ao meio-dia, quando o sol era tão forte que nem mesmo Luker conseguia suportar, entravam e faziam palavras-cruzadas, ou liam livros de banca que alguém comprara em Mobile quinze anos antes, ou montavam um dos enormes quebra-cabeças que estavam sempre dispostos na mesa de jantar dos McCray. Às 13h, quando o café da manhã tinha sido digerido o suficiente, sentavam-se para almoçar; depois, voltavam para suas ocupações frívolas por meia hora antes de começarem a bocejar, esticando-se nas cadeiras de balanço estofadas ou subindo com movimentos incertos em redes para dormir. Durante toda a longa tarde, Odessa montava o quebra-cabeça. O fato de sua aptidão nunca aumentar a despeito das longas horas diante do jogo enfurecia India; Odessa continuava lentíssima como sempre.

Se faltasse comida, algum suprimento ou fosse necessário lavar a roupa, Luker, Leigh ou Dauphin dirigiam até Gulf Shores na maré baixa, quando o canal estava livre. India, que ainda não tinha extirpado por completo a noção de que

Beldame era um lugar de onde era necessário fugir, os acompanhara nas primeiras dessas pequenas expedições; porém descobriu que depois de Beldame, Gulf Shores não era nada além de um lugar apertado e de mau gosto. As pessoas que viu não eram capazes de lhe incitar a imaginação: na verdade, eram do tipo que a deprimiam. Tinham dinheiro, com certeza, mas não bom gosto para exibir um colar em volta dos pescoços. Era realmente a Riviera dos Caipiras. Portanto, depois daquelas duas primeiras viagens, India deixou que os outros fossem sozinhos a Gulf Shores e desfrutou uma Beldame ainda mais deserta.

Ao entardecer, quando o sol amainava, todos voltavam à praia, e até mesmo India se permitia passar um tempinho nas ondas. A água do lado do golfo era sempre clara e límpida, e as poucas algas ali pareciam recém-lavadas. India, sem o hábito de nadar no mar, perguntara se não podia ir à mais calma laguna de St. Elmo, mas Leigh lhe dissera que ninguém nadava ali desde que a filhinha de Odessa, Martha-Ann, se afogara onze anos antes.

"Olha só", disse India, "eu nem sabia que Odessa era casada!"

"Não é", disse Big Barbara, "o que é bom, a julgar quem era o pai de Martha-Ann. Johnny Red cuidou do jardim por um ano e roubou as melhores azaleias!"

O lugar favorito de India era o estreito que, duas vezes por dia, ligava a laguna de St. Elmo ao golfo. Tinha aproximadamente dez metros de largura e era seco na maré baixa, e um metro de profundidade na maré alta. Apesar de raso, Luker alertara India para não passar por ele cheio, e quando ela perguntou o motivo para a cautela, a resposta foi irritantemente vaga. Contudo, na maré alta, quando a água do golfo avançava pelo estreito e transformava Beldame em ilha, India e Big Barbara sentavam-se na beirada do canal e pescavam caranguejo com vara de bambu e peneira. Era uma atividade singela que aproximara avó e neta de um modo que uma centena de conversas íntimas não poderia ter feito.

Essas tardes alongadas eram um período extraordinário, quente, mas não escaldante, com luz dourada e suave, durando sempre um pouco mais do que imaginavam que duraria, deslizando de repente noite adentro. Quando o sol tocava o horizonte, eles deixavam a praia, agitando e estalando as toalhas no ar, como um adeus ritualístico ao dia, rolavam para fora das redes e iam para casa, ou passeavam devagar ao longo da laguna de St. Elmo para assistir à chegada do arrebol.

O jantar não costumava ser mais do que uma panelada de caranguejos; o gosto era tão doce e fresco que eles nunca se cansavam. As noites em Beldame passavam com rapidez surpreendente. Não havia televisão e o único rádio com transistor era reservado para emergências ou tempo ruim. Eles montavam o quebra-cabeça, jogavam baralho, jogos de palavras, palavras-cruzadas ou Ludo. India trabalhava em seu bordado e Odessa, sentada no canto mais distante, lia a Bíblia. Às 22h, ou um pouco mais tarde, todos iam para a cama e adormeciam de pronto, como se estivessem exaustos depois de um dia repleto de furor emocional ou trabalho incessante.

India, para grande surpresa de Luker, tinha gostado de Beldame de imediato, quase nunca falava de Nova York, nem expressava pressa de voltar para casa. Ela disse, na verdade, que ficaria satisfeita em permanecer no golfo até a quarta-feira do Labor Day — o feriado nacional celebrado na primeira segunda-feira de setembro —, pois depois teria que voltar para a escola. O próprio Luker, amante das noitadas em companhia de um grande grupo de conhecidos, esperara se enervar com a solidão de Beldame tanto quanto a filha. Porém se adaptara com igual velocidade, reconstruindo outros verões indolentes que passara ali. Ele não fazia nem pensava em nada; muito menos se dava o trabalho de se sentir culpado por não estar trabalhando. Quando Big Barbara lhe perguntou como podia dar-se ao luxo de uma folga tão longa, respondeu: "Ah, diabos, um dia antes de ir embora eu gasto uns rolos de filme; e a viagem toda pode ser deduzida dos impostos".

"Mas você não ganha nada enquanto tá aqui."

"Posso me virar com a grana mais curta este ano." Ele deu de ombros. "Não se preocupe, Barbara. Se eu ficar apertado em setembro, te procuro de joelhos."

Leigh sempre fora feliz em Beldame. Na verdade ficava feliz em qualquer lugar e sob qualquer circunstância. Mas aquele foi um dos interlúdios mais agradáveis, na esteira da morte da sogra. Leigh não pronunciava uma palavra sequer contra Marian Savage; afinal de contas, a mulher estava morta e não podia mais derrotá-la.

Dauphin talvez tenha sido quem mais se beneficiou com o isolamento de Beldame: longe dos negócios, longe da Casa Grande, longe das desajeitadas demonstrações de pesar dos amigos. Marian Savage foi genuinamente pranteada por uma única pessoa: seu filho, embora ele tivesse poucos motivos para amá-la do modo que a amava. A irmã Mary-Scot nunca fingira sentir afeição por Marian Savage e aos 13 anos fizera um juramento a Deus que, se não estivesse casada ao terminar a faculdade, iria ingressar em um convento. Ela recusou dois pedidos de casamento em seu terceiro ano e fez os votos finais em seu aniversário de 23 anos.

Luker ficou espantado por Beldame não lembrar Dauphin de Marian Savage tanto quanto a Casa Grande em Mobile, mas a isso Leigh respondeu: "Tinha vezes que Dauphin vinha pra cá sem ela, e tenho a impressão de que ele acredita que ela ainda tá viva lá em Mobile e que ele tá só aproveitando umas férias longe. Você deve ter notado que ele não trouxe o Nails. O Nails teria sido um lembrete muito grande de que Marian morreu".

Mas quaisquer que fossem as ideias e motivos de Dauphin, seu humor melhorou de modo notável ao longo das semanas, uma certa jovialidade foi acrescentada ao seu temperamento equilibrado e à sua gentileza.

Apenas Big Barbara teve algum grau de sofrimento, devido à privação de álcool. Ela não teve ataques, mas às vezes, ao entardecer, sentia ânsia de rodopiar pela areia como um dervixe ou de raspar a pele com conchas quebradas, sofrendo com a impossibilidade de conseguir um trago. Em seus raros momentos de raiva, ficava mais intratável e espalhafatosa do que o normal. Estava irritável, impaciente, inquieta e sempre com fome. E foi apenas de má vontade que admitiu se sentir muito melhor do que se sentia em meses. Em um momento particular de fraqueza, prometeu que quando abrissem a jaula e a deixassem fugir de volta a Mobile, continuaria abstêmia: "Embora eu saiba que todo mundo na cidade vai dizer que eu fui pra Houston pro dr. DeBakey tirar o copo da minha mão...".

Odessa era Odessa, e dia após dia não expressava desejos ou reclamações; estava sempre contente e plácida.

ELEMENTAIS
MICHAEL MCDOWELL

13

Na verdade, Beldame de modo geral permaneceu contente e plácida ao longo das semanas, mas os habitantes só se deram conta disso quando as coisas, de repente, mudaram na manhã de uma quinta-feira, no fim de junho. Foi então, no exato momento em que India estava tomando sua primeira xícara de café, que Lawton McCray surgiu, não de jipe ou Scout, mas em um barquinho alugado em Gulf Shores. Com ele, veio um homem alto e gordo, com óculos grandes e terno de anarruga todo amarrotado. Lawton foi cumprimentado com surpresa moderada, pois sua visita não era aguardada; e seu companheiro foi tratado com educação fria, exceto por Dauphin, que era cordial de modo sincero com todos.

E era atrás dele que tinham ido a Beldame. De modo que Dauphin, Lawton e o homem de terno amarrotado, chamado Sonny Joe Black, logo se fecharam na sala de estar dos Savage.

"A grana do Lawton deve tá acabando", comentou Luker com a mãe na varanda da casa dos McCray. "Leigh", disse, falando com a irmã por cima do ombro, "você não devia deixar Dauphin dar um centavo pro Lawton. Vai tudo pro brejo desse jeito."

"Mas e se o Lawton vencer?", indagou Big Barbara.

"Aí Dauphin vai ter que aprender a viver com a culpa de ajudar a eleger um homem daquele", retrucou Luker.

Meia hora depois, Lawton McCray atravessou o quintal sozinho. Chuviscava, e até mesmo a areia branca eriçada, marcada e coberta de conchas, parecia assumir o tom acinzentado do céu. Ele sentou-se no balanço ao lado da esposa.

"Lawton", disse Big Barbara, "a gente não sabia que pretendia vir aqui hoje!"

"Se vocês instalassem um telefone aqui, eu poderia ter ligado para avisar. Eles têm telefone em Gasque, podiam instalar aqui também."

"Dauphin não quer estragar a vista com postes", disse Leigh, "e eu concordo. Nunca teve telefone aqui e acho que a gente se vira desse jeito por mais um tempo."

"Barbara", disse o marido, "como tá?"

"Tô bem."

"Como ela tá?", perguntou Lawton ao filho.

"Ela tá muito bem", respondeu Luker, mal-humorado. Lawton sempre estragava o dia dele.

"Tá muito bem!", exclamaram Leigh e India juntas, antes que as questionasse.

"Quem é aquele homem que você trouxe pra cá?", indagou Luker. "O que ele quer com Dauphin?"

"Ah, sabe como é", respondeu Lawton McCray, "negócios... só negócios."

"Que negócios, papai?", perguntou Leigh.

Lawton McCray encolheu devagar os ombros largos e macios, e em vez de responder à pergunta da filha, disse: "Eu queria falar uma coisa com vocês um minutinho. Já percebi que tão se divertindo à beça aqui", e olhou em volta para a vista chuvosa e cinzenta que Beldame proporcionava naquela tarde, "mas vocês me fariam um favor se pensassem em voltar pra Mobile por uns dias perto do Quatro de Julho. Vai ter reunião, festa e essas coisas, e não faria nenhum mal pra mim, Barbara, se tu me acompanhasse em uma ou outra."

"Tem certeza de que confia que vou me comportar? Não tem medo que eu vomite no orador depois do jantar?"

"Dá pra perceber, Barbara, que tu tá indo muito bem. Luker e Leigh... estão cuidando direitinho de ti. Faz muita diferença. Se puder, agradeço se tu voltar por uns dias... quatro de julho é uma terça-feira, tu seria útil do sábado até a quarta-feira, suponho. Tu vai numas dessas coisas comigo e em outras vai sozinha."

"Oh, Lawton", sorriu Big Barbara com a gratidão tímida se esgueirando na voz, "claro que volto. Você quer a Leigh e o Dauphin também?"

"Não seria ruim. Não custa nada ter Dauphin por perto, todo mundo adora ele. E a Leigh também. Ninguém em Mobile tem tanto dinheiro e respeito quanto Dauphin. Vocês dois ficaram forrados desde que Marian morreu, né?", perguntou à filha.

"Tamos bem", respondeu Leigh.

"Quando o dinheiro vai entrar?"

"Não sei ainda", respondeu Leigh. "Dauphin vai ter que ir pra lá daqui uns dias e cuidar do testamento."

"Você não quer eu e Luker nos eventos também?", perguntou India, abruptamente.

"É", riu Luker, "India e eu vamos proporcionar à sua campanha um pouco de classe nova-iorquina. O que acha?"

"Obrigado, Luker", retrucou Lawton, sério. "Agradecido, India. Fico feliz em conseguir o apoio de *qualquer um*, mas garanto, se preferirem ficar aqui em Beldame, não vou implorar pra irem. Sei que não têm vindo muito pra cá e não tem motivo nenhum pra vocês se envolverem numa eleição que não tem muito a ver com vocês..."

"Vamos fazer assim, Lawton", disse Luker, "uma tarde dessas vamos até Belforest e tiro uma foto publicitária sua numa pilha de fertilizantes."

"Fico muito agradecido, Luker", disse Lawton. "Vamos ver." Ele puxou a manga da camisa, molhada com a água que caíra do telhado e espirrara na grade da varanda. "Bom, pessoal, tô me afogando aqui. Vou lá pra dentro esperar Sonny Joe terminar a conversa com Dauphin. Barbara, quer entrar e conversar comigo um minutinho?"

Um pouco ansiosa, Big Barbara assentiu e seguiu o marido para dentro da casa.

"Esse homem me deixa puto", disse Luker para a irmã e para a filha.

"Você não devia deixar ele te chatear tanto", comentou Leigh. "Ele sempre foi assim."

"India, olha na janela e me diz se consegue ver pra onde eles foram."

"Subiram", respondeu India, que já estava vigiando.

"Ele não quer que a gente ouça", suspirou Leigh. "Mamãe anda tão bem... tomara que ele não deixe ela chateada."

"Só ele vir pra cá já chateou ela", comentou Luker. "Você não viu como ela ficou nervosa?"

Leigh concordou: "Às vezes, o papai chateia ela sem querer, acho".

"Papai é um cuzão", disse Luker. Ele se lembrava de muitas vezes, quando criança, de ter visto Lawton escoltar Big Barbara até o quarto; os dois ficavam ali por uma hora e Luker podia ouvir as vozes, misteriosas, baixas e sérias, através das paredes. Big Barbara saía chorosa atrás de bebida, não importava a hora do dia. As coisas não mudaram, ao que parecia; mas agora que tinha 33 anos, Luker tinha alguma ideia do que estava sendo dito no quarto do andar de cima.

Luker, India e Leigh ficaram sentados na varanda em silêncio; as correntes do balanço rangiam no ar úmido. O golfo era de um cinza prateado; límpido e frio, com maré mais alta do que o normal. Vez ou outra, quando o vento soprava na direção certa, ouviam uma ou duas palavras da conversa no andar superior da casa, na voz de Lawton ou de Big Barbara.

"Odeio quando vão lá pra cima assim", disse Leigh, e Luker soube que ela também tinha aquelas lembranças.

Com um jornal para proteger a cabeça, Odessa atravessou o quintal da casa dos Savage e foi até a varanda. Ela se sentou em uma cadeira um pouco afastada dos outros, tirou a Bíblia de um saco de papel e comentou: "Nem tem muita coisa pra hoje, só ler mesmo...".

"Eles ainda tão conversando, o Dauphin e aquele cara?", perguntou Leigh.

Odessa fez que sim com a cabeça.

"E do que tão falando? Você ouviu?", indagou Luker.

Odessa respondeu: "Ouvi. Eu tava limpando o andar de cima e ouvi o que falaram. Ouvi o que o seu Lawton disse e ouvi o que aquele outro homem disse também".

"O que disseram?", perguntou Luker outra vez, seu interesse estimulado pelos modos hesitantes de Odessa.

"O seu Lawton tá tentando convencer o seu Dauphin a vender Beldame...", respondeu Odessa com os lábios franzidos.

"Quê!", exclamou Leigh.

"Ah, merda!", sussurrou Luker, enojado.

"Petróleo", disse Odessa. "Diz que tem petróleo aqui", e apontou com um movimento vago para a água cinzenta, "e querem tudo pra instalar as coisas. Vão demolir as casas tudo."

"Pro inferno com aquele filho da puta", disse Luker em voz baixa para a filha, que expressou concordância àquele anátema.

"Dauphin não vai vender", disse Leigh para o irmão. "Ele não vai ser convencido pelo Lawton."

India se levantou e apontou para a laguna de St. Elmo: "Por que não compram aquelas terras? Descendo a costa? Não dá no mesmo? Aí não precisa demolir as casas".

Luker respondeu: "A água é mais rasa ao longo desta parte da costa. É só aqui, só ao longo de Beldame, que o golfo tem alguma profundidade perto do litoral".

"Disseram que só este lugar serve", concordou Odessa.

"Então foi pra isso que aquele cara veio", disse Luker. "Leigh, se o Dauphin vender, vocês vão ter dinheiro pra asfaltar a Dixie Graves Parkway."

"Não quero que ele venda", disse Leigh encolhendo os ombros. "A gente já tem tanto dinheiro agora que eu devia ter 27 empregadas em vez de só três."

"E aí", disse Luker para Odessa, "o que Dauphin disse?"

"Disse que vai pensar, só isso, disse que vai pensar. E quando eu desci, eles tavam com uns mapas abertos na mesa e o homem tava mostrando coisas pro seu Dauphin."

"Isso foi o Dauphin sendo educado", disse Leigh.

"India", chamou Luker, "por que você não corre lá dentro, pega um picador de gelo e faz uns furos naquele barco ali?"

Alguns minutos depois, Lawton voltou de sua conferência com Big Barbara e saiu sem falar com sua família. India, de seu posto no canto da varanda, relatou que ele entrara pela porta dos fundos da casa dos Savage. Dez minutos depois, voltou na chuva com Sonny Joe Black e Dauphin logo atrás. Tanto Sonny Joe quanto Lawton se despediram calorosamente de Dauphin, o aconselharam a pensar nas coisas com cuidado e prometeram que iriam conversar novamente quando Dauphin estivesse de volta a Mobile no dia primeiro de julho.

Luker, Leigh e India receberam as despedidas educadas dos dois homens com uma reserva que beirava a grosseria. Big Barbara não desceu para se despedir do marido; permaneceu no quarto no andar de cima.

Conforme o barco deles se afastava espocando na direção de Gulf Shores, Luker comentou: "Talvez se a chuva continuar, o fedor dele vá embora".

Dauphin lhes assegurou não haver se comprometido de nenhuma maneira com o sr. Black, que era muito gentil, e reforçou que não tinha qualquer intenção de vender ou arrendar nenhuma parte do terreno ao longo do golfo do qual era dono; concordava com a esposa de que tinha dinheiro suficiente sem aquele acréscimo: "Mas, ah, meu Deus", continuou Dauphin, "Lawton queria que eu entrasse de cabeça, e disse que eu ia dar um golpe fatal em todo o mundo árabe se vendesse Beldame.

Ele me puxou de lado e me contou que com o dinheiro que as companhias petrolíferas pagariam por Beldame, eu podia comprar cinco condados na Carolina do Sul".

"Você é louco de ouvir aquele homem", disse Luker. "Ele lamberia suas bolas para colocar outro dólar no bolso dele. Espero que tenha mandado ele se foder."

"Ô, Luker!", exclamou Dauphin, consternado por ouvir o cunhado falar daquele jeito diante de três mulheres, "eu não podia dizer uma coisa dessas. Eu gosto do Lawton. E não quero contrariar ele. Veja, preciso dele do meu lado pra convencer que é uma boa ideia não vender nem arrendar Beldame. Além disso, preciso convencer ele que também é uma boa ideia que *ele* não venda."

"Quê!", exclamou Luker. "Ele não pode vender se você não vender, ele..."

"Ele pode", atalhou Dauphin. "Lawton é dono desta casa sem nenhum impedimento e se ele quiser vender pras companhias petrolíferas, eu não posso fazer nada. Eles iam demolir a sua casa e construir uma doca, e aí o lugar fica arruinado, e eu ia ter que vender também..."

Todos temiam que Lawton tivesse deixado Big Barbara na pior. Na varanda, eles delegaram a India a missão de subir até o quarto e averiguar a condição da avó. India bateu na porta e, de dentro do quarto, Big Barbara indagou: "Quem é?".

"India!"

"Oh, minha filha, entra!" Big Barbara estava sentada na cama, encostada na cabeceira, examinando o rosto manchado de lágrimas em um espelho de mão.

"Tá tudo bem?", perguntou India, educada. "Me mandaram ver como você tá."

"Minha filha", sorriu Big Barbara, "estou tão bem que você nem vai acreditar!"

"Verdade?"

"Verdade verdadeira."

"O que o Lawton disse?"

"Ele disse que acha que tô progredindo muitíssimo e que tem certeza de que vou ficar bem, e já que vou ficar bem, então não precisa de divórcio e tudo entre a gente vai se ajeitar daqui pra frente, pra todo o sempre. Foi o que o Lawton me disse. Vou te dizer, admito, que quando ele falou que queria conversar comigo, eu tive certeza de que ele ia marcar um dia pra eu voltar e assinar o divórcio. Mas em vez disso, ele me animou, eu até me ofereci pra voltar hoje. Eu disse que ia até Gulf Shores naquele barquinho, mesmo que tivesse que me sentar no colo dele, mas ele disse não, que eu devia ficar aqui até me sentir muito, muito bem, antes de voltar pra ajudar ele na campanha. Vocês jovens subestimam o Lawton, não dão o devido valor."

"Acho que não", disse India, lacônica.

"Eu *sei* que não. Aposto que tão todos sentados na varanda esperando pra saber como eu tô, né?"

India fez que sim com a cabeça.

"Bom, diga lá que tô muito bem..."

"Por que você não desce?"

"Com essa cara, depois de chorar tanto? Se Luker ver que chorei, ele não vai acreditar que eu tô feliz. Diz pra eles que tô aqui dedilhando harpa e depois volta pra gente conversar."

India fez o que lhe foi pedido, e como sua mãe previra, Luker não acreditou que Big Barbara recebera boas notícias da boca de Lawton: "Ela só tá se fazendo de durona", disse aos outros.

"Acho que não", discordou India. "Ela parece feliz mesmo e quer que eu volte lá pra cima pra gente conversar."

"Eu vou subir pra falar com ela", disse Luker. "Aquele homem não disse uma verdade o tempo todo que teve aqui hoje, ele..."

"Não vai", pediu Leigh quando seu irmão se levantou do balanço.

"Deixe ela em paz um pouco", disse Dauphin.

Odessa gesticulou, mostrando concordância com aquele conselho.

Luker balançou a cabeça, pesaroso: "Vocês sabem, né? Seja lá o que foi que ele disse pra ela, era mentira. E ela caiu como um patinho, como sempre. Porque ela...".

"Se ela tá feliz", interrompeu Leigh, "então, não estraga. Ela tem muita coisa pra pensar, logo depois de parar de beber. Quando você larga a birita, você não precisa ouvir que seu marido tá mentindo... e Luker, você não *sabe* se ele mentiu!"

"Volte lá, então, India. Conversa com ela, se é o que ela quer", sugeriu Dauphin.

India voltou para Big Barbara e sentou-se no pé da cama.

"Menina", reclamou ela, "você trouxe um monte de areia pra cá e sujou o meu lençol todo! Levanta e limpa isso aí!" Mas disse isso sem raiva.

India desceu da cama e com cuidado limpou a areia do lençol. Em seguida tirou a areia dos sapatos, revirou as mangas e bateu na fralda da camisa. Um pequeno círculo de areia se espalhou em volta dela ao lado da cama.

"India, nunca vi ninguém atrair tanta areia que nem você!"

India não tinha saído da casa naquela manhã. Como a areia tinha entrado na roupa e nos sapatos? Contudo, ela não falou nada para a avó, mas em vez disso começou a contar para Big Barbara um pouco sobre como é a vida no Upper West Side.

ELEMENTAIS
MICHAEL MCDOWELL

14

Eles não ficaram nada felizes em Beldame nas horas que se seguiram à visita de Lawton McCray e Sonny Joe Black. Não era apenas a perspectiva de mudança que os angustiava, o retorno a Mobile exclusivamente para proveito e conveniência de Lawton quando estavam contentes ali, mas imaginar que a própria Beldame, Beldame enquanto lugar ou coisa, corria risco de deixar de existir, era mais do que podiam suportar. Luker disse para a irmã que ele ainda poderia viver bastante satisfeito caso fosse embora no dia seguinte e nunca mais voltasse — contanto que estivesse seguro de que Beldame permanecesse como sempre fora; mas caso descobrisse que o lugar fora alterado de maneira substancial ou destruído, sua vida seria atingida de modo considerável. Para todos eles, Beldame representava a recompensa justa e possível para a angústia, infortúnio e labuta naquele mundo — era para eles um paraíso na Terra, e se assemelhava ao outro paraíso, o alardeado pelos religiosos: reluzente, remoto, intemporal e vazio. E que, em um mundo tão imperfeito, tal perfeição como a de Beldame devesse ser posta em perigo por Lawton McCray, aquele escroto filho de uma puta estúpido e manipulador, era uma afronta contra todos aqueles que tivessem alguma visão de valor do lugar.

A própria perfeição de Beldame aplacou a raiva e o temor deles. A chuva continuou durante tarde e noite; mas a manhã seguinte estava luminosa e quente, e o vapor se erguia da laguna de St. Elmo em mil funis já às 7h. Dauphin jurou que nenhum mal jamais seria feito a Beldame enquanto estivesse vivo, e os outros se permitiram sem relutância a acreditar em sua promessa. À tarde, quando Big Barbara reclamou que estava mais quente que uma coruja assada, ninguém mais estava pensando em Lawton McCray; e se algo os preocupava, era a ideia de voltar a Mobile em uma semana. Eles poderiam muito bem voltar para Beldame depois do dia quatro, mas todos sabiam que o encanto das férias seria quebrado por tamanho hiato.

De todos, India foi quem se sentiu mais afetada pela visita de Lawton McCray. Ela era jovem e não compreendia a linguagem sutil da ameaça, persuasão e interferência entre homens de negócios sulistas e estava certa de que Lawton McCray poderia passar por cima das objeções do molenga do Dauphin, e que Beldame — onde ela agora projetava visitas anuais com o pai para todo o sempre — seria sacrificada. As fotografias que tirara das três casas seriam então encontradas nas páginas da nova edição de *Lost American Architecture*. Havia um certo conforto em pensar que Luker poderia enriquecer com a transação, mas temia que o avô encontrasse uma maneira de privar o filho de sua parcela dos lucros. Os outros haviam banido Lawton McCray para o inferno; mas para India, ele se ergueu de lá com pele escura e asas vermelhas, e sua sombra fétida pairava sobre Beldame.

India McCray gostava de ter um inimigo. Na escola, sempre tinha um colega em sua sala por quem nutria um misto de desprezo e temor; a quem tratava ao mesmo tempo com desdém e respeito; em quem ela uma hora cuspia, para no momento seguinte se encolher de medo de sua presença. Esse padrão comportamental se tornou tão aparente para os professores que eles convocaram Luker, explicaram a situação e o aconselharam a levar India a um terapeuta. Luker naquela noite disse a India que ela era uma bobinha simplória, e que se quisesse odiar alguém, que odiasse a mãe (que tinham visto na rua na semana anterior). India aceitou o conselho, mas quando percebeu que a mãe não representava mais nenhuma ameaça, cedeu o lugar para o zelador do prédio ao lado, que maltratava animaizinhos; ele, no entanto, fora esquecido no Alabama, onde não havia ganidos e guinchos para lembrar India de seu passatempo repreensível.

Em Beldame, o inimigo tinha sido Odessa, não porque tivesse feito alguma coisa, nem porque India instintivamente desgostasse dela, apenas porque pegava mal desgostar de um dos outros: Luker, Big Barbara, Leigh ou Dauphin.

India sempre se considerara politicamente liberal, assim como Luker, e com esse liberalismo vinha um desconforto diante de criados. Outros privilégios dos ricos não a incomodavam, e ela com frequência se beneficiara da generosidade de alguns dos amigos de Luker: fins de semana em casas grandes, passeios em limusines e jatinhos particulares, Beluga e Dom Perignon, exibições cinematográficas particulares e praias desertas — e aproveitara tudo sem culpa. Mas criados andavam, falavam, tinham sentimentos e ainda assim não eram seus semelhantes. India achava que lidar com eles era uma impossibilidade prática. Ela não pedia nada para Odessa e teria preparado todas as refeições em vez de ser servida pela empregada — não tivesse Odessa insistido em ter a cozinha inteira apenas para si. E India não podia usar a cozinha na casa dos McCray, pois lá o gás e a geladeira nem sequer tinham sido ligados.

Mas Lawton McCray teve um sucesso decisivo em tomar o lugar que Odessa ocupara, ainda que de modo tênue, na imaginação de India. Ele era o inimigo perfeito, na verdade, tão perfeito quanto sua mãe fora: desprezível, cruel, poderoso e uma ameaça direta. Portanto, na mesma noite da visita de Lawton, os outros notaram uma diferença no tratamento de India com Odessa: um sorriso nunca exibido antes, uma disposição em montar o quebra-cabeça com ela, um boa-noite deferente e cordial.

Em uma noite chuvosa, India estava deitada na cama esperando pelo pai; era costume deles conversarem durante alguns minutos ao fim do dia, depois que Beldame estivesse sossegada. As luzes na casa dos McCray foram apagadas e nenhuma outra podia ser vista no caminho da casa dos Savage. O golfo na maré baixa estava agitado e distante. Pela primeira vez desde a chegada, India precisou não apenas do lençol, mas também da colcha de chenile, e mesmo assim estremeceu uma ou duas vezes. A chuva, soprada através das janelas abertas, salpicava o chão do quarto.

India tinha mudado a cama de lugar depois da primeira noite e agora, quando se sentava, podia ver as janelas do quarto da terceira casa. Mas apenas com o tempo bom e em noites em que a lua brilhava; naquela noite, tudo era escuridão.

Luker entrou e parou diante da janela que dava para a água: "Caramba!", exclamou, "nem dá pra ver a porra do golfo!".

India, cujos olhos tinham se acostumado à penumbra, pôde ver que o pai tinha se afastado da janela e estava encostado na parede com os braços cruzados sobre o peito: "Sabia que teu sotaque volta quando você tá aqui?".

"Não!", riu ele, "É mesmo?"

"Você não percebe?"

"Num percebo."

"Ó", disse India, "pra começar, você fala *num percebo* em vez de *não percebo*. E começa a falar do mesmo jeito que Big Barbara. Em Nova York, você não tem sotaque nenhum, ninguém sabe que você é do Alabama. Você só tem sotaque em Nova York quando fala com alguém do Alabama no telefone. Aí volta."

"Quando fui estudar na Columbia", disse Luker, "todo mundo pensava que eu era burro por causa do sotaque sulista, e demorou tanto tempo pra provar que eu não era um cuzão que decidi me livrar do sotaque, e consegui."

"Como conseguiu? Se livrar do sotaque, quero dizer?"

"Só disse pra mim mesmo: 'Não vou mais falar assim...'. E não falei."

"Eu meio que gosto", disse India.

"Uh-hum", disse Luker da escuridão.

"Me fala da Odessa", pediu India.

"Como assim? O que quer saber?"

"Sei lá. Só me fala dela. Me conte da filha dela que se afogou."

"Eu não tava aqui, mas Leigh tava. Isso foi há, tipo, dez, onze anos... eu era casado na época. Odessa e o companheiro de união estável, Johnny Red, tiveram uma filha, uma menininha: Martha-Ann. Big Barbara tem razão, Johnny Red não é flor que se cheire. Os Savage meio que cuidam dele, por Odessa. Eles vivem se separando e voltando, na maioria das vezes ficam separados. Enfim, Martha-Ann vinha pra Beldame com Odessa e ajudava com a casa, mas vinha pra cá principalmente para brincar. Bom, você tem que se lembrar de que dez, quinze anos atrás as coisas não eram tão liberais no Sul como hoje..."

"Liberais?"

"Me refiro aos negros. As linhas divisórias ainda existiam naquela época. Não era considerado direito deixar Martha-Ann ficar no lado do golfo onde os brancos ficavam. Martha-Ann tinha que nadar na laguna de St. Elmo."

"Que absurdo!", exclamou India, ofendida.

"Eu sei", concordou Luker, "ninguém chegou a falar algo pra menina... era só uma daquelas coisas implícitas. Odessa ainda é assim: ela nunca senta com a gente na mesa, e quando senta, fica sempre afastada. Não é que a gente não queira ela por perto nem nada, você sabe o quanto Dauphin gosta dela, é só que *ela* não se sente confortável. Então uma tarde, Martha-Ann tava lá fora brincando, na laguna bem na frente da casa dos Savage, onde sempre brincava, e ela tava correndo atrás duns pássaros pra cima e pra baixo pela praia, tentando dar comida pra eles ou algo assim. E aí ela correu atrás deles até o outro lado da terceira casa. Odessa tava trabalhando no andar de cima e meio que de olho na menina pela janela, e gritou pra ela não dar a volta por lá."

"Por que não?", indagou India.

"Odessa tinha medo que ela entrasse na água. Lá para aqueles lados, além do cordão litoral, têm um monte de corrente cruzada esquisita. A corrente submarina é terrível. Ninguém entra naquela água. Parece rasa, mas ela te puxa pra baixo. E foi o que aconteceu com Martha-Ann. Ela entrou na água e foi puxada. Odessa tava descendo pra trazer ela de volta, e ouviu Martha-Ann gritando, mas quando deu a volta até a frente da terceira casa, os gritos tinham parado e Martha-Ann já tinha se afogado. E seu corpo nunca foi devolvido pra praia."

"Como Odessa ficou?"

"Não sei", respondeu Luker. "Eu não tava aqui."

"Como você sabe que Martha-Ann se afogou?"

Luker hesitou antes de responder, e India lamentou não conseguir ver a expressão no rosto dele na penumbra: "Como assim?".

"Como você sabe que ela se *afogou*?", repetiu India. "Ninguém viu ela entrar na água."

"O que mais pode ter acontecido?"

"A terceira casa. E se ela entrou na terceira casa?"

"Não tinha como, tava trancada, sempre teve trancada. Além disso, ela tava na frente da casa e as portas e janelas daquele lado já tinham começado a ser encobertas. E daí se ela *tivesse* entrado, India? Ela teria saído de novo. Mas nunca encontraram o corpo dela. Não tinha nada pra enterrar."

"E se ela ainda tiver lá? O corpo, quero dizer. Ninguém foi procurar, né? Ninguém entrou na casa pra ver se ela tava lá, né?"

"India, não seja ridícula. Vou pra cama. Tá um frio do caralho aqui..."

"Por que Dauphin ama tanto Odessa?", perguntou India de repente.

"Porque ela sempre foi boa com ele", respondeu Luker, parando para responder a uma pergunta razoável. "Odessa ama Dauphin do jeito que Marian Savage devia ter amado o filho."

"Odessa sempre trabalhou pros Savage?"

"Não sei. Por pelo menos 35 anos, sim. Odessa vinha aqui há anos mesmo antes da gente comprar a casa, Odessa se lembra dos Hightower. Mas quando Dauphin era pequeno, ele pegou uma doença, tipo uma febre, e todo mundo achava que ia morrer. Foi no verão e tava todo mundo aqui: Darnley, Mary-Scot, Leigh e eu. Mas Dauphin ficou em Mobile, e Odessa ficou com ele. Darnley e Mary-Scot ficavam falando do funeral, porque todo mundo tinha certeza que ele ia morrer. Bothwell Savage, o pai do Dauphin, voltava pra Mobile uma vez por semana pra ver se ele ainda tava vivo..."

"O que aconteceu?"

"Odessa curou o Dauphin. Não sei como, ele não sabe como, mas ela curou. Dauphin diz que ela deu coisas pra comer e essas coisas curaram ele."

"Talvez só ele tenha melhorado... talvez os médicos tenham curado."

"India, foram os médicos que disseram que ele ia morrer."

"Tá, mas..."

"Mas a questão é que Dauphin acha que Odessa salvou a vida dele e Dauphin tinha uma ideia muita clara, mesmo naquela época, não acho que ele tinha mais do que seis ou sete anos, que nenhum dos Savage se importava muito se ele morresse."

"Sim, entendo", disse India, "mas mais alguém acreditou que Odessa salvou a vida dele? Ou foi o que Dauphin achou? O que Marian Savage achou?"

"Bom", disse Luker, "ela disse que não acreditava. Disse que Dauphin foi curado pela penicilina, mas Dauphin é alérgico a penicilina. Agora, Marian Savage nunca gostou de Odessa depois, ela meio que culpava Odessa por manter o Dauphin vivo. Acho que ela quis despedir Odessa, só que Marian Savage não era o tipo de pessoa que cortava a relação só porque te odiava pra caralho. Veja como são as coisas: quando ela ficou muito doente, Marian não queria mais ninguém pra cuidar dela além de Odessa. Ela queria que Odessa a curasse. Implorava umas cinquenta vezes por dia pra Odessa lhe dar alguma coisa pra comer pra ela melhorar."

"Como você sabe disso tudo?"

"Dauphin me contou. Odessa contou pra ele."

"Ela achava mesmo que Odessa podia curar ela?"

Luker assentiu: "Marian culpava o Dauphin por ter ficado doente: disse que se ele não tivesse se casado com Leigh, ela não teria câncer. E disse pra Leigh também. Metade do tempo ela culpava Leigh e Dauphin e na outra metade fingia que não tava doente, que não tinha nada errado".

"Uma canalha de primeira, hein?"

"Das piores. E ela culpava Odessa porque não tava melhorando. Ela disse que Odessa não queria dar as coisas que iam deixar ela boa de novo e depois começou a dizer que Odessa tava colocando coisa na comida que tavam deixando ela mais doente."

"Não entendo por que Odessa não pediu demissão."

Luker deu de ombros: "Porque as coisas são assim por aqui. Odessa nem considerava abandonar Marian Savage, assim como não abandonaria Dauphin e Leigh".

"Complexo de mártir", comentou India.

"Não é não", retrucou Luker. "É só o jeito como as coisas são."

"Se você fosse assim, teria ficado com sua mãe."

"Eu sei", respondeu, "mas não sou *tão* assim. Dei o fora a tempo... eu acho. Enfim", continuou Luker, "Marian Savage veio pra cá no fim como uma última tentativa desesperada pra persuadir Odessa a curar ela. Ela disse pra Odessa, 'Me salva como você salvou o Dauphin'."

"E o que a Odessa fez?"

"Odessa disse pra ela que o Dauphin foi curado por injeção de penicilina."

"Então Odessa deixou ela morrer?"

"India, você acabou de dizer que não acredita que Odessa curou o Dauphin..."

India refletiu um pouco, mas no fim não sabia o que pensar daquilo tudo.

ELEMENTAIS
MICHAEL MCDOWELL

15

Na tarde seguinte, India deixou Beldame pela primeira vez em quase três semanas. Leigh a levou, junto de Odessa, até Gulf Shores, deixou-as na lavanderia e seguiu até Fairhope para comprar roupas. Quando soube das intenções da filha de acompanhar sua irmã e Odessa, Luker alertou India: "Ó, não quero você encurralando Odessa e enchendo ela de perguntas sobre Martha-Ann nem nada do tipo".

"Martha-Ann morreu um pouco antes de eu nascer. Você acha que Odessa ainda tá triste?"

"Acho que não é da sua conta, porra", respondeu Luker, fazendo uma careta.

India prometeu não dizer nada.

Assim que colocaram as roupas nas máquinas de lavar, India e Odessa sentaram-se na ponta de uma fileira de cadeiras de plástico aparafusadas ao cimento na frente da lavanderia. Fazia um calor indescritível por todo o Alabama naquele dia, mas em nenhum outro lugar o calor estava mais intenso do que no condado de Baldwin; e em nenhum outro lugar no condado de Baldwin pior do que em Gulf Shores; e em nenhum lugar em Gulf Shores mais extremo do que na pequena construção de concreto que abrigava a agência dos Correios e a lavanderia. Um termômetro na parede sombreada marcava 41,5°C.

"Odessa", começou India, "queria te perguntar uma coisa, se for tudo bem."

"O quê, filhota?"

"A terceira casa." India a observou com atenção à procura de sinais de perturbação, mas Odessa estava impassível.

"O que cê quer saber? Você até tirou foto dela esses dias."

"Você me mostrou o que fotografar."

Odessa assentiu e India ficou sem saber como prosseguir.

"Luker tem medo daquela casa", disse India por fim, "e o Dauphin também. Não conversei com a Leigh e Big Barbara, mas..."

"Elas têm medo também", completou Odessa.

"Você sabe por quê?"

Odessa fez que sim com a cabeça.

"Por quê?"

"Por causa do que tem dentro."

Os ombros de India se contraíram: "Como assim, o que tem dentro?".

"Tem umas casas que têm coisa dentro e outras que não tem. Vai dizer que cê não sabe?"

"Tipo um fantasma?"

"Não! Não tem nada disso. Só que tem casa que tem coisa dentro... tipo um espírito. Nada de fantasma, nem existe isso de morto voltar. Morto vai pro céu, morto vai pro inferno. Nem fica por aqui. Nada disso. Só que às vezes tem *coisa* dentro duma casa."

"Como você sabe se tem?"

"Ah, cê sente! De que outro jeito cê ia saber! Cê entra na casa e sabe de cara. Nem quer dizer que é perigoso, só que tem uma coisa lá."

"Você quer dizer, tipo, se alguém morrer lá, aí a casa fica com um espírito nela."

"Não", disse Odessa, "não é assim que funciona. Isso é você falando e pensando em espírito. Espírito não age assim, espíritos não agem do jeito que a gente quer. Espírito não segue regra que cê coloca pra eles. Não tem a ver se morreu alguém, se foi morto, ou se a casa é novinha em folha. Ela tem uma coisa ou não tem, cê pode sentir e é isso."

India assentiu para mostrar que tinha entendido.

"Agora a terceira casa", continuou Odessa, "cê nem precisa entrar pra saber que tem coisa dentro, cê apenas *sabe* na hora que bate o olho nela. Cê sente, né filhota? *Cê sabe, né?* Não tô sentada aqui te contando uma coisa que cê não saiba, tô?"

"Não, não tá", respondeu India. "Eu sei que tem alguma coisa na casa." Ela hesitou por um instante e as duas olharam para o golfo, visível do outro lado da rua por entre as casinhas quadradas. O sol era um reflexo ofuscante sobre a água. O calor se erguia em ondas distorcidas da rua asfaltada. Uma mulher passou com guarda-sol enorme balançando no ombro e um golden retriever pulava e tentava mordê-lo.

"Se tem uma coisa na casa", perguntou India, "você consegue ver?"

Odessa lançou um olhar aguçado para India, depois voltou a fitar o golfo: "Ah, já vi coisa, sim", respondeu devagar.

"O que você viu?", indagou India, ansiosa.

"Luz", disse ela, "luz dentro da casa. Só que não era luz, mas uns tipos diferentes de escuro. Às vezes, acordo de noite e acho que tô deitada na minha cama e daí abro o olho e não é mais a minha cama. Tô de pé na janela olhando pra terceira casa e é como se eu visse as coisas indo dum quarto pro outro. Claro que não dá pra ver nada de verdade porque tá tudo escuro, mas vejo coisas ir dum quarto pro outro, e tem escuros diferentes lá dentro e as coisas mudam de lugar. Tem porta que fecha dentro da casa. Às vezes, quebra coisa."

India puxou o ar em inspiração ruidosa, porém Odessa optou por ignorar.

"Mas não é fantasma", continuou, "isso não existe. É só o espírito da casa tentando fazer a gente acreditar em fantasma. O espírito quer que cê pense que morto volta, que cê pode conversar com eles, que vão te contar onde o dinheiro tá enterrado e essas coisas..."

"Por quê?", indagou India. "Por que um espírito ia fazer isso?"

"Espírito quer te enganar. *Alguns* espíritos. Porque são maus... são muito *maus*, só isso."

"Mas é um espírito que tá *dentro* da casa ou é a *casa* em si? Tipo, o espírito tem corpo... não, corpo não, tipo, ele tem forma? Dá pra olhar pra ele? Se você visse, dava pra saber? Ou é a casa inteira?"

"Filhota", disse Odessa, "cê viu alguma coisa." Ela levantou os braços e afastou o tecido da pele coberta de suor. "Cê viu alguma coisa, né?"

"Eu vi mais do que escuridão", contou India. "Eu vi outra coisa: subi até o topo da duna e olhei pela janela. Fiz isso duas vezes e das duas vezes, eu vi uma coisa."

"Nem me conta!", exclamou Odessa. "Não quero saber o que cê viu, filhota!"

A mulher apertou o braço da garota, mas India continuou, agitada: "Ouve, Odessa: na primeira vez, vi um quarto que tava perfeito, tipo, tava como se não tivesse sido tocado por cinquenta anos, e daí eu tava olhando pra dentro e a porta fechou. Alguém tava no corredor e fechou a porta enquanto eu tava lá olhando pela janela...".

"Filhota, não me conta!"

"...e aí eu voltei no dia seguinte porque achei que tivesse sonhado, e olhei pela janela de novo e a areia tava entrando no quarto porque eu quebrei uma vidraça da janela sem querer..."

"Não", disse Odessa, esticando o braço para tapar a boca da menina com a mão.

India segurou o pulso de Odessa e o afastou: "E tinha uma coisa na areia", sussurrou. "Tinha uma coisa feita de areia. Tava ali embaixo da janela, fazia parte da duna e sabia que eu tava lá. Odessa, ela..."

A outra mão de Odessa voou para cima e cobriu a boca de India.

ELEMENTAIS
MICHAEL MCDOWELL

16

Alguns dias após a visita de Lawton McCray a Beldame, Dauphin Savage voltou a Mobile para a leitura do testamento da mãe. Leigh se oferecera para acompanhá-lo, mas ele lhe assegurara que não precisava se incomodar. Visto que Dauphin conhecia todo o conteúdo do documento, a leitura seria apenas uma formalidade. O testamento fora elaborado de acordo com sua própria conversa com o advogado da família, e precisou de três meses para convencer a mãe moribunda a assiná-lo. Dauphin disse a Leigh que ela seria bem-vinda em se juntar a ele na viagem; ela poderia fazer compras na cidade, verificar a casa, fazer o que fosse preciso em Mobile depois de um mês longe da cidade. Mas Leigh e os outros, para quem o convite também tinha sido estendido, recusaram: o que precisasse ser feito em Mobile poderia esperar até a semana seguinte quando, sob a diretiva de Lawton, seriam *obrigados* a retornar.

Quando, naquela manhã, India passou pelo jipe estacionado na borda do quintal, ficou surpresa ao encontrar Odessa sentada no carro, de óculos escuros e chapéu de palha: "Por que você também vai?", perguntou India. "Vai fazer compras?"

Odessa fez que não com a cabeça.

"Então por quê?", insistiu India quando pareceu que Odessa não tinha nenhuma intenção de responder a sua pergunta.

"Pergunta pro seu Dauphin", disse com voz baixa e acenou com a cabeça na direção da casa dos Savage. Dauphin estava saindo pela porta dos fundos.

"Tá pronta?", gritou para Odessa, que levantou a mão em resposta.

Quando se aproximou, ele disse a India: "Certeza que não quer vir? Não tá cansada daqui? Beldame não é animada que nem Nova York, tenho certeza!".

"Por que você tá levando Odessa junto?", perguntou India.

Dauphin, que parecia sombrio e irreconhecível devido ao terno que vestia, hesitou antes de subir no jipe: "Pra varrer o mausoléu. Hoje faz um mês que mamãe foi enterrada".

Envergonhada por ter forçado Dauphin a admitir aquele traço de devoção filial, India perguntou: "Vocês voltam ainda hoje de noite, né?".

"Devo acabar com o advogado lá pelas quatro da tarde", respondeu Dauphin, "mas não espere a gente pro jantar. Vamos parar no caminho, quase certeza."

Big Barbara e Luker apareceram na varanda e acenaram adeus quando Dauphin deu a partida no jipe.

"Péra!", gritou India, "você me faz um favor em Mobile?"

Dauphin sorriu: "O que que você quer, India? Cartão-postal de um engarrafamento?".

"Não", respondeu, "se puder esperar só um minutinho, eu já volto."

Dauphin atendeu o pedido e India correu para dentro da casa. Alguns minutos depois, reapareceu e entregou a Dauphin dois potinhos cinza de plástico: "São filmes", informou, "e eu já escrevi meu nome e tal. Você pode mandar revelar?".

"Claro", respondeu Dauphin, "mas não devem ficar prontos até a hora de voltar."

"Tudo bem, eu pego semana que vem."

Ele concordou, colocou os potinhos no bolso e saiu com o carro, buzinando em despedida.

Luker disse para a filha durante o almoço: "Você não devia mandar filmes bons pruma lojinha qualquer. Eles *sempre* riscam o filme. Podia ter esperado até a gente voltar pra Nova York, que eu ia fazer direito".

"São as fotos da terceira casa", disse India. "Não confio em *você* com aqueles filmes."

Luker riu.

Mobile ficava a quase duas horas de distância de Beldame; Dauphin e Odessa estacionaram na entrada para carros da Casa Pequena pouco antes do meio-dia. Odessa, que não tinha nenhuma afeição pelas duas empregadas contratadas por Leigh, estava ansiosa para perturbar a remunerada indolência daquelas mulheres, mas Dauphin insistira em ligar de fora da cidade e prepará-las para sua chegada. Ele sequer iria permitir que lhe preparassem o almoço, por isso parou em uma franquia de frango frito e comprou algo para ele e Odessa.

As duas empregadas se declararam felizes em vê-lo de novo, embora o tenham feito com vozes desanimadas e ombros caídos que apenas alguém tão fácil de enganar como Dauphin teria considerado sinceras. Elas lhe entregaram três caixas de sapatos de correspondência e uma caixa de madeira com catálogos para Leigh. Dauphin e Odessa se sentaram em lados opostos da mesa comprida e comeram o frango. Então uma inspeção da Casa Grande lhes assegurou de que tudo estava em ordem por ali.

Dentro do porta-malas da Mercedes preta, as duas empregadas guardaram um ancinho, uma vassoura, um saco com panos macios e uma caixa de papelão com produtos de limpeza. Elas não se ofereceram para ajudar Odessa na limpeza do mausoléu da família Savage. Mas quando ele estava saindo da entrada para carros, Dauphin disse para Odessa: "Primeiro vamos deixar os filmes da India, depois vamos pro advogado".

Odessa disse: "Cê me deixa no cemitério. Quando cê acabar lá, eu também vou ter acabado, nem vai...".

Dauphin a interrompeu: "Odessa, não contei porque sabia que você não ia gostar, mas mamãe cita você no testamento. Na verdade, só nós dois somos mencionados... por nome, quero dizer, então você e eu temos que ir no advogado. Quando acabar lá, que não demora muito, a gente volta pro cemitério pra limpar. Eu vou te ajudar...".

"Seu Dauphin, cê devia ter me contado!", disse Odessa, censurando-o. "Sua mãe não tinha que me colocar em testamento. Queria que ela nem tivesse feito isso."

"Olha, vou te contar, Odessa, se faz você se sentir melhor: ela não queria, mas eu obriguei. É tudo coisa minha. Eu disse pro advogado tudo e ele escreveu, e depois fiquei sentado naquele quarto por três meses até ela assinar."

"Então tudo bem", disse Odessa, "já que ela nem teve intenção, acho que tá tudo bem."

No escritório do advogado, Dauphin foi cumprimentado não apenas por ele, mas também pelo administrador e todos os colegas da firma, aparições pouco costumeiras em um sábado; Dauphin era, afinal de contas, o terceiro homem mais rico de Mobile, e desses três, era o único nascido no Alabama. A leitura do testamento de Marian Savage foi mera formalidade. Ela deixara 250 mil dólares para o convento onde a irmã Mary-Scot morava, estabelecera uma bolsa de estudos de enfermagem na Spring Hill College, doara uma nova ala para a escola dominical da igreja de São Judas Tadeu e providenciara para Odessa uma anuidade de 15 mil dólares durante toda a vida, o capital a ser devolvido aos cofres da família após a morte da empregada. Todo o restante foi para Dauphin. Marian Savage não amava o filho que sobreviveu, mas foi uma Savage até a alma e nunca cogitara a ideia de desviar a fortuna da família para longe de Dauphin, Leigh e dos filhos que pudessem vir a ter. Quando assinou o testamento, dera a entender que caso Darnley tivesse sobrevivido, ou se Mary-Scot não tivesse se juntado ao convento, as coisas teriam sido bem diferentes. Dauphin teria ficado com apenas uma merreca. Mas como as coisas estavam, ele teria que ficar com tudo.

"Agradeço o que cê fez", disse Odessa quando estavam outra vez no carro, 45 minutos depois.

"Odessa, não..."

"Deixa eu falar", pediu com severidade e Dauphin ficou quieto. Odessa continuou: "Aquele dinheiro significa que não preciso mais me preocupar. Tava começando a me preocupar com a previdência social. Conheço uma mulher que vive da previdência social e depois de pagar o aluguel, sobra nada, nem dá pra comprar um punhado de feijão. Quando eu parar de trabalhar, não preciso me preocupar...".

"Odessa, você vai trabalhar pra Leigh e pra mim para sempre, né?"

"Claro que vou! Vou trabalhar pra você e pra dona Leigh até nem poder mais pôr um pé na frente do outro!"

"Você sempre vai ter um lar com a gente, Odessa. Você sabe que a gente não consegue viver sem você."

"Quando eu for velha e ficar tão malvada que nem tua mãe, seu Dauphin, aí cê vai ficar bastante agradecido por eu morar sozinha em algum canto...", Dauphin pareceu prestes a fazer um discurso contrariando o que ela dizia, mas Odessa se adiantou, "mas agora eu nem preciso me preocupar. Só precisa me prometer uma coisa, seu Dauphin, cê *precisa* me prometer..."

"Eu prometo. O que que é?"

"Quando eu morrer, garanta que aquele Johnny Red não vai ver um tostão desse dinheiro!"

"Eu prometo", disse Dauphin, mas ele já estava maquinando alguma caridade, pensando em como cuidaria do imprestável do Johnny Red no improvável caso de aquele preguiçoso alcoólatra sobreviver à sua companheira.

O mausoléu dos Savage era um edifício quadrado e atarracado, de mármore italiano com veios escuros, localizado em um canto sombreado por ciprestes no cemitério mais antigo de Mobile. Os mortos de Mobile vinham sendo plantados ali desde a primeira parte do século XVIII, mas furacões, vândalos e o alargamento das ruas tinham obliterado todos os traços dos primeiros frutos, e o mausoléu dos Savage era agora louvado como o mais antigo monumento remanescente. Ao longo das três paredes internas estavam entalhados os nomes de seis gerações dos Savage — e isso não incluía crianças e adolescentes que, por não serem considerados merecedores do lugar, eram relegados a uma pequena área de terra mais para o fim do caminho.

Os sinos de uma igreja próxima badalavam 16h quando a Mercedes estacionou diante do mausoléu dos Savage. Enquanto Dauphin descarregava o porta-malas, Odessa abriu a porta de ferro da tumba com a chave que guardava junto de todas as outras da família. Ela entrou e fechou a porta atrás de si; parou diante da grade e pediu para Dauphin colocar tudo do lado de fora.

"Deixe que cuido disso, seu Dauphin", disse. "Senta lá no carro. Compra um sorvete. Volta pra me buscar daqui uma hora, e faz que nem te falei."

"Odessa, preciso entrar e prestar meus respeitos à mamãe. Ela dava muita importância pra esse negócio de prestar respeitos." Ele deu um sorriso triste pelas grades.

"Eu sei, mas cê não devia entrar e é isso."

"Por que não?"

"Porque tumba não é lugar pra vivo."

Dauphin deu de ombros e sorriu, e empurrou a porta: "Vou entrar, Odessa, e conversar com mamãe uns minutinhos".

O interior do mausoléu estava escuro. A luz refratada de uma tarde profundamente nublada penetrava apenas como um cinza velado. Mas Dauphin viu de imediato que nem tudo lá dentro estava como ele deixara no dia do funeral. No chão sob o nicho de sua mãe havia um pano de linho aberto sobre o qual repousava uma mixórdia de objetos.

"Odessa", falou, "alguém esteve aqui. O que é isso tudo?"

Nervoso, pois nenhum Savage conseguia lidar bem com irregularidades referentes a túmulos e enterros, Dauphin ajoelhou-se para ver o que havia sobre o pano: um despertador mal embrulhado em uma página de calendário; uma xícara de chá com a alça quebrada posta em seu interior; duas conchas estraçalhadas juntas; e uma caixa de sapato de plástico, armazenando o conteúdo de uma caixa de remédios.

Dauphin olhou com curiosidade para Odessa, que não disse nada e não pareceu surpresa ao ver aquelas coisas ali: "Alguém brincou aqui dentro", disse Dauphin esperançoso. "Alguma criança conseguiu entrar aqui pra brincar e..."

Odessa fez que não com a cabeça.

Dauphin pegou o despertador. Estava programado para as 16h, a hora da morte de sua mãe; a página do calendário era do mês de maio e o dia da morte dela estava circulado de vermelho. A xícara de chá fazia parte do conjunto de louça que ela sempre usara em seu café da manhã. As conchas eram aquelas que durante o verão tinham flanqueado ambos os lados da lareira fria no seu quarto. Nos rótulos dos vidros de remédios vendidos por receituário no fundo da caixa de sapato de plástico se lia: PARA USO DE MARIAN SAVAGE.

"Eu que coloquei isso aí tudo", explicou Odessa. "Ninguém entrou. Voltei cedo na manhã do funeral, a dona Leigh me trouxe antes de me levar pra casa."

Dauphin se levantou e se esforçou para encontrar os olhos de Odessa na penumbra do mausoléu: "Tá, mas por que, Odessa? Por que trouxe isso tudo pra cá?".

"Trouxe pra dona Marian."

"Como oferenda? É isso que você tá querendo dizer?"

Odessa fez que não com a cabeça: "Pra evitar ela sair daqui", explicou e apontou para o quadrado de mármore entalhado em que repousava o pé do caixão de Marian Savage. "O relógio e o calendário lembram ela que tá morta. Eu quebrei a xícara, e odiei quebrar, mas era uma extra, pra dizer pra ela que ela tá morta. Essas conchas vão lembrar ela da água. Morto tem água pra atravessar."

"E os comprimidos? E os medicamentos?"

"Pra ela se lembrar quem ela era. O morto volta, mas nem sempre lembra quem era. Tua mãe vai ler o nome ali, seu Dauphin, e dizer: 'Ah, tô morta, vou voltar pra dentro e não incomodo ninguém!'."

"Odessa, isso é loucura. Tá me assustando muito. Por favor, tira esse lixo todo daqui."

"Precisa ficar pelo menos seis meses", falou Odessa, "é quando o morto volta. Morre e começa a esquecer em seguida, mas demora seis meses pra parar de se importar." Ela acenou com a cabeça na direção da placa de mármore de Marian Savage. "Ela voltou pra lá agora, não lembra de nada, tem coisa que ela já esqueceu, mas ela sabe sair e sabe quem quer ir atrás, ela..."

"Odessa!", gritou Dauphin, tremendo dos pés à cabeça. "Não diz mais uma palavra disso!" E fugiu daquele lugar sombrio e cinzento, deixando Odessa para varrer o chão e passar seus panos nas paredes de mármore.

Ele esperou por ela no carro por meia hora, quieto, nervoso e taciturno, e não conversaram no trajeto de volta à Casa Pequena. Mas mesmo se conversassem, Odessa não teria contado o que descobrira no mausoléu, o que não estivera perceptível até que seus olhos tivessem se acostumado por completo à escuridão do interior: que a argamassa ao redor da placa de mármore do monumento da mãe dele fora lascada em diversos lugares, deixando pequenas linhas escuras por toda parte. Teria sido possível enfiar um canudo através daqueles buracos e encostado no caixão de Marian Savage no outro lado.

ELEMENTAIS
MICHAEL MCDOWELL

17

Dauphin não planejara, mas acabou passando a noite em Mobile. Seu contador descobriu por meio de seu advogado que ele estava na cidade e telefonou no final da tarde, perguntando se seria possível conversarem naquela noite. Odessa lhe assegurou que não faria diferença voltarem a Beldame apenas no dia seguinte, e ela preferia passar a noite na sua casa. Não havia como avisarem às pessoas em Beldame que não iriam voltar, mas era provável que não se preocupassem muito.

Dauphin deixou Odessa na casa dela, jantou com Lawton McCray e Sonny Joe Black no restaurante de frutos do mar no píer municipal, onde soube do progresso satisfatório da campanha e ouviu com educação os inúmeros motivos pelos quais deveria vender Beldame para as companhias petrolíferas. Quando voltou para casa e pôs a chave na fechadura da casa toda apagada, se deu conta de que aquela seria a primeira vez que passaria a noite sozinho ali.

O vodu de Odessa — havia outra palavra para aquilo? — com o amontoado de artefatos quebrados da vida da sua mãe o perturbara. É claro que a empregada conhecia as lendas da família Savage sobre os mortos não estarem mortos, mas aquela coleção de objetos no chão de mármore da tumba parecia planejada para proteger de um mal maior do que aquele. O medo tinha se agarrado a Odessa como teias de aranha:

Marian Savage iria voltar dos mortos. Ele fechou as janelas da sala de jantar evitando olhar pela janela para a Casa Grande: temia ver luzes lá.

Perambulou desconsolado pela casa, ligou a televisão em volume alto na esperança de que vozes e risadas o reconfortassem. Em um seriado de comédia, ouviu o grasnido de pássaro e pensou de repente em Nails. Quando foram a Beldame, deixaram Nails deliberadamente para trás; ele não tivera nenhum desejo de ouvir de novo a única frase que o pássaro proferira: *As mães Savage devoram os filhos!*

Dauphin foi até a gaiola na varanda envidraçada e levantou a cobertura, rezando para o pássaro não repetir aquela litania terrível. A gaiola estava vazia. Ela tinha sido esfregada até ficar limpa; os alimentadores e o bebedouro estavam vazios e secos.

A televisão permaneceu ligada a noite toda para encobrir os ruídos da casa.

Na manhã seguinte, quando as duas empregadas chegaram, Dauphin descobriu que no dia em que foram para Beldame, Nails começara a recusar comida. Ele enfraqueceu, e arranhava o jornal no fundo da gaiola sem parar, retalhando uma dúzia de camadas por dia. Em uma semana estava morto, e o jardineiro o enterrou no canteiro de íris barbada na lateral da Casa Grande: "Tá, mas ele falou?", perguntou Dauphin ansioso.

"Falou?!", exclamou a empregada magra. "Nails não falava! Ele nunca disse uma palavra desde que a tua mãe pegou ele!"

"Não", respondeu Dauphin à pergunta de Odessa, "não dormi nada bem. Não tô acostumado a dormir sozinho, não gosto de dormir sozinho. E vou te dizer, Odessa", usou um tom de voz que era o mais perto que Dauphin chegava de ficar irritado, "foi tudo por causa daquele negócio no mausoléu ontem, aquelas coisas que você colocou lá. Não é respeitoso com os mortos, é contra religião e não sei mais o quê."

"Fiz aquilo procê", defendeu-se Odessa com simplicidade. "Sei que sim", respondeu Dauphin, já abrandado. "E agradeço. De verdade. Mas é o seguinte: mamãe tá morta. Total e completamente. Chamamos dois médicos pra confirmarem o óbito e, no funeral, você me viu, eu enfiei uma faca no peito dela. Odessa, odiei fazer, mas eu verifiquei; e ela não sangrou."

"Oh, ela tava morta", confirmou Odessa meneando a cabeça. O dia estava tão fresco e ventilado que o ar-condicionado não era necessário dentro do carro. As duas janelas da frente estavam abertas. "E quando coloquei aquilo lá... quando quebrei a xícara e esvaziei o vidro de remédio, eu só queria ter certeza que tua *mãe* se lembrasse de que tava morta. Foi só o que quis fazer."

"Os mortos não voltam", disse Dauphin com a voz firme. Eles tinham acabado de passar por Daphne e Fairhope e estavam quase em Point Clear, pegando o caminho ao longo da baía de Mobile em vez do que atravessava o interior do condado. Durante todo o caminho, a baía, açoitada ao ponto de deixar a água espumosa, permaneceu bem à direita deles, azul-acinzentado sob um céu de cinza-azulado.

"Cê sonhou?", perguntou Odessa, sabendo que sim. "Sonhou com o quê?"

"Com o que mais?", indagou Dauphin. "Sonhei com aquele mausoléu. Sonhei que tava morto. Sonhei que tava no funeral e você e Leigh tavam do lado do caixão e Leigh espetou meu peito com uma faca. Odessa, eu senti o metal! Senti dormindo! Aí, eles me levaram pro mausoléu e me colocaram bem em cima de mamãe..."

"É ali que vão te botar quando cê morrer *mesmo*", comentou Odessa.

"Eu sei", disse Dauphin, "e foi por isso que o sonho pareceu tão real. Eles me levantaram e me colocaram lá e, de repente, eu não tava mais no caixão. Eu só tava deitado naquele espaço, e eles fecharam tudo. Tava escuro e eu não conseguia ver e não conseguia respirar e pensei que fosse morrer. Só que eu já tava morto."

"O que você fez?"

"Eu chutei a placa, aí ela caiu no chão e quebrou em pedacinhos, e aí eu desci. Cortei meu pé, mas não sangrou. Todas as outras placas tinham sido arrancadas também. Todo o chão do lugar tava coberto de pedaços de mármore. A parede tava cheia de buraco onde os caixões ficavam, mas eu era o único ali. Tive medo de olhar nos buracos, mas olhei, e eu era o único ali."

Dauphin ficou agitado enquanto contava. Odessa teve que adverti-lo a reduzir a velocidade da Mercedes. Ele reduziu e quando retomou a história, foi com voz mais calma: "O problema foi que a porta tava trancada. Eu tava ali sozinho e a porta trancada. Comecei a gritar pra virem me pegar; não lembro se era dia ou noite. Não deu pra perceber ou talvez só não esteja lembrando, mas gritei e gritei e ninguém apareceu. Aí ouvi alguém se aproximando e eu berrei: 'Ei, aqui dentro!'."

"Quem era?"

"Eles foram até a porta e abriram."

"Quem era?", repetiu Odessa.

"Era a mamãe e o Darnley. Eu disse, 'Ah, tô tão feliz que vocês vieram. Eles me enterraram aqui e eu não tava morto', e aí me lembrei que eles *tavam* mortos. Os dois, e eu disse, 'Darnley, como você chegou aqui? Eles nunca encontraram o seu corpo'."

"É ruim quando morto fala em sonho", comentou Odessa. "O que Darnley disse?"

"Darnley disse, 'Vim te buscar, Dauphin'."

"Você tava com medo no sonho?"

"Não", respondeu Dauphin, "mas comecei a gritar e assim que gritei, mamãe pulou em cima de mim, foi com a boca até minha garganta e me dilacerou."

"Foi aí que você acordou?"

"Não", disse Dauphin. "Eu não cheguei a acordar..."

Em silêncio, chegaram a Point Clear e continuaram ao sul na direção de Mullet, onde a estrada virava para o interior, afastando-se da baía. Dauphin se sentiu melhor por ter contado o sonho que o tinha perturbado tanto, e agora estava ansioso por voltar a Beldame, nem que fosse pela simples razão de que lá não precisaria dormir sozinho.

A estrada fez uma curva fechada à esquerda, e quando ele a contornou, a baía de Mobile logo surgiu no retrovisor, bem atrás dele. E a aproximadamente 400 metros água adentro, vista pelo retrovisor, estava a inconfundível vela vermelha e laranja do barco de Darnley Savage, que desaparecera sem deixar traços treze anos antes.

Dauphin tentou abstrair a visão, mas a vela permaneceu no retrovisor até a estrada fazer uma curva e a baía inteira desaparecer de vista. Dauphin não comentou nada com Odessa: temia que ela levasse aquilo a sério, quando sabia que não passava de uma alucinação, inspirada pela falta de sono na véspera, pelo incidente no mausoléu e, por fim, pela morte da mãe poucas semanas antes. Contudo, ao retornarem a Beldame, Dauphin permaneceu apreensivo na varanda da casa dos McCray, esquadrinhando o golfo, atento à vela que tanto temia ver.

ELEMENTAIS
MICHAEL MCDOWELL

18

Houve um intervalo de cinco dias entre o retorno de Dauphin e Odessa a Beldame e o momento em que todos voltariam a Mobile para as comemorações do Quatro de Julho. Ocorrera--lhes, de repente, que nem todos precisavam estar sob a convocação de Lawton para voltar a Mobile; embora Big Barbara com certeza fosse desejada, e Dauphin também, Leigh fora convidada apenas por causa do marido. Aos olhos de Lawton, Odessa era inútil para a corrida eleitoral, por ser apenas uma empregada, e Luker e India dificilmente eram os parentes que um candidato conservador iria querer desfilando diante de seus futuros eleitores. Portanto, todos, exceto Big Barbara e Dauphin, poderiam ficar; mas Leigh decidiu ver seu médico para uma consulta preventiva que adiara devido à morte da sogra. Luker gostaria de ter acesso ao telefone por alguns dias para arranjar trabalhos para o outono e India ficara sem três cores de linhas que precisava para completar seu painel bordado. Não havia qualquer motivo especial para Odessa ficar sozinha e ela voltaria para ajudar com as compras. Eles partiriam juntos e, esperavam, voltariam todos juntos. Ficaram em Beldame por um mês e, embora estivessem felizes ali, parecendo encontrar no lugar alívio de todos os problemas que os tinham preocupado no ano anterior, se perguntaram se a retomada das férias seria mesmo possível.

Sabiam como era fácil esquecer Beldame, cuja principal atração era o vazio em si. Em Mobile, era fácil se deixar envolver pela agitação, pelas exigências dos amigos, negócios e contas-correntes, e esquecer de como os dias tinham sido agradáveis, e as noites tranquilas. A lassidão constante e a tolerância com a preguiça não lhes pareciam mais tão atrativas.

Embora ninguém se atrevesse a mencionar, também era possível que não houvesse mais Beldame para retornar no futuro. Dauphin lhes assegurara que não iria vender o lugar, mas nenhum membro da família subestimava os poderes de persuasão e a astúcia de Lawton McCray.

Era um pensamento revoltante: Beldame nas mãos das companhias petrolíferas. As casas demolidas, a laguna de St. Elmo oleosa devido ao petróleo, as toninhas no golfo retalhadas pelas hélices de barcos a motor — que horrores não imaginaram?

Os cinco dias foram permeados pela nostalgia; nostalgia pelo que Beldame sempre fora, pelo mês insuficiente que passaram juntos, pelos momentos ali que agora poderiam nunca mais vir a ter. E aquela última semana de junho foi a mais quente de que alguém conseguia lembrar; até mesmo Odessa foi forçada a dizer que não conseguia se lembrar de uma época em Beldame que fora mais desconfortável. Foram os dias mais longos do ano: a cada manhã o sol se erguia cedo e reluzente no céu sem nuvens. Um termômetro foi pregado do lado de fora da janela da cozinha dos Savage e por volta das 8h de cada manhã indicava a temperatura acima dos 32°C. Às 10h ficava ainda mais quente, e ninguém conseguia pôr os pés fora de casa entre 11h e 16h.

De manhã, vestiam trajes de banho e não os tiravam mais. O vestido de algodão estampado de Odessa ficava manchado de suor desde o café da manhã, e ela tinha que lavá-lo todas as noites. Ninguém queria comer, pois todos os alimentos tinham gosto de estragado. Ninguém queria ler, nem montar quebra-cabeça, nem mesmo conversar. Eles se arrastavam até cantos sombreados nos cômodos internos e penduravam redes do lado de dentro para maximizar a circulação de ar em volta de seus corpos. E o quanto conseguissem, dormiam durante as horas de luz do dia. Dormir à noite era impossível e eles viravam de um lado para outro, suando sobre os lençóis. Não havia brisa nessas horas. Às vezes, India e Luker esgueiravam-se nus para fora da casa depois da meia-noite e nadavam por uma hora no golfo, torcendo para conseguirem alívio do calor, mas mesmo àquela hora tardia a temperatura da água ficava acima dos 26°C. Big Barbara equilibrou um ventilador oscilante em uma cadeira de encosto reto que soprava vento sobre ela a noite toda. Ela tentava afastar aos chutes cobertas sufocantes que não estavam lá. Leigh e Dauphin dormiam em beiradas opostas da cama de casal, temerosos de tocar um no outro, de tão quente que estavam seus corpos.

Devido ao calor incômodo e a inquietação preocupada a respeito do destino de Beldame, se esqueceram da terceira casa. Quando nada os distraía, e Deus sabia que havia pouquíssimas distrações em Beldame, a terceira casa era uma presença ameaçadora, sombria e poderosa; mas o sol e o calor do sol, persistente, do anoitecer ao amanhecer, estorricavam seus pensamentos, e, se havia algum medo, era o de perder Beldame por completo.

India, invariavelmente a última para quem era servido o café da manhã, estava sozinha com Odessa na cozinha na segunda das cinco manhãs que restavam, e perguntou para a empregada se já tinha experimentado um clima como aquele antes; ela respondeu: "Não, nunca. E isso quer dizer uma coisa também, filhota".

"O quê?", perguntou India, curiosa.

"Que alguma coisa vai acontecer."

"Tipo o quê? Tipo um tornado? Ou furacão?"

Odessa balançou a cabeça devagar e se virou.

"Tipo", disse India com cautela, pois aprendera que no Alabama uma pergunta direta não era a melhor maneira de obter uma resposta, "que temos que tomar cuidado."

Odessa assentiu: "Isso, filhota. Temos que tomar cuidado...".

"Com as *coisas*...", completou India, instigando.

"Isso, filhota: com as *coisas*."

Odessa pegara uma assadeira do armário ao lado da pia.

"Odessa, você não vai fazer assado, vai? Pensa como vai ficar esse cômodo se acender o forno!"

"Não vou assar nada, filhota." Odessa sentou-se ao lado dela à mesa da cozinha. "Todos tão na outra casa, né?"

India aquiesceu: "Só tem eu e você aqui", comentou. Odessa não disse mais nada então, e India continuou com cautela, "Você vai me contar *como* ter cuidado?"

Odessa empurrou a assadeira, velha, amassada e enferrujada, alguns centímetros na direção de India.

India colocou um dedo no canto da assadeira e a puxou para mais perto.

"O que que eu faço com isso?"

"Vai lá fora", sussurrou Odessa, "e dá a volta até o lado da terceira casa... nem deixa te verem, porque não vão te deixar. Dê a volta, enche essa forma de areia e traz de volta pra cá."

As sobrancelhas de India se contraíram e um pouco do velho sistema de racionalidade brotou dentro dela. O que Odessa lhe pediu para fazer não fazia sentido: "Tem certeza que isso...".

Odessa afastou a assadeira com um tapa. Ela deslizou até a borda da mesa e então caiu no chão com um estrondo: "Sai daqui, filha, se não acredita no que te digo!".

Com mãos suadas não apenas pelo calor, mas pela aflição de a ter ofendido, India se inclinou e pegou a assadeira: "Odessa", disse, "por favor, me deixa ir. Se você fala que temos que ter cuidado, então isso basta. Você sabe o que eu vi na terceira casa, não sabe? Você sabe quem tá lá, né? E é por isso que *você* não quer ir, né?". India imaginou que Odessa fosse tentar tapar sua boca de novo, mas Odessa apenas a fitou com firmeza nos olhos.

"Martha-Ann tá na terceira casa", sussurrou India. "Eu vi ela rastejar pra fora da areia."

Não havia surpresa no rosto de Odessa: "Não era Martha-Ann", falou depois de alguns instantes. "Só uma coisa fingindo ser Martha-Ann. Alguma coisa que queria te enganar."

"Mas isso não faz sentido", retrucou India, feliz por não conseguir ver a terceira casa através da janela da cozinha. "Quando vi aquela garotinha saindo da areia... e foi horrível... eu nem sabia da Martha-Ann. Eu nem sabia que ela tinha se afogado na laguna. Então só podia ser o fantasma de Martha-Ann lá. Não pode ser coisa que imaginei, como que eu ia sonhar com alguém de quem nunca ouvi falar?"

"O que tem naquela casa, filhota, sabe mais do que cê sabe. O que tem naquela casa não sai da *sua* imaginação. Nem tem que se preocupar com regra e se comportar como um espírito deve se comportar. Ela faz o que faz pra te enganar, ela quer fazer cê acreditar no que não é certo. Nem tem verdade nisso. O que ela fez semana passada não vai fazer hoje. Cê vê uma coisa lá dentro, não tava lá ontem, nem vai tá lá amanhã. Cê fica na frente de uma das portas pensando que tem coisa atrás... não tem nada atrás. Tá esperando que cê vá lá em cima, tá esperando lá embaixo. Tá parada atrás de ti. Cê acha que tá enterrada na areia, ora essa, ela vai tá parada atrás daquela porta mesmo! E cê não sabe *o que* cê tá procurando. Cê nem sabe o que vai ver! Não foi fantasma que cê viu, nem foi Martha-Ann."

"Então não entendi..."

Odessa chacoalhou a assadeira em cima da mesa. India entendeu e ficou de pé de imediato.

"Sai pela frente", mandou Odessa, "e não deixa te verem."

India atravessou a casa na ponta dos pés, segurando a assadeira às costas, e saiu pela porta da frente da casa dos Savage. A laguna de St. Elmo era um espelho ofuscante disposto em uma moldura de areia branca ofuscante. Depois de se certificar de que não tinha ninguém na varanda dos McCray, ela correu ao longo da orla da laguna e deu a volta até a ponta do cordão litoral. A terceira casa a encarava por cima do cume da duna.

Ela mergulhou a assadeira na duna e a enterrou; então voltou a tirá-la e nivelou a pilha de areia branca na parte de cima. Era areia pura e impecavelmente branca: sem grãos mais escuros, sem impurezas, sem insetos ou restos de plantas ou conchas quebradas. E era surpreendentemente pesada.

Ela voltou para a casa devagar, olhando para a assadeira o tempo todo, tomando cuidado para não derramar a areia. Ela se sentia como se estivesse sendo observada da terceira casa; sem olhar para cima, podia até dizer de qual janela era observada: da lateral do quarto dos fundos à direita. Não se atreveu a olhar para cima, certa de que veria Martha-Ann ali, ou o que quer que estivesse fingindo ser a garota afogada.

Odessa apontou para a mesa e India colocou a assadeira entre elas. Do bolso do vestido, Odessa tirou um envelope ostentando um selo com pelo menos vinte anos e manteve a parte de cima aberta para India olhar o interior.

Continha sementes que ela derramou na mão em concha de India: "Não pega nada na areia", comentou India. "Nada cresce aí, não tem nutriente. A água passa direto, é isso..."

O olhar de Odessa a silenciou e India espalhou as sementes sobre a superfície da areia: "É pra cobrir as sementes?", perguntou, obediente.

Odessa fez que não com a cabeça. Ela se levantou e, na gaveta ao lado da pia, pegou uma faquinha. Mantendo a mão esquerda acima da bandeja, Odessa fez um corte deliberado no polegar. Sangue vermelho e espesso brotou da junta superior e pingou na areia. Odessa ignorou os protestos de India e com movimentos metódicos encharcou as sementes. O sangue afundou depressa na areia, deixando apenas pouco mais do que uma crosta fina amarronzada na superfície.

Ela manteve um canto da assadeira intocado e envolveu a mão intacta sobre o polegar cortado para estancar o sangramento, olhando para India com firmeza.

"Aqui", disse India em voz baixa, mantendo o próprio polegar acima do canto branco, "mas você faz, eu fico meio enjoada."

Odessa deu um corte no dedo da garota e guiou o fluxo de sangue.

"Não vai acontecer nada", disse India. "Nós duas estamos loucas pra fazer uma coisa dessas."

"Coloca um band-aid aí", mandou Odessa, afastando a mão dela. "Depois volta pra cá. Não importa se o dia tá quente, a gente vai assar umas coisinhas hoje."

O que Odessa preparou foi uma massa de pão branco, e realizou a tarefa com tamanha despreocupação que India ficou convencida de que aquilo não tinha nada a ver com a assadeira, a areia, as sementes e o sangue. Ao meio-dia, Big Barbara, Luker, Leigh e Dauphin marcharam da casa dos McCray até lá para um almoço de hambúrgueres, e apenas os queimadores do fogão bastavam para deixar a cozinha quase insuportável.

Após o almoço, India declarou que ficaria para ajudar Odessa com a louça. Quando os outros se foram, Odessa pegou a vasilha com a massa, que em uma hora e meia cresceu quase o triplo do tamanho original, e a entregou para India sovar, e lhe disse que deveria fazer isso durante quinze minutos marcados no relógio, nem um minuto a menos.

"Odessa, eu só não entendo como você pode *pensar* em ligar o forno em um dia como esse. É simplesmente impossível que..."

Da despensa, Odessa trouxe a assadeira. As sementes tinham brotado e crescido, florescido e dado frutos; tudo no intervalo de duas horas. A bandeja ostentava um pequeno campo de plantas parecidas com trigo: verde-claro e doentias, verdade, mas cada caule sustentava uma pequena série de sementinhas, muito parecidas com aquelas que India vira no envelope.

India correu para olhar, mas Odessa acenou para que voltasse: "Não pare!", gritou. "Continua!"

India voltou a sovar a massa, mas repetia com uma voz sussurrante: "Não acredito, não acredito!".

Odessa sentou-se à mesa e com paciência colheu aquela safra anormal, debulhando as plantas com cuidado e largando as sementes em uma vasilha.

Ela acabou antes de India terminar de sovar.

"Quero dar uma olhada nessas plantas", disse India. "O que são? Como chamam?"

Odessa foi até a porta dos fundos, a abriu com um chute e despejou a areia e as plantas usadas da assadeira. Voltando para a mesa, colocou um punhado de sementes no envelope que tinha guardado e o restante espalhou em uma forma baixa. Acendeu o forno e as tostou por dez minutos.

A cozinha ficou tão quente que ela e India foram forçadas a sair; o suor pingava das duas formando poças no chão, enquanto permaneciam paradas e em silêncio na sala.

Naquela noite, com o jantar — contrafilés grelhados no quintal, acompanhados de caranguejo e feijão-manteiga — Odessa serviu pãezinhos caseiros.

"Odessa", comentou Big Barbara, "você e India tavam completamente piradas assando naquela cozinha hoje! Mas tá uma delícia, e não vou reclamar porque não tem nada nesse mundo que eu goste mais do que um pãozinho com semente de papoula."

"Tem duas dúzias", disse Odessa com um olhar para India, "e dá quatro pra cada um. Eu e a India vamos ficar muito chateadas se não comerem tudo."

India sabia que aquelas sementes em cima dos pãezinhos não eram papoula, mas não disse nada. Na luz minguante do entardecer, quando ninguém estava olhando, se agachou ao lado da porta dos fundos da casa dos Savage e examinou, no lugar onde Odessa o jogou fora, o refugo da assadeira. O sangue seco estava farelento e escuro e a safra repentina ficara preta e podre.

Odessa se aproximou e parou atrás da porta de tela. India a fitou: "Tamos seguros agora?", perguntou.

"A gente fez o que podia", respondeu Odessa e se afastou.

ELEMENTAIS
MICHAEL MCDOWELL

19

A manhã do dia anterior à ida para Mobile amanheceu mais quente do que as outras. O sol despontou com uma claridade anormal. Eles acordaram, ou melhor, se levantaram, pois ninguém tinha dormido, com a certeza de que aquele seria o pior dos dias que teriam que aguentar. A maré do golfo recuou vagarosa e a laguna de St. Elmo parecia comprimida com firmeza em seu leito. O ar carregado de umidade cobria tudo, a não ser a própria areia branca.

O café da manhã foi uma formalidade inútil; ninguém conseguia pensar em comida e acabaram tomando o café gelado. Todos tinham torcido por um último dia agradável, contudo o calor era tão sufocante que sequer tinham forças para lamentar a decepção. Apenas sofriam.

Ninguém conversava. Big Barbara e Leigh se balançavam na varanda da casa dos Savage, que ficava escondida do sol, e se abanavam sem parar. India sentava-se largada no peitoril da janela do quarto, dando alguns pontos de bordado a cada minuto e afastando as cortinas de linho sopradas em seu rosto a todo momento. Dauphin e Luker, na sala de estar dos McCray, entupiam-se de chá gelado e montavam um quebra-cabeça com a imagem da aterrissagem na Lua. Odessa levou bastante tempo fazendo as camas das duas casas. Mas ninguém disse uma palavra: o desconforto causado pelo calor os incapacitava para o diálogo.

Por volta de meio-dia, Odessa finalmente chegou ao quarto de India. A garota lançou um olhar cúmplice para Odessa; compreendera que arrumar as camas todas as manhãs não era uma obrigação para a empregada, mas motivo de orgulho. Era um sinal da mudança no relacionamento das duas que India agora permitisse que Odessa a servisse sem objeções. Aquilo demonstrava paradoxalmente, concluiu India, a superioridade de Odessa: qualquer empregado capaz de realizar tarefas servis sem perder a dignidade, merecia admiração e deferência.

Quando terminou de fazer a cama, Odessa se aproximou da janela. Ela olhou para a terceira casa por cima do ombro de India.

"Não vai acontecer nada hoje", comentou India; sua voz falhou, pois eram as primeiras palavras que falava naquela manhã. "Não vai acontecer nada", repetiu, pois Odessa continuava em silêncio. "Tá quente demais pra acontecer alguma coisa..."

"Espírito vive no inferno", declarou Odessa. "Espírito que vive no inferno não sente calor. É espírito que vive no inferno que causa o calor, isso sim. Não sente, filhota?", sussurrou, meneando a cabeça na direção da terceira casa.

"Você viu alguma coisa lá dentro?", quis saber India, forçando a vista contra o clarão, pois o sol do meio-dia batia diretamente nos fundos da terceira casa.

"Escuta", disse India, sem se irritar mais com o hábito de Odessa de não responder perguntas diretas, "se alguma coisa acontecer, todo mundo vai ver? Tipo, se todo mundo ver, vamos saber que é *mesmo* de verdade, se entende o que quero dizer."

Quando Odessa saiu do quarto, India permaneceu à janela, seu bordado posto de lado. Ela observava a terceira casa com afinco, mas sabia que as mudanças que via nas janelas deveriam ser causados pelo movimento do sol cruzando o céu. Nada aconteceria naquele dia, repetiu a si mesma. Como algo poderia acontecer, quando suas consciências estavam obstruídas por aquele calor infernal?

Ninguém conseguiu almoçar. Odessa preparara sanduíches de frios, mas apenas Dauphin teve estômago para dar algumas mordidas que, segundo declarou, o deixaram bastante enjoado. Mas consumiram três grandes jarros de chá gelado e o único motivo de não terem atacado mais um foi a falta de mais gelo.

O calor, já insuportável nas primeiras horas da manhã, aumentara com o avanço das horas. Nenhuma nuvem cobria o sol; a maré estava baixa e sentiam ainda mais calor devido à maior extensão de areia que refletia a luz. A névoa se erguia da laguna de St. Elmo com tanta densidade que obscurecia a península continental. Big Barbara foi para o quarto e deitou-se com o ventilador apontado direto para o rosto; logo desistiu, porém, pois o ventilador soprava ar quente. Pela primeira vez, em sua fraqueza, chorou desejando beber.

Luker estava sentado no canto do quarto em um tapete de junco e observava a transpiração pingar das dobras de cotovelos e joelhos. India, sentindo-se febril, tinha desmoronado atravessada aos pés da cama, com a boca abrindo e fechando como um peixe agonizante.

No andar de baixo, Dauphin estava deitado na rede em traje de banho e se balançava com uma vara de cano que empurrava contra a parede. Odessa estava sentada ali perto segurando a Bíblia longe do corpo para que as mãos suadas não manchassem as páginas. Os sons naquela casa eram o rangido das ferragens da rede, o ocasional virar das páginas finas da Bíblia de Odessa, as respirações irregulares e pesadas de Luker e India e o choro abafado pelo travesseiro de Big Barbara.

Leigh, que estava sozinha na casa dos Savage, foi a primeira pessoa a quem aconteceu algo naquele dia.

De traje de banho, ela estava deitada em uma rede atravessada no canto sudoeste da sala de estar. Dormir profundamente naquele calor era impossível, por isso não conseguiu nada mais do que um cochilo agitado; mas mesmo isso foi relaxante depois de passar a noite insone. Talvez um desmaio causado pela exaustão, pensou, em vez de repouso; esse foi seu último pensamento consciente.

Quando acordou, e foram os passos de Odessa no quarto acima que a despertaram, o sol tinha baixado consideravelmente no céu. Ela virou um pouco a cabeça e viu que não tinha mais ninguém no cômodo. Odessa, com a leve diminuição do calor, devia ter vindo da casa dos McCray para arrumar os quartos no andar de cima. Leigh começou a balançar a rede e se perguntou se conseguiria adormecer novamente.

Não havia nada no que pensar, o calor impossibilitava considerações racionais, assim restou-lhe apenas acompanhar sonolenta os passos de Odessa no andar de cima. As vibrações balançavam um pouco a rede. Odessa se moveu do lado de Dauphin da cama até o de Leigh; era óbvio que estava trocando os lençóis. Uma caminhada até o baú onde as roupas de cama eram guardadas. Leigh fitava o teto e seguia os pés de Odessa com tanta clareza que era como se tivessem estampados ali, como os passos de dança para um iniciante. Odessa deu a volta pela cama conforme trocava os lençóis, depois foi até a cômoda. *Por que a cômoda?*, perguntou-se Leigh. Então de volta para a cabeceira da cama. Ah, tinha deixado as fronhas no banco diante da cômoda. Deu a volta pela cama mais uma vez, retornou à cômoda com os lençóis, depois até a janela e uma pausa; provavelmente para ver como o sol estava baixo agora, ou se a maré tinha começado a avançar de novo. Ela ouviu a janela sendo abaixada no caixilho. Leigh levantou o braço para olhar o relógio, então se lembrou de que não o tinha colocado porque em um calor como aquele, até mesmo o menor dos incômodos já causava desconforto. Ela o deixara sobre a cômoda, ela...

Leigh sentou-se ereta na rede de modo que as ferragens rangeram e chiaram. Ela virou a cabeça para cima. O cômodo diretamente acima não era o quarto dela e do Dauphin, mas um que sabia não ser ocupado em vinte anos, desde que Bothwell Savage, sozinho em Beldame, tivera um ataque e morrera ali. Por que então Odessa trocara os lençóis?

Transpirando agora com uma ansiedade que não se atrevia a atribuir a qualquer pensamento ou temor específico, Leigh parou a rede e ficou sentada completamente imóvel, prestando atenção aos passos de Odessa: no quarto acima, no corredor, em outro quarto ou descendo as escadas.

A casa estava silenciosa. Ela não ouvia nada a não ser sua própria respiração pesada.

O silêncio a assustava. O golfo era uma voz tão distante e habitual que não o ouvia mais.

Com os joelhos fracos, desceu da rede e foi até o pé da escada. Chamou o nome de Odessa e então chamou de novo, quando não houve resposta.

Repetindo o chamado diversas vezes em voz baixa: "Odessa! Odessa!", subiu a escada. Não parou no segundo andar, mas foi direto até o topo da casa. Odessa não estava no quarto dela.

Voltou para o segundo andar. As portas dos quatro quartos estavam fechadas. Ela receava abrir qualquer uma, mas decidiu, afinal, experimentar a porta do próprio quarto.

O quarto estava vazio, mas a cama tinha sido feita; os dois outros quartos usados no mesmo andar também estavam vazios, mas arrumados, prontos para os hóspedes nunca convidados a Beldame.

Por fim, se virou para a quarta porta, que dava para o corredor que ficava situado diretamente acima daquela parte da sala de estar onde estivera dormindo. Era com certeza naquele quarto que ouvira os passos: "Odessa!", chamou enquanto virava a maçaneta e com delicadeza abria a porta com o pé.

O que viu primeiro foi que a janela não fora fechada, mas, sim, aberta. É claro, pensou, é claro que essas janelas não seriam mantidas abertas sem ninguém aqui, elas...

Então, notou o restante do quarto, ou melhor, ela *compreendeu* o que deveria ter notado desde o princípio.

O quarto passara a ser usado como armazém. Ali havia cômodas sobressalentes e camas quebradas, tapetes enrolados e pilhas de cortinas desbotadas, almofadas sobressalentes para as cadeiras de balanço estofadas e baús contendo o que quer que houvesse em Beldame que precisasse ser guardado por longos períodos.

Mas todo o chão do quarto estava coberto com o acúmulo de um século de habitação; a pessoa tinha que serpentear com cuidado entre pilhas, montes e fileiras de objetos. E no lugar onde Leigh ouvira os passos de Odessa enquanto fazia a cama havia uma pirâmide de meia dúzia de caixas marcadas com diversos rótulos como LOUÇA, COPOS E ROUPAS DA MAMÃE.

E, cobrindo o pouco que era possível ver do chão, havia uma camada de areia branca. Não havia nenhuma pegada visível, ninguém andara ali.

Sem pensar, incapaz de pensar, pois o calor estava pior ali naquele quarto fechado do que em qualquer outro lugar em Beldame, Leigh andou até a janela, avançando por entre caixas e pilhas de livros. A cada passo afastava a areia, deixando provas de seu progresso. Apesar da janela aberta, o ar carregado, pesado e seco, tornava o quarto sufocante. Mal conseguia respirar na atmosfera que oferecia tão pouco sustento quanto a areia que cobria Beldame. Ela se lançou até a janela e ofegou tentando respirar. Ao olhar para fora, viu Odessa no canto da varanda dos McCray; acenou com um movimento automático.

Odessa olhou para cima, colocou as mãos em concha em volta da boca e gritou: "Sai desse quarto, dona Leigh!".

Em meio a sua perplexidade, se esquecera de como estava apavorada. Leigh bateu a janela e fugiu do quarto. Havia areia até mesmo na maçaneta da porta e ela a limpou da mão com movimentos febris enquanto descia depressa a escada.

ELEMENTAIS
MICHAEL MCDOWELL

20

Depois do que tinha passado naquela tarde, Leigh estava apreensiva em permanecer na casa dos Savage, mas, pelo bem de Dauphin e dos outros, tentou não demonstrar medo à mesa do jantar. Ainda estava tão quente, contudo, que eles tinham dificuldade até mesmo para lembrar os nomes uns dos outros, que dirá notarem gestos dispersos e emoções cuidadosamente reprimidas.

"Seu Dauphin", disse Odessa enquanto retirava os pratos, "tava pensando que cê e a dona Leigh deviam dormir na casa dos McCray hoje. Nenhuma brisa da laguna, não teve brisa da laguna o dia todo, e lá tem a brisa do golfo."

"Pode ser", concordou Dauphin, "não importa onde vamos deitar, não vai dar pra dormir mesmo." Isso foi um grande alívio para Leigh, que tinha antecipado um pouco de dificuldade em tirar o marido da casa. Quando contara a Odessa sobre o quarto invadido por espíritos, Odessa lhe aconselhara a não passar a noite na casa dos Savage.

"Você vai junto", sugeriu Big Barbara a Odessa, "ou vai suar até pelos olhos lá em cima no terceiro andar."

"Ah, não posso", respondeu Odessa, "não durmo em cama que não for a minha! Vou ficar bem", acrescentou com um olhar cúmplice para Leigh.

O calor os tinha deixado completamente exaustos. Foi impossível fazer as malas mesmo sabendo que teriam que partir cedo. Torciam por um clima mais fresco, com chuva pela manhã; e se o calor continuasse, bem, não poderia ficar pior do que já estava. Conversar naquela noite foi impossível; quando Dauphin e Luker se debruçaram sobre o quebra-cabeça, o suor ofuscava a visão e pingava salgado nas peças. Leigh sentou-se um pouco no balanço e fingiu sentir a brisa refrescante que Odessa prometera. India caminhou ao longo da costa, longe da vista das casas, até chegar ao curso d'água que corria da lagoa até o golfo. Quando a percepção de estar em uma ilha de repente a dominou, ela correu de volta à casa dos McCray.

Dizendo-se inquieta, Big Barbara perambulou pelos cômodos da casa, esquadrinhando os cantos com a esperança de encontrar alguma garrafa oculta nas sombras. Ela foi a primeira a ir para a cama. Luker se recolheu em seguida, parando no vão da porta do seu quarto para engolir um Quaalude reservado para uma emergência como aquela. Leigh e Dauphin poderiam ter ficado com o quarto número quatro da casa, mas em vez disso optaram pelas redes na sala de estar. Balançando na escuridão, incapazes de dormir, conversaram por um longo tempo. Querendo muito contar ao marido dos passos perambulantes no quarto trancado e abarrotado da casa dos Savage, mas receosa de preocupar Dauphin, Leigh optou por divulgar outro segredo: "Dauphin", disse ela, "lembra que eu disse que ia fazer um exame preventivo depois de amanhã...?".

"Sim", sussurrou Dauphin, para não atrapalhar os outros tentando dormir no andar de cima. "O que que tem?"

"Nada", respondeu Leigh. "É que...acho que tô grávida..."

"Sério?" Ele riu, e a rede balançou com a alegria dos dois.

India sabia que não conseguiria dormir se subisse para o quarto. Ficou deitada no balanço da varanda e com a perna encostada na corrente o impulsionava com delicadeza em um arco suave. Um mosquiteiro preto mantinha os insetos afastados. Ouvia o rangido lento e regular da corrente, a rebentação das ondas da maré alta ali perto e, de vez em quando, captava um sussurro da conversa de Leigh e Dauphin pela janela aberta da sala de estar. Enquanto estivessem acordados, ainda que não houvesse uma luz acesa em Beldame, ela não temia, embora estivesse sozinha na varanda. De onde estava, não conseguia ver a terceira casa. Iria descansar ali em silêncio até ser vencida pelo sono, para só então subir até a cama. De manhã, partiria para Mobile, talvez para nunca mais voltar. Quis desfrutar aquela última noite ali fora sozinha. As estrelas, que forneciam luz, porém nenhuma iluminação, faziam com que Beldame fosse o lugar mais escuro da terra.

Ela adormeceu no balanço e, quando acordou, a varanda antes uma escuridão total, estava atravessada por sombras misteriosas. A lua crescente nascera acima do golfo e agora brilhava no alto. O que a acordou, despertando-a devagar de um sono induzido pelo calor, foi o ruído de passos na varanda; passos que galgavam os degraus dos fundos e davam a volta até onde estava deitada. Era Odessa, claro, que tinha saído da casa dos Savage, inquieta e desperta — ou relutante em passar a noite lá sozinha. India tornara-se tão familiarizada com as marés que ao julgar pelo som das ondas, e em como estavam distantes da casa, se deu conta de que dormira por quase três horas. Passava da 1h, o que Odessa estava fazendo acordada assim tão tarde? India afastou o mosquiteiro da cabeça, sentou-se no balanço e olhou ao longo da extensão da varanda.

Não havia ninguém.

"Odessa!", chamou baixinho, com a voz ainda falhando. "Odessa!", chamou mais alto, apreensiva ao constatar que ela não estava ali; *ninguém* estava ali.

Desceu devagar do balanço, esforçando-se para ficar quieta e não incomodar Dauphin e Leigh dormindo lá dentro, mesmo sabendo que a cautela era apenas indício de seu medo: "Odessa!", sussurrou. "Onde você tá? Tá na hora de dormir!" Deu a volta no balanço, firmando-o com a mão, e prosseguiu ao longo da varanda. Estava escuro, embora o luar brilhasse sobre o corrimão, tornando-o tão cintilante quanto a areia além. A areia reluzia ao luar, ofuscando as ondas espumosas do golfo e a fosforescência da laguna. Além da varanda, a areia era uma brancura parecida com o mar, pálida e terrível.

India foi até o fim da varanda e olhou ao redor. As casas de Beldame eram enormes blocos de escuridão ancorados naquele mar brilhante de areia iluminada pelo luar.

A maré ainda não retrocedeu, pensou India. *Ainda estamos ilhados.*

Ergueu o olhar para a vívida lua convexa e a odiou por sua forma imperfeita. Olhou para o reflexo dela na janela do segundo andar da terceira casa, no caixilho do quarto que correspondia ao de Big Barbara. Parecia tremeluzir na vidraça, mas aquele movimento refletido era apenas resultado do próprio tremor de India.

Sonhara com os passos: foram resquícios de alguma visão amorfa em seu cérebro, uma alucinação auditiva causada pelo calor, por sua posição desconfortável no balanço, pela sugestão insidiosa da superstição de Odessa.

Ao se virar para entrar, vislumbrou pegadas que subiam do quintal arenoso até a varanda. O luar as iluminou, revelando-as por completo: pequenas pegadas de pés descalços e deformados, desenhadas em areia nos degraus de madeira. Também não eram rastros de alguém que caminhara descalço pelo quintal, deixando marcas evidentes no primeiro par de degraus e apenas vestígios tênues conforme avançava até o alpendre: cada uma das pegadas era perfeitamente moldada, como se alguém tivesse peneirado areia sobre as tábuas com um estêncil. Eram os resíduos de algo *feito* de areia.

As pegadas subiam os degraus e atravessavam o alpendre até onde ela estava; mas atrás dela, na direção do balanço onde adormecera, as marcas se perdiam nas sombras.

India removeu as sandálias e pelo tato seguiu a trilha de pegadas arenosas, adentrando a penumbra da varanda. Os passos levavam ao balanço e lá desapareciam. Olhou assustada ao redor. Precipitou-se até a beirada do alpendre, limpando a areia das solas dos pés com movimentos desesperados. À esquerda estava a laguna; o golfo à direita; diante dela a areia cintilante de Beldame se estendia na direção de um horizonte escuro e amorfo.

De repente a lua foi obscurecida pelas nuvens, mergulhando Beldame nas trevas. O silêncio ao redor era tão profundo que o som da porta de tela da casa dos Savage sendo aberta com suavidade e fechada com o mesmo cuidado não lhe escapou. India correu até a ponta do alpendre e, forçando a vista, conseguiu distinguir Odessa parada nos degraus dos fundos da casa dos Savage.

India saiu correndo pelo quintal: a mulher não pareceu surpresa em vê-la.

"Odessa!", India exclamou, apesar do tom de voz baixo. "Estou tão feliz por ser você que subiu na varanda, fiquei..."

"Não fui eu, filhota..."

India ficou surpresa, e depois assustada. Odessa tinha se virado para fitar a terceira casa.

India olhou para cima. Embora a lua ainda estivesse encoberta, seu reflexo permanecia na janela do andar de cima. Mas *não era* a lua: um rosto, pálido e com apenas um arremedo de feições, se afastava devagar da janela para dentro da escuridão da terceira casa.

ELEMENTAIS
MICHAEL MCDOWELL

21

Um tilintar metálico acompanhava os passos determinados de Odessa. India estava com medo de acompanhá-la, mas tinha ainda mais medo de ser deixada para trás: "O que é isso aí no seu bolso?", questionou India com um sussurro, ao perceber um volume no tecido.

"Chaves, filhota", respondeu. "As chaves da terceira casa."

Avançando ao lado de Odessa, India puxou o ar com força: "Ué, onde elas tavam?".

"Ah, tavam comigo. Sempre tiveram."

"A gente vai entrar?", indagou India. "Tipo, entrar mesmo na terceira casa?" Quando Odessa assentiu, India deu um puxão na saia da mulher: "Olha, por que a gente não espera até amanhã? Por que a gente não espera ficar claro?".

"Vai ser tarde demais", explicou Odessa. "A gente precisa se proteger."

"E as sementes? A gente comeu todas, você disse que aquilo protege. Você disse..."

"Eu usei aquilo da semente uma vez, filhota, e me protegeu e protegeu todo mundo em Beldame. Foi logo depois da morte da Martha-Ann. Funcionou daquela vez, mas não funcionou agora. Os espíritos deixaram funcionar na primeira vez... tentaram me enganar pra eu pensar que as sementes iam funcionar sempre, eles só *deixam* a gente sentir como se tivesse protegido. Mas não adiantou, posso perceber. Daí a gente vai ter que entrar."

"Sei que tem alguém lá dentro", afirmou India segurando-se à saia de Odessa para impedi-la de se aproximar da terceira casa. Um canto da lua foi descoberto por um instante e elas foram encobertas por seu brilho pálido. "Tinha alguém olhando pra gente da janela. Não podemos entrar lá *sabendo* que tem gente dentro."

"Filhota", disse Odessa, "cê não precisa vir junto."

"O que você tem pra se proteger? Uma arma?"

"Não, mas se tivesse, taria com ela. As pessoas dizem que arma não adianta nada contra espírito, mas nunca se sabe o que para um espírito e o que não para. Eles não seguem as mesmas regras que a gente, não mesmo. Tô com a Bíblia. Vou ler uma coisa da Bíblia, e tenho a chave, vou ver se tranco eles nos quartos deles."

"Espíritos podem atravessar paredes", afirmou India.

"Você não sabe!", exclamou Odessa. "Não sabe nada de espírito e agora tá me dizendo que espíritos não ficam trancados no quarto! Tá, filhota, me diz como sabe que eles não podem!"

"Eu não sei", admitiu India, nervosa. "Talvez possam. Você vai mesmo entrar pra tentar trancar eles?"

Odessa deu de ombros: "Nem sei bem o que vou fazer". Ela pegou a mão de India. "Você segura a lanterna pra mim?"

Ainda que tomada pelo medo, India concordou e pegou a lanterna que Odessa tirou do bolso do vestido. Ela a acendeu com um clique e apontou o feixe de luz para a varanda dos fundos da terceira casa. Na escuridão da noite, iluminada apenas por aquele trêmulo círculo branco, a terceira casa era indistinguível da casa dos McCray e da dos Savage.

"Tô com medo", confessou.

"Claro que tá", disse Odessa, "eu também tô, mas cê disse que queria entrar, e se não for agora, talvez não tenha outra chance." Ela pegou uma argola grande com chaves antiquadas, parecidas com aquelas que India encontrara em algumas das portas na casa dos McCray. Odessa avançou desenvolta até a porta da cozinha, como se retornasse após ter passado a tarde fazendo compras, e experimentou quatro chaves antes de uma delas girar na fechadura. India permaneceu trêmula no degrau abaixo de Odessa, pressionando o ombro contra a coxa da mulher, e tentando focar a lanterna no buraco da fechadura. A lua fora encoberta por nuvens mais densas e todo Beldame jazia em escuridão.

"Por que a gente não pode esperar até de manhã?", perguntou India. "Por que não dá pra esperar ficar claro?"

"Porque eles tão na casa agora e a gente tem que impedir eles de sair." Ela pousou uma mão firme no ombro de India. "Um já foi na casa do seu Dauphin, entrou esta tarde quando a dona Leigh tava dormindo. Fui lá e li a Bíblia, fechei a janela e tranquei a porta, mas nem sei se expulsou ele. Acho que sim. Acho que botei para correr. Ele voltou pra cima e a gente viu ele na janela. Nem quero mais nenhum deles zanzando esta noite."

A porta abriu, raspando na espessa camada de areia. India seguiu Odessa para dentro, agarrando trêmula a saia da mulher.

India correu a luz fraca ao redor do cômodo; ela conseguiu divisar pouca coisa, a não ser que era uma cozinha antiquada, com uma bomba e um fogão a lenha (em Beldame, onde conseguiam lenha?). No centro do cômodo havia uma mesa grande com pratos e panelas empilhados; mas todos os armários e portas estavam fechados, e a organização do cômodo, há muito preservada, era inquietante.

Elas ficaram paradas ao lado da mesa por mais de um minuto, imóveis e quase sem respirar, prestando atenção aos sons da casa. Sob o zumbido baixo do golfo, havia o chiado insistente de areia caindo. India focou a luz nos cantos do teto e viu areia escorrendo em pequenas correntes intermitentes, acumulando-se nos cantos.

"Não ouço nada", disse India. "Não tem ninguém aqui. O que eu vi lá em cima era só o reflexo da lua. Eu não tava bem desperta quando vi... pode ser que eu não esteja bem desperta agora."

Qual o cheiro de uma casa fechada há décadas? India não tinha nada para comparar, mas Odessa sabia que era o mesmo cheiro das folhas dessecadas no chão do mausoléu dos Savage.

A cozinha estava quente, seca e morta. Odessa passou em silêncio e depressa por uma porta flexível e entrou na sala de jantar. India a seguiu, porém o que viu a assustou de tal maneira que a fez soltar a porta, que fechou com um baque atrás dela.

Preocupada com o terror de entrar na terceira casa, sabendo que não estava vazia, India se esquecera completamente da duna invasora. E ali estava ela, espelhando internamente a duna do lado de fora, descendo com suavidade do topo das janelas da frente até os pés de India. A menina, na verdade, estava em pé sobre ela; ao abrir a porta, Odessa aplanara um grande arco de areia. Mesmo no interior escuro, a duna cintilava. Era lisa e seca, e quando India apontou o feixe de luz da lanterna, pôde ver a camada superior de grãos deslizando para baixo. Talvez, pensou ela vagamente, tivessem sido postos em movimento pela presença trêmula dela e de Odessa em uma casa que, durante décadas, conhecera apenas quietude.

No centro do cômodo, havia uma mesa de jantar rodeada por cadeiras; embora nada disso pudesse ser visto, a não ser um pequeno canto da mesa e as duas cadeiras do lado da cozinha, que já estavam ancoradas com firmeza na duna. As velas no lustre de ferro tinham derretido por completo em algum calor severo de anos passados. Na parede lateral, a areia entortara quadros escurecidos que, não obstante, permaneciam nos ganchos; estavam sendo encobertos aos poucos. As bainhas das cortinas nas janelas tinham sido abocanhadas pela areia e arrancadas das sanefas. O teto cedia notavelmente na direção da frente da casa: o cômodo acima era aquele que correspondia ao seu quarto, o quarto que ela permitira a entrada da areia. Era evidente que a areia estava agora se acumulando ali a tal ponto que ameaçava a integridade do piso. Esses detalhes

India vislumbrou, mas não registrou por completo no momento; ela viu tudo apenas com a ajuda da lanterna. Outros contornos volumosos indicavam coisas ainda não de todo enterradas, todavia, não conseguiu distinguir suas formas.

Sua pergunta foi por fim respondida: a duna tinha entrado na casa, e o efeito era mais extraordinário, e mais terrível, do que ela imaginara. O cômodo, com três quartos de sua área dominados pela areia, era intensamente claustrofóbico: "Odessa", sussurrou, "acho que não é seguro...".

Odessa não estava mais na sala de jantar. India lançou olhares frenéticos ao redor, esticando a mão na esperança de apanhar o vestido da empregada. O feixe da lanterna lançou círculos afoitos por cima da areia.

Ela não tinha voltado para a cozinha pela porta: India a teria ouvido. Apontou a lanterna na direção da soleira das portas duplas que sabia se abrirem entre aquele cômodo e a sala de estar. Estava quase bloqueada pela areia. Restava apenas um espaço triangular entre a parede e a duna por onde era possível passar girando o corpo de lado. Sem pensar, India correu até lá, plantou os pés na areia que tinha pouco menos de meio metro de profundidade, e virou o corpo para dentro da sala de estar: "Odessa!", chamou outra vez e Odessa respondeu com um tilintar de suas chaves ao pé da escada.

India apontou a luz para o rosto dela.

"Você vai subir?", perguntou incrédula, esquecendo-se de sua curiosidade sobre os móveis e o estado da sala de estar.

Odessa aquiesceu, desanimada: "Eu preciso", respondeu sem levantar a voz. "E você precisa também. Não vou conseguir achar as fechaduras sem luz."

India respirou fundo e seguiu Odessa escada acima, segurando com firmeza a bainha do vestido da mulher conforme prosseguiam.

O patamar estava vazio e escuro; uma fina camada de areia raspava sob seus pés. As portas de todos os quartos estavam abertas, mas Odessa a alertou a não apontar a lanterna para o interior dos cômodos. Odessa puxou a primeira porta até fechar. India então ergueu a luz e iluminou a fechadura. Sem pressa, Odessa experimentou as chaves até encontrar a que encaixava; ela a girou, percebeu quando a lingueta travou, então girou a maçaneta para se certificar de que a porta não iria abrir.

Fechou a segunda porta; India mudou o foco da luz e o processo foi repetido. Aquele era o quarto que espiara no seu primeiro dia em Beldame. Seja lá quem ou o quê tenha fechado a porta do quarto naquele dia, estivera parado onde ela estava agora. A chave virou na fechadura, mas não foi Odessa quem girou a maçaneta. O que quer que tivesse sido trancado, queria sair.

"É a Martha-Ann", disse India, com calma. "Eu vi, era ela. E foi *neste* quarto."

Odessa não respondeu. Fechou a terceira porta e a trancou. A maçaneta da segunda porta continuou a chacoalhar. Seja lá o que fosse que tenha ficado preso do outro lado, colocou a boca no buraco da fechadura e assobiou para elas no patamar.

O quarto número quatro dava para o quintal; em sua janela India vira um rosto branco que confundira com o reflexo da lua. A porta fechou com um baque por vontade própria e algum móvel grande se chocou contra ela do lado de dentro. Com calma, Odessa inseriu a última chave na fechadura e a virou: "Vai, filhota", ordenou, indicando para India a direção da escada; contudo, a escuridão do patamar era tamanha que a menina não viu o gesto. O feixe da lanterna estava apontado para a escada que levava para cima: "E o terceiro andar?", perguntou. A maçaneta da segunda porta começou a chacoalhar de novo, *Que diabos tô fazendo aqui?*, pensou India, e mais móveis se arrastaram no chão do quarto número quatro.

"Não tem porta lá pra fechar", explicou Odessa. "O que tem lá em cima vai ficar solto na casa. A gente não tem o que fazer. Pode descer, filhota."

India abaixou o feixe da lanterna e desceu a escada até a sala de estar. A lua tinha saído de trás das nuvens e brilhava através da janela nos fundos da casa, iluminando aquele cômodo comprido com uma luz cinzenta. Ali, a duna, em um lugar mais amplo, não parecia tão monstruosa quanto na sala de jantar.

O cômodo era mobiliado com casualidade há muito preservada, com tapetes finos e móveis de vime pintados. Os tecidos, muito apodrecidos, tinham pequenos padrões e, India suspeitou, haviam sido tingidos de cores brilhantes. Agora tudo era preto e cinza, exceto a areia, que capturava e refletia o luar com uma palidez branca doentia. A duna, como a imagem congelada de um maremoto, tinha invadido um terço do cômodo.

India apontou a lanterna para a duna; mais areia deslizava pela superfície suave. Cada um dos grãos capturava e refletia a luz branca. Os passos de Odessa soavam na escada atrás dela, e India estava prestes a se virar quando uma mesa quadrada encostada na parede que dava para o exterior tombou. Um abajur grande, com cúpula de vitral intricado feito para imitar cachos de glicínias, se despedaçou no chão. Assustada, India deixou a lanterna cair. Ela caiu em uma parte descoberta do chão e a luz apagou. De joelhos, India lutou em silêncio contra a superfície arenosa; voltou a encontrar a lanterna, que não acendia. Então notou que no andar de cima as pancadas na porta do segundo quarto e o arrastar de móveis no quarto número quatro tinham sido interrompidos de repente. O lugar foi tomado por um ruído furtivo e baixo, como a respiração de alguma criatura que pudesse exalar areia.

"Odessa", sussurrou.

"Depressa, filhota", mandou a mulher, a voz urgente pela primeira vez desde que tinham entrado na casa. Odessa já estava na sala de jantar, mas India não conseguia enxergar nada.

India cambaleou na direção do triângulo preto que permitiria que ela atravessasse para a segurança da sala de jantar. A respiração seca ficara mais alta e mais próxima; India segurava a lanterna como uma arma.

Quando ficou em pé, dedos longos se fecharam com força em volta de seu tornozelo. Unhas resistentes perfuraram sua pele e ela sentiu o sangue brotar. Por instinto, abaixou a lanterna com força contra a criatura, o que quer que fosse. Houve um arquejo seco — India sentiu areia ser borrifada de leve em sua perna desprotegida — e o aperto reduziu. Ela pulou pela soleira da porta para dentro da sala de jantar. Odessa apanhou seu braço, a arrastou pela cozinha e para fora da casa pela porta dos fundos.

PARTE III
OS ELEMENTAIS

ELEMENTAIS
MICHAEL MCDOWELL

22

Quando se levantaram na manhã seguinte, a maldição do tempo quente tinha sido quebrada: havia uma garoa cinzenta e a temperatura contrastava tanto com a da véspera que eles, tomando finalmente café no mesmo horário, aproveitaram o frescor da manhã. A arrumação das malas fora adiada e Luker, segurando com força uma segunda xícara de café pelo calor que ela proporcionava, sugeriu que levassem apenas o necessário: "Se deixarmos a maior parte das coisas aqui", disse, "seremos *obrigados* a voltar depois do feriado. Eu e India ainda não precisamos voltar pra Nova York, então acho que a gente devia esticar essas férias".

Ele olhou para a filha, pensando que ela iria apoiar a ideia, mas India, de óculos escuros à mesa, sem qualquer motivo, empalideceu e desviou o olhar, evitando encará-lo.

"Ótimo", disse Leigh, "porque, Luker, não acho que você devia partir até a decisão do que vai acontecer com Beldame. Você é o único que vai brigar pra valer com papai, se precisar; e pode ser que precise."

"Eu gostaria de arrancar as bolas daquele sujeito e grampear as duas no céu da boca dele", disse Luker. Os outros estavam tão acostumados com a vulgaridade de seu linguajar que sequer protestaram.

Portanto, foi decidido que ficariam em Mobile de primeiro de julho, aquele dia, sábado, até a quarta-feira seguinte, dia cinco. O que quer que Lawton quisesse com eles, teriam que fazer sem reclamar e com o máximo de elegância possível, quer fosse um jantar no Rotary, um discurso no parque ou um passeio pelo shopping. Se tudo corresse bem, estariam de volta a tempo do aniversário de Dauphin, no dia seis de julho.

Desceram com as malas, trancaram as casas e partiram por volta das 10h. Leigh, Dauphin e Big Barbara foram no jipe; Luker, Odessa e India no Scout. Para o espanto de Luker, India sentou-se no colo de Odessa durante o trajeto até seus carros em Gasque: "Ah, já sei", disse Luker para a filha quando passaram para o Fairlane, "você só tá triste por ir embora de Beldame. Eu também tô. Nova York é um extremo, Beldame é o outro. Mobile fica no meio, e você é como eu, gosta dos extremos."

"É", concordou India lacônica, deixando Luker intrigado.

India ainda estava aterrorizada com o que acontecera na noite anterior. Tivera certeza, enquanto fugia da casa, que sua vida estivera por um fio. Passara o restante da noite tremendo na rede da sala de estar dos Savage, incapaz de dormir, mantendo os olhos abertos e fixos na presença reconfortante de Odessa, que cochilava na cadeira de balanço. Todos os sons a assustaram e a queda constante na temperatura, que devia ter caído dez graus em três horas, a deixou com muito frio.

Ao amanhecer, se aventurou a acordar Odessa: "Odessa, quero saber o que aconteceu".

"Não aconteceu nada", respondeu ela. "Eu tirei cê de lá."

"Algo tentou me pegar. O que era aquilo?"

"Achei que tinha prendido tudo." Ela deu de ombros. "Não peguei todos, pelo visto."

"Tinha algo no segundo quarto, alguma coisa que mexeu na maçaneta, e tinha outra no último quarto, uma que bateu na porta. Então teve aquele que tentou me puxar pra baixo da areia... tinham três na casa."

"Huh-hum", disse Odessa, negando com a cabeça. "Isso é o que querem que cê ache."

"Como assim? Por que não? Uma, duas, três: três coisas na casa, a gente contou!"

"Prestenção", disse Odessa, "é assim que eles agem. Quando a gente tava lá em cima e deixaram a gente trancar eles no quarto, eles fingiram que não podiam sair. 'Chave e fechadura podem prender a gente', eles tavam falando. Daí a gente desceu e eles desceram junto, pra puxar cê pra debaixo da areia."

"Mas ainda são três! Dois no andar de cima e um no de baixo, mesmo que dois só tivessem fingindo que tavam presos!"

"Não", negou Odessa. "Cê não sabe quanto tinha, cê não sabe! Pode ter cinquenta lá dentro, ou pode ter só um se mexendo pra lá e pra cá. Cê tá vendo o que eles querem que cê veja... não o que tem lá de verdade."

"Se eles podem fazer isso", disse India, contrariada, "como que a gente fugiu?"

Big Barbara voltou para a casa do marido, onde era esperada com uma lista datilografada de todos os lugares que precisava comparecer nos dias seguintes. Mal chegaram e, quase imediatamente, partiram para um almoço na Câmara Júnior do Comércio: "Lawton", disse ela, com um sorriso nervoso, "preciso te contar o que eu fiz em Beldame."

"Barbara, tudo o que precisa agora é se aprontar. Eu vou fazer o discurso e não pega bem chegar atrasado."

"Você vai ter que me ouvir mesmo assim. Você tem que ouvir o que eu fiz por você, Lawton. Eu larguei a bebida, foi o que eu fiz. Não preciso mais dela. Não vou beber mais. Você não precisa se preocupar comigo. Sei que tenho defeitos, todos temos nossos defeitos, não importa *o que* a gente faça, mas os meus não têm mais a ver com bebida. Tô me sentindo tão disposta, fiquei sentada na praia o dia todo pensando em como ajudar você na campanha. Escuta", disse de modo febril, alarmada pelo olhar frio do marido, "eu *adoraria* morar em Washington uns anos... sei que vai ser mais do que uns anos, porque depois que chegar lá, não vão te deixar sair do Congresso... e Lawton, vou te ajudar! Posso organizar belas festas, você sabe que posso, até o Luker diz que posso e ele odeia festas. Vou ver se o Dauphin e a Leigh não me emprestam a Odessa e ela vai até lá e me ajuda a dar as melhores festas que você já viu. Vai ter gente indo e vindo como se nosso vestíbulo fosse o lobby de um hotel! Foi isso que pensei em Beldame, Lawton. Sei que você vai ganhar, e vou te dar todo o apoio, em tudo o que você fizer, eu vou..."

"Agora vamos nos atrasar mesmo!", interrompeu Lawton McCray, com raiva.

Luker e India ficaram outra vez na ala dos hóspedes na Casa Pequena; mas Lawton McCray não forneceu ao filho e à neta um itinerário que o beneficiasse politicamente. Eles ficaram com o tempo livre.

Luker perguntou a India se havia algo errado.

"Onde está Odessa?", indagou ela.

"Ela foi um pouco pra casa e vai voltar mais pro fim da tarde. Sabe", disse para India, que ainda estava com os óculos escuros, "é estranho o quanto se apegou a Odessa..."

"O que que tem?", perguntou India, ríspida.

"Nada", respondeu o pai. "Só é estranho, já que quando a gente chegou em Beldame, você não dava a mínima pra ela."

"Ela tem grandes qualidades."

"Você tá sendo sincera?"

India não quis responder.

Assistiram ao telejornal do meio-dia enquanto almoçavam e descobriram que durante a última semana Mobile passara por uma série anormal de condições meteorológicas: manhãs frias, tardes chuvosas e noites absolutamente congelantes.

"Que estranho", comentou Luker. "E tava mais quente que o inferno em Beldame, a semana toda. Oitenta quilômetros de distância e a gente num clima completamente diferente."

Leigh e Dauphin também foram ao almoço no Câmara Júnior do Comércio e fingiram desinteresse nas decisões de Big Barbara quando o garçom se aproximou para perguntar se alguém queria um coquetel antes de servirem a comida. Big Barbara corou, não pela decisão, que foi fácil, mas por estar ciente de que era observada. *Como seu eu fosse o centro das atenções*, disse a si mesma. No caminho para o banheiro feminino, na metade da refeição, parou na mesa de Leigh e Dauphin, se inclinou entre os dois e sussurrou: "Não se preocupem comigo. Com todo mundo elogiando meu bronzeado, eu não tive tempo de levar um copo a boca!".

Enquanto Lawton discursava, Big Barbara, cujo lugar era na plataforma ao lado do pódio, fitava o marido com um sorriso estonteante de admiração conjugal. Quase todos entre os espectadores comentaram depois como o candidato tinha sorte de ter uma esposa como ela; e até mesmo aqueles que gostavam de Lawton, ou diziam gostar, disseram que se sentiam mais seguros para votar nele sabendo que Big Barbara acabaria em Washington, D.C.

Depois do almoço na Câmara Júnior do Comércio, enquanto se dirigiam para casa, Dauphin passou pela farmácia onde na semana anterior, deixara os filmes de India; parou e os pegou. Tanto ele quanto Leigh ficaram surpresos porque, quando os entregaram a India, ela os agradeceu, mas não fez qualquer menção de examiná-los.

"Você não vai nem dar uma olhada?", perguntou Leigh.

"Vou ver depois", respondeu a garota e levou o envelope para o quarto.

Aquele gesto foi esquisito o bastante para incitar comentários e relatado a Luker um pouco depois. Conforme a tarde terminava, ele foi se sentar no quarto de India, com um copo duplo na mão: "Meu Deus, como é bom beber outra vez. Acho que sofri tanto quanto Big Barbara".

"Você tinha seus comprimidos", disse India.

"Shh!", exclamou. "Não quero que ninguém saiba! Mas o lance é que não tomei mais do que uns dois sedativos o tempo todo lá."

"Nada de anfetamina?"

"Pra quê? O que tem pra fazer em Beldame com anfetamina na cabeça?"

India deu de ombros, apoiou o queixo no punho e fitou a Casa Grande pela janela. A folhagem do Alabama possuía uma exuberância estranha; as árvores pareciam completamente envergadas pelo peso das folhas. Os jardins — com hortênsias, lírios e outras flores vistosas que florescem o ano todo — eram cobertos de flores. Apesar da ausência da família, os jardineiros trabalharam com orgulho.

"O que foi?", questionou Luker. "Tá chateada porque a gente foi embora de Beldame?"

Ela fez que não com a cabeça, mas não olhou para ele.

"O que foi então?"

"Eu tô", ela custou a encontrar a palavra certa, "desorientada", disse por fim.

"Ah, é?", disse seu pai, baixinho. E logo em seguida: "Dauphin trouxe as fotos da terceira casa. Como ficaram?".

India lhe lançou um olhar penetrante e então se virou.

Ao notar que ela não iria responder, Luker prosseguiu: "Você deu uma olhada?".

Ela assentiu e raspou o peitoril da janela com uma unha sem esmalte.

"Me deixa ver", pediu Luker.

India balançou a cabeça devagar.

"Não saiu nenhuma?"

"Não sou uma idiota", retrucou ela. "Sei usar o fotômetro, sei mexer no obturador. É claro que saíram."

"India", disse Luker, "você tá sendo reticente e eu odeio isso. Tá agindo que nem sua mãe, na real. Vai me mostrar as fotos ou não, porra?"

"Sabe", disse ela, olhando diretamente para ele pela primeira vez, "quando tirei as fotos, foi Odessa que me disse onde ir e no que focar. Ela ficou comigo o tempo todo, menos na última parte. Não te contei, mas para tirar as últimas fotos eu fui no topo da duna e tirei foto daquele quarto, aquele onde quebrei a janela."

Luker assentiu devagar e mordeu o gelo: "E todas saíram?".

"Algumas lá pro final não", respondeu India. "Teve algum reflexo na vidraça. A imagem não tá toda lá." Ela se levantou, andou até a cômoda e tirou o envelope com as fotografias de uma das gavetas. "Ah, Luker", exclamou enquanto o entregava, "tô com medo, muito medo."

Ele pegou as fotografias com uma mão e com a outra a puxou pelo pulso para perto dele. Só abriria o envelope quando ela parasse de chorar.

As primeiras dezenove fotografias em preto e branco eram de India no quarto; outras quarenta e uma eram da terceira casa, tiradas a partir dos fundos e dos dois lados. E as últimas dez eram do quarto do segundo andar, que correspondia ao de India na casa dos McCray. Luker meneava a cabeça enquanto as folheava devagar, e, se India não tivesse chorado minutos antes, teria indicado onde algumas composições poderiam ser melhoradas ou a iluminação ou a velocidade do obturador ajustados para um efeito melhor. No geral, contudo, as considerou um trabalho excelente, e elogiou a filha depois, embora com alguma perplexidade: "India", disse, "as fotos tão boas. São mais do que boas, na real, são o seu melhor trabalho. Não entendi por que tava com medo de mostrar. Você não consegue *ver* que tão boas?"

Ela assentiu devagar, ainda abraçada nele.

"Eu olho pra essas fotos e sinto vontade de voltar lá com uma 4×5, até mesmo uma 8×10. Aí a gente ia conseguir algo *realmente* espetacular. Talvez a gente pudesse alugar uma quando voltar na quarta, se tiver uma loja de câmeras decente na cidade, a gente..."

"Essas não foram as únicas fotos que eu tirei", disse India, interrompendo-o em voz baixa.

"Cadê as outras?"

"Eu escondi."

"Por quê?"

Depois de alguns instantes, ela respondeu: "Acho que Odessa devia ver".

"Por que Odessa? Espera um pouco, India, presta atenção. Alguma coisa nessas fotos deixou você preocupada e quero saber o quê. Não quero mais esse mistério. Vou te dizer uma coisa: mistério é uma coisa muito chata. Agora toma, dá um bom gole nesta bebida... é uísque de primeira e sei que você gosta de um bom uísque... e depois quero que me conte o que tá rolando. Não pretendo sentar o rabo aqui a tarde inteira e ficar tentando adivinhar, porra."

India tomou um gole maior do que Luker imaginava. Ela se levantou e, do fundo de outra gaveta da cômoda, tirou uma pequena pilha de fotografias e as entregou ao pai.

"São dos mesmos filmes?"

"Sim", respondeu. "Não tão em ordem. Mas são todas do segundo rolo."

As primeiras fotografias eram de detalhes arquitetônicos da casa: janelas em sua maior parte, mas também havia uma da torre da varanda que se projetava da duna diante da casa.

"Estas são tão boas quanto as outras", disse Luker pensativo, "não vejo..."

E então ele viu.

Havia algo encostado na torre, sobre as telhas sombreadas. O contorno de uma figura emaciada, não muito mais do que um esqueleto embrulhado em tecido fino de pele, estava evidentemente tentando fugir das lentes da câmera ao se comprimir o máximo ao longo da linha da torre. Mas as costelas protuberantes apareciam um pouco contra o céu, assim como o queixo e o maxilar da cabeça jogada para trás. Os joelhos e as coxas magrelas estavam aparentes, mas a parte inferior das pernas e os pés estavam enterrados na areia que cobria o telhado da varanda. O que quer que fosse aquilo, era da mesma cor das telhas cinza-ardósia. Os dedos compridos da mão murcha sobressaíam-se contra a parte da torre iluminada pelo sol. Parecia que quem quer que, *o que quer que*, aquilo fosse, fora pego enquanto corria ao redor da torre tentando escapar dos olhos de India e de Odessa no quintal.

Luker baixou os olhos para India; ela estava chorando de novo: "India", disse, "quando você tirou essa foto...".

"Eu não vi nada", sussurrou ela. "Não tinha nada lá em cima."

Luker folheou depressa as fotos que tinha acabado de ver.

"Aquela foi a pior", disse India, "mas olhe..." Em cada uma das outras revelações ela apontou para algo que Luker não tinha notado: um braço ossudo escuro descansando no peitoril, a mão murcha e escura dedilhando as cortinas apodrecidas dentro dos quartos da terceira casa. Luker balançou a cabeça com uma incredulidade frustrante: "Que horror!", resmungou. "Eu te disse pra não..."

India ainda segurava duas fotografias, viradas para baixo.

"Essas são as piores?"

Ela fez que sim com a cabeça: "Você quer ver?".

"Não", respondeu ele, "é claro que não quero ver, mas me mostre."

Ela virou a primeira na mão do pai. Era uma foto da varanda, mostrando a linda curvatura da duna que estava tomando conta do lado da terceira casa voltado para a laguna. Mas Luker viu de imediato a criatura gorda e cinzenta acocorada atrás da balaustrada do alpendre. Pela posição agachada, e pelo fato de que a maior parte dela estava escondida atrás dos balaústres, não era possível reconstruir sua forma; Luker achou que poderia ser o feto de um elefante. Apenas a parte da cabeça da orelha redonda e achatada até o olho redondo e achatado estava visível. A pupila branca encarava as lentes da câmara.

"Isso me dá vontade de vomitar", disse India, impassível.

A segunda fotografia que India entregou ao pai era do quarto no segundo andar da casa. Todas as outras imagens do quarto tinham sido arruinadas pelos reflexos no vidro das janelas; mas não aquela. As ripas transversais do caixilho da janela estavam visíveis, mas era como se o vidro não estivesse ali.

A fotografia mostrava o guarda-roupa no outro extremo do quarto; a porta estava aberta e o espelho no interior da porta refletia uma parte do quarto que não estava diretamente visível do local onde India estivera. E, contra a parede que dava para o exterior daquele quarto, uma mulher se agachava na beirada da duna de areia que entrara através da janela quebrada. Ela sorria para a câmera; seus olhos eram pretos com pupilas brancas. Um papagaio tinha cravado as garras no ombro dela, com asas abertas e arqueadas.

"É o Nails", disse India.

"E é Marian Savage", completou Luker.

ELEMENTAIS
MICHAEL MCDOWELL

23

"Truque", disse Odessa quando lhe foram mostradas as fotografias que India tirara da terceira casa. "É tudo truque." Ela lhes lançara um olhar superficial e as entregara de volta a India.

"Mas são *fotos*, Odessa. Você não pode olhar pra elas e me dizer que é truque de luz, porque não é. Tem algo no telhado, dá pra ver o peito, o queixo e as pernas; e tem alguma coisa na varanda porque tá olhando pra câmera, e aqui tá a morta no andar de cima, e eu sei quem é porque vi num caixão no funeral!"

Odessa estava inflexível: "É truque. Tudo truque".

India balançou a cabeça e olhou para o pai: "Como é que ela diz isso?", implorou. "Ninguém fez truque com a câmera ou com o filme. O filme foi revelado numa farmácia, tudo passa por uma máquina, eles nem *olham* pras revelações! E eu conferi os negativos. Todas as imagens tão nos negativos."

"Não", negou Odessa, "não tinha nada lá. Um espírito entrou na câmera, só isso. Eles nem tavam lá quando cê tirou foto. Eles entraram na câmera e entraram no filme."

"Eu ia ver se tivessem lá", disse India com a voz débil, e tanto Odessa quanto Luker assentiram concordando. Estavam sentados na varanda envidraçada da Casa Pequena no começo da tarde de domingo, dois de julho. Leigh e Dauphin tinham ido a uma exibição de flores de verão em Armory, não apenas para agradarem Lawton, mas também para ficarem de olho em Big Barbara e se certificarem de que tinha refrigerante e não champanhe em seu copo de plástico.

Luker se remexeu um pouco e quando falou, foi com um tom de voz que demonstrava uma resignação triste e derrotada: "India, escuta: as imagens que você tá vendo nessas fotos são de coisas que não tavam lá de verdade".

"Não entendo", disse India lamuriosa, pois ela pôde perceber que a incredulidade do pai era sincera.

"Foram os Elementais", explicou ele em voz baixa. "Foram os Elementais te sacaneando... sacaneando a gente."

"Não sei do que você tá falando. Elementais... que Elementais?"

"É o tipo de espíritos que tá na terceira casa", contou Luker. Ele segurava outra bebida e tinha preparado uma para India também. Era mais fraca do que a dele, mas não muito.

"Você sabia mais disso do que deu a entender", disse India, e ele assentiu, soturno. "Vocês dois me trataram que nem criança! Aí agora vão me contar por que tenho que olhar pra essas fotos que têm monstros e mortos e pensar 'Ei, India, eles nem tavam lá...'."

Odessa estava sentada, se balançando com os braços cruzados sobre os seios, decidida a não abrir a boca. Luker teria que explicar. "Tá", começou ele, "você precisa saber que tem dois tipos de espíritos, os bons e os ruins..."

"Não acredito em espírito!", exclamou India.

"Cale a boca, cacete! Você tá com essa porra dessa foto, quer saber o que tem nela, então tá, eu conto, mas não me vem com essa palhaçada de 'não acredito nisso'! Eu também não acredito. Deus tá morto e o diabo tá solto! Mas o que sei me mantém afastado da terceira casa e é isso que quero te contar agora, então senta aí, cala a boca e para de ser uma chata do caralho! Que coisa."

India ficou quieta.

"Bom, pra começar, tem espíritos bons e espíritos ruins..."

India bufou e tomou um gole largo da bebida.

"E acho que você sabe qual é o tipo de espírito da terceira casa. E os espíritos ruins da terceira casa são Elementais."

"Como você sabe?"

"Sei o quê?"

"Como você sabe que são Elementais? Tipo, você não parece que sabe muita coisa deles, mas aí, do nada, vem com esse nome grandioso, por que..."

"É como a Mary-Scot chama eles", interrompeu Odessa. "Mary-Scot foi falar com os padres e daí voltou e contou que são Elementais."

"E *você* acredita no que um padre diz?", perguntou India ao pai, em tom acusatório.

Luker deu de ombros: "É um... nome *prático*, India, só isso. Soa melhor do que *espírito* ou *fantasma*. Mas tudo o que a gente sabe é que têm presenças na casa em Beldame, e elas são malignas".

"E são Elementais porque pertencem aos elementos da natureza ou algo assim?"

"Isso."

"Grandes merdas", desdenhou ela. "Então como diabos entraram na terceira casa?"

Luker deu de ombros e Odessa ecoou o gesto.

"Tá", continuou India. "Então, eles tão lá. E tem três. E um passeia no telhado e outro parece um sapo abortado do tamanho de um cachorro e o outro é a mãe do Dauphin."

"Não", disse Odessa.

"Não", repetiu Luker. "Esse é o lance dos Elementais. Você não sabe o que eles são ou como é sua aparência. Eles não têm uma forma de verdade. Não dá pra saber nem se têm um corpo de verdade ou não. Eles apareceram no seu filme, mas você não viu quando tirou as fotos, né?"

"Não."

"Eles podiam estar na câmera."

"É", disse India com desdém, "vai ver vieram e colocaram a foto deles na lente."

"Tipo isso", falou Luker. "Entenda, a questão é que você não pode presumir que espíritos, principalmente Elementais, agem como a gente. Só porque você conseguiu uma imagem deles no negativo, não significa que tavam lá mesmo. Tudo o que significa é que tinha espíritos na casa."

"Mas com que eles se *parecem*?"

"Não se parecem com nada", disse Odessa, "é só truque e malvadeza. São isso, são aquilo, e *isso* e *aquilo* nunca é o que cê espera. Eles se parecem com o que eles quiserem parecer."

"Isso", concordou Luker. "Vai ver sabiam que você odeia sapo, aí colocaram uma fantasia de sapo."

"Eu adoro sapo", respondeu India. "Eu odeio lagartos."

"Não é essa a questão; eles podem ter a aparência que quiserem. Podem ter a aparência de Marian Savage..."

"Ou de Martha-Ann", disse India com crueldade, olhando para Odessa.

"Ou do que quiserem. Olha só, eles querem te enganar, India. Querem que olhe pras fotos e fale 'Meu Deus, tem três e eles têm essa, essa e essa aparência e se conseguir evitá-los, vou ficar bem'."

India refletiu por algum tempo; aquilo era loucura: "Mas por que não se mostram como realmente são?".

"Porque eles não *têm* uma forma", explicou Luker. "Eles são apenas presenças."

"E por que fazem isso tudo? Tipo, quando você olha as fotos, que *não* foram alteradas, a gente tá falando dum empenho enorme. Por que querem enganar a gente assim?"

"Sei lá", cortou Odessa, brusca. "Ninguém sabe."

"Eles são perigosos?", perguntou India para ela.

Odessa a encarou com rispidez: "Olhe a tua perna, filhota".

India vestia calças compridas; ela balançou a cabeça devagar. Luker esticou a mão e levantou a barra das calças de veludo cotelê. Havia um hematoma feio no tornozelo direito de India.

"O que aconteceu?", indagou Luker.

"Eu caí", respondeu India, debochada. "O Elemental virou uma casca de banana e eu escorreguei. Olha só, Luker, quero saber o quanto *você* sabe disso tudo. Já viu algum deles?"

"Uma vez", respondeu Luker, "e a minha experiência não foi tão ruim. Quem se ferrou foi a coitada da Mary-Scot."

"O que rolou com a Mary-Scot... e com você, Luker?"

"India, não quer deixar essa história pra lá, não?"

"Nem fodendo!", gritou India. "Não vem com essa de *deixa pra lá*! Você viu meu hematoma! Escuta, Luker, ontem à noite eu e Odessa entramos na porra da casa e tinha *algo* em pelo menos dois quartos. A gente trancou as portas e ia sair quando caiu uma mesa bem na minha frente. Tinha uma coisa naquela duna que tentou me puxar pra baixo da areia. Tomei uns cinco banhos desde que a gente voltou pra Mobile e *ainda* estou sentindo a areia em mim. Não consigo *deixar pra lá*."

"Você não devia ter entrado", disse Luker com certa arrogância. "Eu falei pra não entrar. E Odessa, você não devia ter levado ela junto."

Odessa deu de ombros: "A menina sabe se cuidar, eu...".

"Mas eu não soube me cuidar!", berrou India. "Eu ia morrer lá dentro, ia sufocar ou, tipo, iam me devorar, se você não tivesse me puxado pra fora! Na boa, tô puta da vida! Tô puta da vida com tudo isso! Por que diabos você me levou prum lugar tipo Beldame? Por que diabos o Dauphin e a Leigh e a Big Barbara continuam voltando pra lá quando tem aqueles demônios..."

"Espíritos", corrigiu Luker.

"Esses *Elementais* na casa, porra, todos prontos pra pular em cima da gente a qualquer hora do dia ou da noite? Gente, o lugar é perigoso! Martha-Ann foi morta, não foi, Odessa? Martha-Ann não se afogou. Aquilo que tentou me agarrar, pegou Martha-Ann, mas você não tava lá pra puxar ela pra fora. E quando eu subi até o quarto no meu primeiro dia lá, foi Martha-Ann que eu vi. Ela ainda tá lá, ela tá morta, mas não quer descansar! Luker, nas próximas férias, por que a gente não pega um caiaque e vai pra Islândia? Ia ser bem mais seguro!"

Ela respirou fundo depois do acesso de raiva e Luker empurrou com delicadeza o copo para ela beber mais um gole. India exagerou e o líquido desceu pelo lado errado; ela tossiu e começou a chorar.

"India", disse ele, baixinho. "Você realmente acha que eu ia levar você pra Beldame se soubesse que era perigoso?"

"Mas você sabia dos Elementais... você disse que sabia."

"Claro que sabia. Mas quando você fica longe, esquece que acredita neles. Quando você acaba de chegar em Beldame e vê a terceira casa, você diz, 'Ih, tem coisa lá e tenho que tomar cuidado', mas daí você esquece porque não acontece nada. Eu tinha medo de ir pra Beldame quando era bem novo, mas foi só uma vez que rolou alguma coisa comigo, e não consigo lembrar direito o quanto era pesadelo que tive depois ou memória distorcida ou sei lá... talvez não tenha acontecido *nada*..."

"Tá, mas me conta, Luker: você entrou na casa, você viu alguma coisa? O quê?"

Luker olhou para Odessa, que fez sinal para ele prosseguir. India não pôde decifrar com base naquele sinal se Odessa conhecia a história ou não. Havia ocasiões em que sentia como se aquela família do Alabama tivesse se juntado em uma conspiração contra ela, a única verdadeira nativa do norte entre eles.

"Nada demais", disse Luker com um gesto casual. "Nada mesmo. Só uma vez que vi..."

"O quê?"

"No começo da temporada de um ano que eu tava lá só com Big Barbara... a gente viajou pra abrir a casa ou algo assim e ia passar a noite, acho. Aí eu tava brincando sozinho. Era plena luz do dia e o sol já tava forte, e quando me toquei, tava na varanda da terceira casa... nessa época a areia estava só começando a subir e tinha, tipo, um meio metro de profundidade. Eu devia ter 9 ou 10 anos."

"Mas você tinha medo da casa? Por que foi lá sozinho?"

"Não sei", respondeu Luker. "Eu também me pergunto por quê. Eu não vou hoje e não consigo entender por que fui na época. Não lembro de tomar a decisão. Tenho uma imagem: tô andando pra cima e pra baixo pelo golfo, procurando concha ou algo assim, e aí, do nada, corta pra eu em pé na varanda da frente da terceira casa. Tento lembrar o que aconteceu, mas é como se não tivesse nada no meio. É por isso que sempre pensei que fosse um sonho e não uma coisa que aconteceu de verdade. Deve ter sido isso mesmo, um sonho que eu confundi com lembrança."

"Duvido", disse India. "O que você fez na varanda?"

Luker estremeceu ao responder: "Olhei pelas janelas".

"O que você viu?"

"Olhei primeiro pra sala de estar e ela tava perfeita. Nadinha de areia..."

"Tem bastante agora", comentou India, lançando um olhar para Odessa à procura de confirmação.

"Não tava com muito medo", continuou Luker, "e não me assustou, era só um cômodo numa casa fechada, só isso, e pensei 'Tá, por que tenho medo disso mesmo?'"

"E aí?"

"Aí eu fui até o outro lado da varanda e espiei pela janela da sala de jantar..." Luker olhou para Odessa e ficou em silêncio. India viu que, apesar do ar-condicionado no cômodo, seu pai estava suando copiosamente: "O que você viu?", perguntou angustiada.

Luker desviou o olhar e quando voltou a falar, sua voz estava baixa e hesitante: "Vi dois homens sentados lado a lado à mesa, um deles na cabeceira. Mas dava para ver embaixo da mesa que eles não tinham pernas: eram só o torso e os braços".

"Eram reais?", gaguejou India, "Tipo... o que eles tavam fazendo?"

"Nada. A mesa tava posta. Só coisa fina: porcelana, prata, cristal. Mas tudo em volta deles tava quebrado. Como se tivessem quebrado tudo de propósito."

"E eles não tinham pernas? Eram, tipo... aberrações?"

"Não, India!", exclamou Luker. "Não eram pessoas, você olhava pra eles e sabia que não eram pessoas de verdade! Você não pensava 'Ah, os coitados perderam as pernas num acidente de trem!'. E sabe o que eles tavam usando?"

India fez que não com a cabeça.

"Terno com estampa de flor..."

"Quê? Tipo roupa de palhaço?"

"O tecido tinha umas flores enormes estampadas, camélias, acho."

India permaneceu imóvel: "A cortina na sala de jantar da terceira casa tem camélias grandes estampadas. Eu vi".

"Eu sei", falou Luker. "Os ternos eram do mesmo tecido da cortina."

"Eles viram você?"

"Olharam para mim: tinham olho preto e pupila branca e me chamaram pra entrar..."

"Então eles falaram, disseram alguma coisa pra você?"

Luker confirmou: "Sussurraram, mas eu conseguia ouvir mesmo pelo vidro da janela. Quando falaram, a areia escorreu da boca deles. Só areia. Não consegui ver dente ou língua, mas vazava areia da boca quando falavam. Disseram que queriam me mostrar algo no andar de cima, coisas que eu poderia levar para mim. Disseram que eu podia olhar nas caixas e nos baús e ficar com o que quisesse. Que tinha caixa ali que ninguém abria há trinta anos, com coisas incríveis dentro...".

"Você acreditou?"

"Acreditei. Porque era bem isso que sempre pensei da terceira casa, que tinha todos os baús lá em cima com cartas antigas, roupas velhas... coleções de selos e de moedas, essas antiguidades."

"Nem tem nada naquela casa...", sussurrou Odessa.

"Você entrou?", indagou India.

Luker fez que sim com a cabeça.

"Mas entrou como? Pensei que a casa tava trancada, achei..."

"Não sei. Não sei se abri a janela ou entrei pela porta. Essa parte é um borrão. O que lembro em seguida é de estar ao lado da mesa, agarrando os cantos da toalha e fazendo buracos com as unhas no tecido velho e esfarrapado."

"E os dois homens..."

"De repente, um deles pulou em cima da mesa e deu para ver que tinha pés. Não tinha perna, só pés, saíam direto dos quadris. Ele avançou pela mesa na minha direção, chutando as louças e os cristais. Quebrou tudo no chão. E o outro pulou da cadeira, deu a volta na mesa na minha direção e trouxe um prato, como se quisesse que eu fizesse alguma coisa com o prato. Eles ainda tavam sussurrando, mas eu fiquei tão assustado que não conseguia entender nada do que tavam dizendo. A última coisa que lembro é de sentir no rosto a areia expelida da boca deles."

"Mas você saiu", protestou India. "Você deve ter feito alguma coisa pra fugir. Tipo, você tá aqui agora, não se machucou. É óbvio que não te mataram nem nada."

Luker a olhou de soslaio: "Foi um sonho", disse baixinho.

"Eles devem ter deixado você sair porque quiseram", insistiu India. "Eles pegaram você, devem ter tido um motivo para te deixar ir embora."

"India, você tá tentando extrair algum sentido disso e o lance é que não tem sentido. Não sei se tô lembrando dum sonho ou se aconteceu alguma coisa mesmo. E isso é *tudo* que lembro. E quando lembro, não é como se tivesse me lembrando do que vi, é como se tivesse vendo um curta-metragem. Eu me vejo como um garotinho caminhando pela praia, me vejo como um garotinho na varanda, olhando pela janela. Tenho os ângulos das câmeras e a montagem e tudo... não é mais sequer uma lembrança. Não sei o que aconteceu de verdade."

"Mas aconteceram coisas com outras pessoas também, né?", ponderou India.

"Alguma coisa aconteceu com Mary-Scot uma vez e ela me contou, mas não acreditei... acho que não acredito nem agora. E Martha-Ann morreu, mas na verdade é provável que Martha-Ann tenha só se afogado. Não aconteceu nada com ninguém, na verdade. Marian Savage nunca acreditou em nada disso. Não dava nem pra falar do assunto, ela simplesmente se levantava e ia embora."

"Mas aconteceu uma coisa comigo!", protestou India, sentindo a raiva arrefecer e dar lugar a uma trêmula fraqueza.

Luker desviou o olhar e tilintou o gelo em seu copo: "Isso nunca aconteceu antes. Ninguém nunca foi tocado por um espírito. Sempre achei que eram manifestações essencialmente visuais... e é claro que posso aceitar qualquer coisa que seja essencialmente visual. É só fingir que é uma foto, só isso. Uma imagem é uma imagem, e pronto. Uma imagem pode chocar, mas não te ferir".

India levantou a barra das calças e mostrou o hematoma.

ELEMENTAIS
MICHAEL MCDOWELL

24

India não conseguiu convencer o pai a continuar a conversa naquela tarde. Ela queria ouvir a história de Mary-Scot, mas Odessa não deixou que ele a contasse: "Cê já ouviu o suficiente, filhota. Ouviu até demais", disse.

Na manhã seguinte, Leigh levou India para fazer compras, prometendo roupas novas e almoço no melhor restaurante da cidade, enquanto Luker estava na casa de um rapaz com quem estudara no ensino médio. Eles não tinham sido amigos na época, mas agora tinham descoberto inúmeros interesses em comum. Luker voltou à Casa Pequena com as energias renovadas.

Dauphin telefonou, não para falar com Leigh, mas com Luker: "Escuta, tô aqui na casa dos seus pais e é melhor você vir pra cá".

"Por quê?", perguntou Luker preocupado, já sabendo a resposta.

"Lawton falou alguma coisa com Big Barbara e ela ficou chateada."

"O que ele disse?"

"Luker, escuta, vem pra cá. Se Leigh tiver aí, diz pra ela vir também."

Luker sabia que a mãe estava bêbada; mais nada poderia justificar o tom discreto e trágico na voz de Dauphin. Ele saiu de imediato e deixou um recado com as duas empregadas para que Leigh fosse para a casa da mãe assim que retornasse do passeio com India.

Big Barbara estava péssima. Quando Dauphin chegou, ela já tinha bebido cinco copos duplos de bourbon. Estava melancólica e dispersa e, por estar desacostumada a beber, ficou enjoada. Chorou porque Dauphin a viu vomitar no banheiro. Quando Luker chegou, Big Barbara disse que Lawton partira uma hora antes. Ela não fazia ideia de onde ele estava.

Big Barbara chorava ao pé da cama. Luker pegou um pano molhado no banheiro e com gentileza limpou o rosto dela. Dauphin quis deixá-los à sós, mas nem Luker nem Big Barbara o deixaram partir. Ele teve que se sentar diante dos dois, apesar de seu desconforto.

"Ah, gente!", soluçou Big Barbara. "Tô tão envergonhada! Vocês se esforçaram tanto comigo em Beldame e eu pensei que tava indo tão bem... tô de volta em Mobile faz só um dia e olha pra mim! Não consigo andar em linha reta nem se ela tivesse pintada com creosoto! Imagino o que não tão pensando de mim!"

"Não tamos pensando nada", disse Dauphin, tranquilizando a sogra.

"O que o Lawton te disse, Barbara?", perguntou o filho.

Big Barbara teve um violento ataque de soluços até Luker bater em suas costas.

"Luker", choramingou, "você tava certo e eu errada!"

"Ele disse que quer o divórcio", sugeriu Luker.

"Quando foi pra Beldame, ele disse que tudo ia ficar bem dali em diante. E eu volto hoje e ele me diz que mudou de ideia e que vai conseguir o divórcio custe o que custar. Falei que parei de beber e ele disse que isso não fazia diferença."

"Barbara", comentou Luker, "alguma coisa deve ter acontecido pra ele mudar de ideia assim. O que aconteceu?"

"Oh, nada! Nada demais!", exclamou ela. "A gente tava naquele almoço hoje de tarde, no Rotary Club ou Jay-Cee ou algo assim, e eu tava sentada na frente de Lawton e todo mundo conversando sobre formulário de imposto de renda. É só disso que falam nesses eventos... imposto e caça. E todo mundo tava reclamando do quanto tinham que pagar e eu disse 'Olha, gente, vocês deveriam ir lá em casa e ter umas aulas com o Lawton... vocês têm que ver o que ele faz com um formulário de restituição e um lápis apontado...' Só falei isso, juro por Deus. Mas Lawton me olhou como se eu tivesse testemunhando contra ele no tribunal.

"E aí quando a gente entrou no carro logo depois, ele nem me deixou ficar pra sobremesa, ele já começou a falar sobre divórcio novamente. Disse que não importava, que bêbada ou sóbria, eu não consigo ficar de boca fechada. Eu disse, 'Lawton, você tá me dizendo que frauda a declaração do imposto, é sério isso?!' E ele disse, 'É claro, o que tu acha?'. E eu disse, 'Tá, mas eu não sabia *disso*! Eu só quis dizer que você é bom em especificar as deduções no formulário' ...juro por Deus, foi só o que eu *quis* dizer! Mas ele não quis me ouvir, me deixou aqui e disse que ia ver o advogado e saiu voando!"

"Aí você entrou em casa e fez a limpa no bar", comentou Luker com sarcasmo.

"Nem tirei o sapato", suspirou Big Barbara. "No carro, Lawton me disse que não existe ex-alcoólatra, tem só alcoólatra que *diz* que não bebe. Ele falou que eu posso ficar com a casa se colocar mapas no corredor, pra não me perder depois da quarta garrafa."

"Barbara", interrompeu Luker, "você devia ter enfiado os dedos nas costelas dele e arrancado o fígado fora, é isso que eu faria. Daí ele não ia ter que se preocupar com divórcio."

"Eu sei", suspirou Big Barbara, "mas eu não tava conseguindo pensar direito. Mas sabem duma coisa?"

"O quê?", indagou Dauphin com sinceridade.

"Eu acho", disse olhando o filho e o genro fixamente e pousando a mão na perna de Luker enquanto falava, "eu acho que vou deixar Lawton ir em frente e pedir o divórcio. Acho que vai *me* fazer tão bem quanto pra ele."

Luker ficou sem fala e apenas assobiou.

"Você acha...", começou Dauphin, então se interrompeu, pois não sabia o que queria dizer.

"E vou contar por que decidi isso: foi por causa desse negócio da bebida. Não tô pensando direito agora, mas, ontem, o dia todo, e hoje de manhã também, eu tava. Nem tava pensando em bebida, álcool nem passou pela minha cabeça. No café da manhã de hoje eu bebi um copão de suco e foi só depois de largar o copo na pia que pensei em colocar vodca. E se isso não é tá curada, não sei o que é!"

Dauphin concordou, encorajando-a.

"Eu tô curada, disse pra mim mesma. E sabe, fiz tudo isso pelo Lawton, porque o Lawton não queria estar com uma bêbada. Eu não me importei comigo, na verdade eu *gostava* de encher a cara todas as tardes e, odeio dizer isso, mas não ligava muito pro que vocês crianças pensavam. Se só vocês me dissessem pra parar, eu não ia dar bola. Eu ia pruma festa de casamento com um colar de garrafa de cerveja no pescoço, eu não ligava pro que os outros pensavam! Mas o Lawton não queria ficar casado com uma beberrona, aí decidi parar. Enquanto sofria em Beldame, ficava pensando, agora não vou beber mais, não sou mais alcoólatra, e quando voltar pro Lawton, ele vai me dizer 'Deus do céu, Big Barbara, tu pode dirigir minha carruagem!'. Mas acabou que o Lawton não queria ficar comigo! Ele me largou na entrada e disse 'Entra e tome um gole, Barbara, você se sentir melhor!'."

Dauphin balançou a cabeça como se não acreditasse, embora conhecendo Lawton McCray, a história não era nada improvável.

"Você deveria ter pegado uma colher", falou Luker, "e arrancado os olhos dele."

"E eu pensei: se ele não liga mais pra mim, não posso fazer nada. Deixa que fique com aquela bruaca! Se for eleito, ela vai passar poucas e boas em Washington. Bruacas de cabelo crespo não sabem dar uma festa pro pessoal da política... elas não fazem ideia!"

"Você vai morar com a gente", declarou Dauphin. "Deixe o Lawton ficar com o que quiser, não quero que se preocupe com... as coisas." Ele se referia a dinheiro. "Eu e Leigh vamos cuidar de você, a gente pode mudar pra Casa Grande. Ah, a gente vai se divertir muito daqui em diante, tenho certeza!"

"Agora que finalmente tá sóbria outra vez, você pode ver como aquele cara é um bosta", comentou Luker.

"India aprende a falar assim com você", ralhou Big Barbara com um suspiro. "Lawton diz que a papelada pra eu assinar vai tá com o Ward Benson na quarta. Ele quer um divórcio consensual. Vou dizer pra ele que fico feliz em assinar o divórcio, fico feliz em transferir pra ele todas as ações da empresa de fertilizante e todos os direitos de exploração de minerais que tenho no condado de Covington. Vou dizer pra ele que pode ficar com tudo, *menos Beldame*. Não é inteligente de minha parte, meninos! Beldame será minha. Essa é a única coisa que vou pegar. E aí a gente não vai se preocupar mais com as companhias petrolíferas invadindo o lugar. Vou deixar que o Lawton fique com Deus e o mundo, contanto que eu fique com Beldame. Vou assinar a papelada na quarta de manhã e a gente volta pra Beldame na quarta-feira à noite."

Ainda chorando, Big Barbara sorriu diante daquela perspectiva feliz.

ELEMENTAIS
MICHAEL MCDOWELL

25

Lawton McCray mantivera um relacionamento com Lula Pearl Thorndike durante nove anos. Houve uma época em que ela era pobre, mas descobriram petróleo em sua modesta plantação de noz-pecã três semanas depois do furacão Clara ter deixado só quatro árvores de pé no terreno. Foi ela quem colocou Lawton a par do negócio da venda de Beldame ao apresentá-lo a Sonny Joe Black, o principal representante local da companhia petrolífera na região do Alabama. Sonny Joe Black contou a Lawton, na mais estrita confidência, sobre a perfuração sugerida na costa do condado de Baldwin.

Lawton expressou mais do que interesse casual na transação, e depois de deliberar com seus superiores, Sonny Joe Black trouxe de volta uma oferta de 2 milhões de dólares por Beldame, a serem divididos igualmente entre ele e Dauphin Savage. Dauphin Savage seria informado oficialmente, pela companhia petrolífera, que Lawton tinha recebido uma oferta inferior, pois possuía uma porção menor de terra. Na verdade, a companhia petrolífera pagaria Lawton pela ajuda nas negociações. Um milhão de dólares permitiria que Lawton McCray diversificasse seus negócios; um homem da sua idade, 53 anos, deveria estar envolvido em algo mais do que fertilizantes.

A primeira reunião que Lawton agendara para apresentar Sonny Joe Black a Dauphin parecia ter ido bem, mas a segunda, em Mobile, quando Dauphin voltara para a leitura do testamento de Marian Savage, fora uma decepção. Dauphin não parecia disposto a abrir mão das casas. Lawton insinuara ao genro que estava apenas esperando uma oferta mais alta antes de vender aquela casa que ele e Big Barbara possuíam, mas era um blefe. A companhia petrolífera não poderia fazer nada sem todo o cordão litoral chamado Beldame; a escritura de Lawton incluía a casa, mas apenas quinze metros de praia e quase 500 m² de propriedade. Era Dauphin que possuía e controlava o restante da propriedade.

Lawton teve outra decepção em seus planos. Depois de conversar com Dauphin e Luker naquela tarde, Big Barbara contou ao marido que iria lhe conceder o divórcio, com a única condição de que a casa em Beldame ficasse com ela: "Imagina uma balança", disse Big Barbara, "e de um lado vamos colocar Beldame; esse é o meu lado. E do seu, vamos colocar Lula Pearl Thorndike e umas quatrocentas toneladas de fertilizante..."

Lawton percebeu ter dado um passo maior que a perna ao forçar Big Barbara a assinar o divórcio, pois o plano só funcionava quando ela não queria se separar dele. Perder a esposa influente, a filha e o genro ricos, além de Beldame, seria mais do que descuido — poderia ser um erro fatal. Naquela noite, enquanto contemplava os fogos de artifício que explodiam acima do couraçado *Alabama* em um festival no porto, Lawton pensou em uma maneira de fazer com que sua família aceitasse a venda de Beldame.

Foi assim que decidiu queimar as três casas.

Uma vez decidido, Lawton McCray não era homem de procrastinações. Pensar muito e hesitar demais atravancavam quem queria progredir neste mundo e ele há muito aprendera o valor da ação imediata. Ele ponderou, por um tempo, se não devia confiar em Sonny Joe Black, que tinha a chance de ganhar um grande bônus e comissões polpudas caso a venda de Beldame fosse efetivada. Com essa promessa de riqueza,

Sonny Joe poderia muito bem ser convencido a fazer parte de uma pequena conspiração. Mas ao refletir com mais cuidado, Lawton decidiu não revelar seus planos a ninguém. Incêndio criminoso era coisa séria, e admitir sua culpa até mesmo para alguém tão simpático quanto Sonny Joe Black era, sem dúvida, imprudência. Ele mesmo faria o trabalho.

Duas horas antes do amanhecer do Dia da Independência, Lawton chegou à fábrica de fertilizantes em Belforest. Ali, ele colocou cinco latas de vinte litros de gasolina no porta-malas do Continental e dirigiu para o norte, até Bay Minette. Estacionou o Continental na entrada para carros da enorme casa nova de Lula Pearl Thorndike e transferiu as latas de gasolina para a caçamba de uma pequena picape, uma sobra dos dias de Lula Pearl como uma modesta lavradora de noz-pecã; cobriu as latas com uma lona para quem passasse por ele na rodovia não identificasse a carga. Para essa operação, a própria Lula Pearl saiu de casa; mas ela era mais bem treinada do que Big Barbara e não bisbilhotou: "Você volta?", atreveu-se a perguntar enquanto ele recuava pela entrada para carros.

"Tenho que voltar", respondeu. "Vou deixar o carro aqui. Presta atenção, Lula Pearl", disse, olhando-a com seriedade, "fiquei aqui toda a noite passada. Cheguei aqui por volta da meia-noite e fiquei até meio-dia. Tá me entendendo?"

"Perfeitamente, Lawton, perfeitamente", respondeu ela, se virando apreensiva para entrar em casa.

A viagem até Gulf Shores levou uma hora e quinze minutos. Dentro da picape, Lawton usava óculos escuros espelhados e chapéu de aba larga. Apesar da pressa ansiosa, se controlou para não dirigir rápido, e pegou uma rota residencial que passava por Loxley, Robertsdale e Foley, a fim de evitar as delegacias de polícia dessas cidadezinhas. Ele era conhecido. Não eram nem 6h quando chegou em Gulf Shores e ninguém por lá tinha se levantado ainda. Ninguém o viu dobrar na Dixie Graves Parkway. Ele saiu da rodovia antes de chegar em Gasque e contornou todas aquelas casas; a picape não era tão eficiente na areia quanto o jipe de Dauphin ou o Scout de Big Barbara, e ele atolou duas vezes. Embora a picape tivesse ar-condicionado, e o dia ainda não estivesse quente, Lawton começou a suar muito. Não era nada recomendável atolar perto de Beldame com um carregamento de gasolina em uma picape que sequer era dele.

A maré estava alta quando ele afinal chegou e dez metros de água agitada o separavam de Beldame; mas ele estava preparado: na traseira da picape também havia um pequeno barco de pesca com motor de popa. Com um pouco de dificuldade, ele o descarregou e, com cuidado, amarrou a corda de reboque no para-choque da picape antes de colocar o barco no canal. A água, que fluía do golfo e deixava a laguna de St. Elmo ainda mais salgada do que já era, balançava o barco com violência. Lawton carregou as cinco latas de vinte litros e, por fim, subiu no barco com muito cuidado. Deu a partida no motor, desamarrou a corda e o barquinho, oscilando precariamente, foi lançado de súbito para dentro da laguna de St. Elmo. Afastada do canal, a laguna estava calma — *morta* talvez fosse a descrição exata para sua superfície sem vida — e depois de mais cinco minutos, ele encostou diante da casa dos Savage. Levara a lona consigo, e cobriu as latas de gasolina; apesar de ter certeza de que ninguém tinha permanecido, sentia que todo cuidado era pouco em uma situação como aquela. Ele puxou o barco até a margem da laguna e o amarrou a um poste colocado ali para esse propósito.

Ficou parado no quintal entre as três casas e chamou. Ninguém respondeu. Bateu nas portas dos fundos das casas dos Savage e dos McCray. Nada. Olhou de uma para a outra, tentando decidir qual incendiar primeiro.

Sem ter experiência em incêndios criminosos, a não ser por uma vez há alguns anos, quando ateou fogo a um complexo residencial que lhe pertencia, com uma cobertura de seguro excessiva e alugado por duas famílias negras, ele decidiu que poderia muito bem começar pela terceira casa.

Estava em piores condições do que as outras — não passara por qualquer manutenção, a bem da verdade — e não pareceria suspeito para os investigadores, caso algum deles se desse ao trabalho de visitar um lugar tão remoto quanto Beldame, que a casa tivesse incendiado de repente. Na verdade, olhando para ela agora, Lawton ficou um tanto surpreso que a casa estivesse com aparência tão boa. Sua casa e a dos Savage tinham exigido algum trabalho todos os verões: substituir parte do telhado, trocar vidraças, reforçar suportes da varanda, retirar tábuas apodrecidas e instalar novas. Mas a terceira casa não parecia pior do que as outras duas, e ele tinha certeza de que nenhuma obra fora feita nela desde que começou a ir a Beldame em 1951. Bom, ponderou, provavelmente fora conservada pela areia.

Do barco, ele tirou uma lata de gasolina e a levou até a varanda lateral da terceira casa. Poderia esvaziar uma lata na terceira casa, duas na casa dos Savage e duas na sua; isso daria conta. Uma vez que as casas começassem a queimar, nada poderia salvá-las. Não havia corpo de bombeiros em um raio de cinquenta quilômetros. As pessoas de férias na praia — os vizinhos mais próximos em Gasque, estavam a dez quilômetros de distância — provavelmente sequer tinham acordado, e mesmo que tivessem, não poderiam fazer muito mais do que ir até lá assistir. Era possível que algum barquinho de pesca no golfo visse a fumaça e relatasse à Guarda Costeira, mas a essa altura Lawton já estaria longe. Era bem provável que as casas queimassem até as cinzas e não sobrasse coisa alguma além de destroços e folhas de vidro sujo onde a areia tivesse derretido e sido fundida pelo calor. Mesmo que se descobrisse que fora um incêndio intencional, Lawton estava forrado com um álibi: Lula Pearl diria que ele passara a noite com ela e seu inconfundível Continental rosa no quintal da frente seria notado pelos vizinhos enxeridos e madrugadores. Era um plano perfeito que lhe renderia o fruto perfeito de um milhão de dólares no banco.

Ele gostaria de se lembrar mais sobre incêndios, pois não ateava fogo a uma casa há mais de vinte anos. Não conseguia, por exemplo, se lembrar até que distância devia recuar quando jogasse um fósforo aceso em uma poça de gasolina derramada, nem calcular o tempo que demorava para que, sem obstruções, o fogo começasse a tomar posse irreversível de uma estrutura de madeira. Precisava ir embora o quanto antes, mas tinha também que se certificar de que o fogo nas casas não iria simplesmente apagar. Estava com sorte, refletiu, por ter uma manhã seca, se bem que, para aquele projeto em particular, o melhor mesmo teria sido um dia mais quente.

Ele estava nervoso com os primeiros passos. Desatarraxou a tampa da lata, mas hesitou antes de espalhar o líquido inflamável sobre as tábuas da varanda. Não gostou da aparência da duna nos fundos: e se algumas tábuas fossem consumidas e o alpendre cedesse? A duna de areia poderia então ser impelida para frente e abafar o fogo que tinha ateado com tanto cuidado; era óbvio que não daria certo. Seria muito melhor se o incêndio começasse em um dos cômodos nos fundos da terceira casa e devorasse o interior, o exterior e a parte superior tudo de uma vez. Para sua surpresa, a porta dos fundos da casa estava destrancada; ele ficou satisfeito por não ter que quebrar a janela. Atravessou a cozinha, pousou a lata de gasolina na mesa e espiou a sala de jantar. Aquele cômodo, na frente da casa, estava quase todo tomado pela areia. Não adiantaria nada começar o incêndio ali.

Ocorreu a Lawton, então, que poderia aproveitar para olhar a casa inteira. Ele nunca entrara na casa antes e estava um tanto curioso em saber como era; ficou surpreso, na verdade, que ninguém tinha se dado ao trabalho de explorá-la. E, visto que a planta daquela casa era idêntica à das outras, poderia ter alguma ideia, ao examinar os cômodos, do melhor lugar para iniciar o incêndio em todas as três. Poderia, por exemplo, fazer sentido derramar a gasolina no chão do quarto, para incendiar o primeiro e o segundo andar de uma vez.

Deixou então a lata na mesa da cozinha — ficou surpreso em não encontrar poeira, apenas uma fina camada de areia branca — voltou pela sala de jantar e lutou para passar pelas portas duplas e entrar na sala de estar, triturando o vidro de um abajur tombado e quebrado no chão. Subiu a escada com cuidado, com medo da madeira podre e sem querer escorregar nas camadas finas e intocadas de areia branca que revestiam cada degrau.

No segundo andar, três dos quartos estavam com as portas fechadas, mas a do quarto número quatro estava entreaberta, e o sol da manhã que entrava pela janela ao leste iluminava o patamar com uma luz suave. Lawton escancarou a porta e espiou o interior. O quarto estava mobiliado em estilo antiquado e a areia tinha entrado ali também, deixando tudo sob uma camada fantasmagórica de fina brancura. Ele verificou as outras portas: todas destrancadas e cada uma se abria para um quarto antiquado com mobília. Apenas no último a areia tinha entrado em uma quantidade considerável. A duna se acumulara no lado de fora da janela, quebrado a vidraça inferior e esparramado alguns centímetros cúbicos de areia pelo chão. Lawton decidiu que a cozinha seria o melhor lugar para começar, afinal fogo queimava para cima, então fazia mais sentido começar por baixo. Ele se virou no corredor, olhou mais uma vez dentro de cada quarto e estava prestes a descer a escada para a sala de estar quando um ruído suave, como o de um único passo, deteve seu avanço e, por um instante, fez parar seu coração.

O ruído viera do terceiro andar.

Não era nada, claro: apenas a casa reagindo à presença de um ser humano depois de trinta anos sem suportar o peso de nada a não ser da areia que a invadia de maneira gradual. Mas ele tinha que verificar e, com mais cuidado do que ao subir do primeiro ao segundo andar, agora galgava os degraus para o terceiro.

Como não havia porta ali, apenas uma abertura no chão, ele parou com apenas a cabeça despontando pelo buraco e olhou em volta. Havia seis camas estreitas, cada uma com uma colcha azul esfarrapada cujas franjas raspavam o chão. Sobre todas as tábuas, a areia branca formava uma camada de quase um centímetro de profundidade, completamente intocada. Nada pisava aquele chão há trinta anos e ele ouvira a casa voltando a se assentar. Pelas janelas em ambas as pontas do quarto podia ver apenas o céu branco-azulado sem nuvens.

Ao se virar no degrau, quando estava prestes a voltar a descer com total paz de espírito — pensando que talvez não precisasse gastar sequer uma lata inteira naquela casa — um pequeno anel de metal, de aproximadamente cinco centímetros de diâmetro, rolou de uma das camas e caiu no chão, na frente dele. Deixou uma sutil marca de arcos conforme girava até pousar na areia. Ainda pensando na partilha de gasolina entre as três casas, Lawton pegou o anel: era um bracelete de prata marchetado, evidentemente destinado a um braço muito fino.

Estava quente.

Ele estendeu a mão para a colcha da cama de onde o bracelete havia caído e a puxou. As franjas apodrecidas se desfizeram em poeira arenosa em suas mãos.

Com duas passadas altas, galgou o resto dos degraus para dentro do quarto; se virou, com pouquíssimas expectativas de encontrar alguma coisa ali, e sequer se deu ao trabalho de se preparar.

Pois deveria. Na terceira cama, a partir do lado ocidental da casa, aninhado na depressão da areia, repousava um bebê. Estava vivo, porém não deveria estar. Era grande e carnudo, com mãos e pés deformados como garras. A cabeça, um tanto parecida com a do próprio Lawton, com maxilar gigante e nenhum resquício de queixo, tinha mossas na pele onde deveria haver olhos e um caroço de pele fechada onde deveria estar o nariz. O cabelo era vermelho e denso devido à transpiração febril. Respirava ruidosamente pela boca, repleta de dentinhos afiados, e batia os membros grossos nos três centímetros de areia acumulados sobre a cama. Quando se virou de bruços em seus inúteis movimentos convulsivos, Lawton viu que tinha um rabo vestigial putrefato. Ele jamais sonhara com tal monstruosidade.

O que talvez fosse o mais terrível na criatura eram seus trajes: um delicado babador azul engomado, embora manchado de urina e fezes. Havia anéis nos dedos deformados e braceletes nos pulsos grossos. As orelhas monstruosamente grandes tinham sido furadas e enfeitadas com brincos de ouro. Um único cordão de pérolas estava encaixado de maneira sufocante na pele escamosa do pescoço.

A respiração ruidosa e os movimentos pararam de repente. Ele virou sua cabeça cega na direção de Lawton e os braços se esticaram. A boca se mexeu como se quisesse formar palavras.

Balbuciando de horror, Lawton desceu correndo a escada para o segundo andar. Ele tinha pousado o pé no primeiro degrau que levava ao primeiro andar quando foi impedido de súbito pelo que viu através da janela do quarto do outro lado. Havia ali uma vista do Golfo do México, e no golfo, a aproximadamente noventa metros da costa, um pequeno veleiro com uma vela vermelho e laranja resplandecente. Um homem estava de pé no barco, segurando-se ao mastro em atitude desenvolta, e acenava na direção de Beldame. *Pra mim*, pensou Lawton, e com esse pensamento perdeu o equilíbrio. Ele escorregou na areia que cobria a escada e rolou até o pé da escada. A perna ficou presa sob seu corpo e absorveu primeiro o estalo alto da coxa e, só então, a dor excruciante.

Sabia que a perna estava quebrada e que era grave. Ainda assim, precisava sair daquela casa: iria rastejar para fora, rastejar até o barco, seguir ao redor da laguna até o golfo. No golfo, se livraria de todas as latas de gasolina, menos uma, e isso bastaria para levá-lo até Gulf Shores. Não permitiu que o pensamento sobre o que aquela coisa no andar de cima poderia ser e como poderia ter chegado lá se intrometer em seus planos; ficou quase agradecido pela dor na perna, pois o distraía do seu medo verdadeiro.

Suando e tentando desesperadamente reprimir os gemidos — não queria revelar sua localização àquela coisa no terceiro andar, pois embora ela parecesse impotente, não podia considerá-la inofensiva — Lawton rastejou na direção do espaço estreito que levava da sala de estar à sala de jantar. Tinha sorte por não haver sangue, ponderou, embora a coxa já estivesse com duas vezes o seu tamanho normal, e a cada passo que a arrastava sofria uma longa pontada de dor.

Ele afinal alcançou a soleira da porta e descansou um instante sobre o montículo de areia que ali, com uns trinta centímetros de altura; era mais confortável do que o chão desprotegido. Secou o suor da testa e estava se virando com cuidado para atravessar a abertura estreita quando ouviu outro barulho no andar de cima. Passos lentos e silenciosos, mas não furtivos. Lawton tentou se arrastar através da soleira, mas prendeu a perna no batente. Ao puxá-la quase desmaiou com a dor que percorreu seu corpo desde a coxa. Sua cabeça caiu para trás, mas foi amortecida pela areia; agora, ouvia as portas dos quartos serem abertas. Ouviu passos em cada um dos quartos, sem pressa nem dissimulação.

Estava sendo caçado.

Mais uma vez Lawton puxou a perna quebrada que, enquanto cambaleava e gritava de agonia, se soltou do batente e ele se viu inteiro na sala de jantar. Ouviu passos, passos leves na verdade, não os de um adulto — e com certeza não os daquele monstro no terceiro andar. Alguém estivera escondido no terceiro andar, alguém estivera embaixo da cama, o espiando através das franjas azuis esfarrapadas daquelas colchas. Sob qual cama se escondera, Lawton se perguntou, enquanto se arrastava na direção da porta flexível da cozinha.

Por que não tinha olhado embaixo das camas? *Alguém* tinha que ter colocado aquela coisa ali, ela com certeza não era capaz de se mover sozinha. *Alguém...*

Ele soube quando os passos chegaram ao pé da escada. Era outro som. Esticou a palma na direção da porta flexível e a empurrou, porém manteve os olhos na vista estreita que tinha da sala de estar. A porta da cozinha balançou e bateu em sua mão aberta.

Na abertura da porta da sala de estar havia uma garotinha negra, que ele reconheceu vagamente. De repente se sentiu tranquilo: "Martha-Ann", o nome dela voltou a ele de súbito, como os nomes costumam voltar de pronto aos políticos, "Martha-Ann, me escuta, acho que quebrei minha perna aqui. Tu tem que...".

A Martha-Ann de Odessa morrera em 1969, afogada na laguna de St. Elmo. Lawton voltou a esticar a mão para a porta flexível; quando a abriu com um empurrão, conseguiu ver o interior da cozinha. O sol que entrava através das janelas brilhava sobre a lata de gasolina em cima da grande mesa no centro do cômodo.

Martha-Ann sorriu para ele, mas não avançou até a sala de jantar. Na verdade, ela virou-se e desapareceu. Lawton rastejou na direção da cozinha e apoiou o ombro na porta.

Martha-Ann estava na soleira da porta outra vez. Nos braços, apertada contra o ombro, estava a criatura da cama do terceiro andar. O corpinho de Martha-Ann estava inclinado devido ao peso, mas ela ainda sorria. Sua boca se escancarou em um sorriso e areia branca escorreu de dentro dela e se espalhou nas costas do babador do monstro. Ela a limpou com cuidado com sua macia mãozinha, abaixou-se e pousou o monstro de bruços na areia, pouco além da soleira da porta da cozinha. A criatura começou a engatinhar de volta em sua direção, mas ela a virou e a empurrou com delicadeza na direção de Lawton.

A criatura avançou com cuidado ao longo da beirada da duna de areia. As unhas duras e amareladas dos pés deformados e os inúmeros anéis e braceletes nas mãos em garras raspavam o chão de madeira conforme se aproximava. Não tinha olhos para ver e não tinha narinas para cheirar, mas as orelhas eram muito grandes; e embora Lawton McCray tentasse permanecer imóvel, a criatura o encontrou depressa graças a sua respiração irregular e assustada.

PARTE IV
VISÃO

ELEMENTAIS
MICHAEL MCDOWELL

26

Na manhã do Quatro de Julho, Big Barbara McCray esperou pelo marido em vão. Era tão comum ele lhe dar bolo, que ela não deu muita importância à sua ausência. No almoço para os dignitários republicanos locais, ela sentou-se diante de Leigh e Dauphin, porém foi Luker quem ficou com o lugar à sua direita. Foi sem a presença de Lawton que toda a família compareceu à recepção semiformal na Sociedade de Horticultores do Condado de Mobile em Bellingrath Gardens naquela tarde. Lawton também não compareceu ao jantar daquela noite, quando Leigh anunciou à família que estava grávida.

Diante da novidade inesperada, Big Barbara gritou e levantou-se da mesa em um pulo para abraçar a filha. Odessa também se aproximou e abraçou Dauphin. Luker e India, que não nutriam afeto especial por bebês e, a despeito do próprio relacionamento, não conseguiam compreender os prazeres da paternidade e da infância, acrescentaram parabéns mais discretos.

"Quem diria", comentou Big Barbara quando afinal voltou a se sentar, "uma criança e um divórcio no mesmo ano! Que família tem tanta sorte?" Nenhuma notícia teria melhorado o estado de espírito de Big Barbara tanto quanto a gravidez de Leigh. Ela se encheu de planos para o bebê e para eles próprios; agora, se perguntava como conseguira viver com Lawton durante todos aqueles anos. "Só eu e ele e nenhum bebê por perto." Naquele instante decidiu que quando voltassem de Beldame, no fim do verão, não iria para a casa com Lawton, mudando-se diretamente para a Casa Pequena; presumindo, claro, que agora que estavam prestes a ter uma família, Leigh e Dauphin iriam se retirar para a mansão.

"Mamãe", riu Leigh, "você precisa cuidar de mim. Você vai morar com a gente." E Big Barbara corou de prazer diante do convite que Dauphin aprovou com entusiasmo.

"Então, pessoal", disse Leigh então, "quando a gente volta pra Beldame? Por mim, voltava amanhã."

"Amanhã tá bom", concordou Big Barbara. "Quanto antes melhor. Quero que tudo volte ao normal."

Leigh notou hesitação no irmão: "Luker, você não precisa voltar pra Nova York já, né?".

Ele fez que não com a cabeça: "Depende da India. Se ela quiser voltar pra Beldame, eu também vou, mas se ela não quiser, então vamos voltar pra cidade".

Ele lançou um olhar cauteloso para a filha, sabendo o que ela sofrera em sua última noite lá.

"India", disse Big Barbara, "você tem que voltar com a gente! Não seria a mesma coisa sem você! O aniversário do Dauphin é na quinta! A gente *tem* que comemorar!"

"Barbara", disse Dauphin, "deixa India decidir. Ela já sabe que a gente quer que ela vá."

India ficou sentada imóvel na cadeira e contemplou a alegria ao redor. Com voz contida, disse: "Vamos fazer assim: a gente volta amanhã, mas não garanto que vá ficar. Luker tem que me prometer que quando eu pedir pra voltar, a gente sai na mesma hora. Luker, você promete?".

Luker concordou, e ninguém achou estranho que uma garota de 13 anos tivesse o poder de impor tais restrições.

Foi estranho Lawton também não ter retornado naquela noite, e Big Barbara chegou a pensar em telefonar para Lula Pearl Thorndike, pare ver se tinha acontecido algo. Foram todos convidados para a festa no Centro Cívico, contudo, por terem cumprido suas partes no acordo com Lawton o dia todo, sem que ele sequer tivesse a decência de aparecer, decidiram não ir. Big Barbara foi para casa fazer as malas e Leigh a acompanhou. Luker saiu para procurar um bar decente e alguém para desvirtuar, e India foi deixada na Casa Pequena com Dauphin. Ela assistia a televisão enquanto ele preenchia cheques na longa mesa de cavalete. Quando terminou, se sentou ao lado da menina no sofá.

India lançou um olhar sério para Dauphin e tirou o som da televisão: "Me conta o que rolou com a sua irmã", pediu ela.

"Mary-Scot?"

India assentiu.

Dauphin riu.

"Você ficou aqui esperando eu acabar pra poder me forçar a responder, né?"

India gesticulou confirmando: "Luker me contou o que aconteceu com ele na terceira casa e disse que alguma coisa também aconteceu com a sua irmã... mas não quis me contar o quê. O que aconteceu?".

Dauphin ficou sério: "Acho que não devia te contar".

"Por que não?"

Ele se remexeu desconfortável: "Por que não pergunta pra Odessa?".

"Ela também não quis contar. Me conta, Dauphin."

"Bom, você sabe que eu tinha um irmão, o Darnley."

"Ele se afogou. Como Martha-Ann."

"Ele saiu com o barco e nunca mais voltou", explicou Dauphin. "A gente *acha* que ele se afogou... afinal, o que mais podia ter acontecido?"

"E aí?"

"Foi uns 13 anos atrás. No verão, em agosto. Mary-Scot tinha 12 ou 13 anos, acho eu. Aconteceu em Beldame. Darnley saiu pra velejar um dia e simplesmente sumiu. A Guarda Costeira foi atrás, uma frota inteira de barcos de pescadores de camarões ao longo da costa do Alabama procurou... ninguém viu ele mais. Nunca encontraram o barco. E mamãe ficava sempre olhando pela janela, procurando a vela do Darnley. A gente ficou em Beldame mais tempo do que já tinha ficado antes. A gente ficou até o dia primeiro de outubro. No dia primeiro de outubro, a gente já tinha feito as malas e tava pronto pra partir, quando Mary-Scot sumiu. A gente chamou e chamou e ela não veio. Procuramos em todos os quartos das duas casas e não encontramos; mamãe ficou furiosa... ela ficava furiosa de verdade... ela deu a partida no jipe e começou a tocar a buzina e a dizer que a gente ia embora e Mary-Scot ia ficar. Mas nem assim ela veio..."

"Onde ela tava?", perguntou India, já sabendo a resposta.

"Tava na terceira casa. A gente nunca ia procurar lá, porque sabia que Mary-Scot morria de medo da casa. Mas Odessa entrou por uma das janelas laterais... ela teve que quebrar uma vidraça, mas entrou direto. Mary-Scot estava num dos quartos no andar de cima, dentro do guarda-roupa. Desmaiada."

"O que ela tava fazendo lá? Tava tipo brincando de esconde-esconde ou algo assim?"

Dauphin balançou a cabeça: "O guarda-roupa tava trancado pelo lado de fora. E Odessa não encontrou a chave. Ela teve que arrombar com o martelo e a faca de cozinha".

"Peraí: se o guarda-roupa tava fechado e Mary-Scot tava desmaiada, como Odessa sabia que ela tava dentro?"

Dauphin deu de ombros, como se dissesse, *Como Odessa sabe das coisas?*

"Então quem trancou ela?", insistiu India.

"Darnley", respondeu Dauphin, como se fosse uma coisa que India devesse ter adivinhado. "Odessa tirou ela de lá, a gente pôs ela no jipe e foi embora. Ela não quis falar disso, não disse uma palavra do que aconteceu. Mas uma vez ela contou pra Odessa e Odessa me contou. Mary-Scot tava olhando pela janela do quarto dela e viu alguém perambulando dentro da terceira casa. Ela não conseguiu ver quem era, só que era um homem. Então, ele chegou na janela e acenou, e ela disse que era o Darnley, e aí achou que ele tinha voltado e tava escondido na terceira casa pra sair do nada e surpreender todo mundo. Mas ele não saía nunca, então Mary-Scot deu a volta na terceira casa, subiu na varanda e foi até a janela. E lá tava o Darnley, ele tinha 20 anos quando morreu, olhando direto pra ela. Mas os olhos dele tavam estranhos. Tavam pretos com pupila branca, e aí Mary-Scot soube que alguma coisa tava errada e tava prestes a sair correndo, mas quando se deu conta, ela tava dentro da casa e Darnley tava segurando ela, falando, e areia escorria pela boca dele. Ela tentou se desvencilhar, mas não conseguiu."

"E?"

"E é isso que ela lembra. Ela só voltou a si quando a gente tava chegando em Gasque."

"Quando Mary-Scot decidiu ir pro convento?", perguntou India desconfiada.

"Ah, foi nessa mesma época, acho. Mas Mary-Scot sempre gostou de confessar..."

Na manhã seguinte, Big Barbara foi até o escritório do advogado, discutiu os termos do divórcio e ponderou a respeito do porquê Lawton não ter dado as caras quando o assunto era de tamanha importância. Leigh estava na farmácia comprando remédios vendidos apenas com receita e escolhendo bronzeadores; Luker em uma livraria comprando de modo indiscriminado; e Dauphin em seu escritório dando respostas desanimadoras a Sonny Joe Black ao telefone. India e Odessa, que havia muito fizeram as malas para poder partir a qualquer momento que desejassem, estavam sentadas no balanço pendurado em um dos grandes galhos do carvalho no quintal dos fundos da Casa Pequena. Estava escuro e fresco, e o vento úmido chicoteava a barba-de-velho que pendia dos galhos.

"Que bom que quis voltar, filhota", disse Odessa depois de alguns instantes de silêncio. "Não adianta ficar com medo. Não adianta nada."

"Mas eu tô com medo", afirmou India. "Não quero voltar pra Beldame. Acho que é *idiotice* voltar pra lá, na real. Sinto como se aquela coisa tivesse sentada lá me *esperando* e que as três casas vão pular e cair bem em cima de mim."

Odessa deu de ombros: "Cê não se machucou da última vez e a gente não vai mais entrar naquela casa, isso te garanto".

India deu uma risada. Ela voltar a entrar na terceira casa parecia tão provável quanto ser nomeada ao Hall da Fama do Beisebol no dia seguinte: "Odessa, quando penso naquela casa e no que aconteceu quando a gente entrou, tudo o que consigo pensar é que foi um pesadelo e que nada daquilo aconteceu. Até os arranhões na perna... acho que não foram reais. É como se eu pudesse explicar tudo assim, e acho que posso voltar agora e olhar praquela casa e dizer, 'Nossa, que pesadelo horrível eu tive aqui!'".

"Isso", encorajou Odessa. "É isso mesmo que cê tem que dizer."

"Mas aí eu olho as fotos..."

"Não olhe elas!"

"...e aquelas coisas não vão embora. Elas tão no filme, tavam na câmera. Eu tava vendo ontem..."

"Tem que jogar aquilo fora!"

"...mas antes de tirar as fotos da gaveta, eu disse, 'Não tem nada nas fotos. Vou pegar e olhar de novo e não vou ver nada. É só sombra e reflexo'. Mas aí eu olhei pra elas, e tudo ainda tava lá, e não era só sombra e reflexo. E quando penso nas fotos, aí tenho medo de voltar. Escuta, Odessa, me diz uma coisa..."

"Quê?"

"E me diga a verdade. É perigoso voltar?"

"Faz 35 anos que eu vou pra Beldame", respondeu Odessa, evasiva.

"Sim, eu sei, e onze anos atrás sua filha morreu lá. Sua única filha foi morta dentro da terceira casa. Tenho toda certeza, Odessa, e não tente me convencer do contrário. E, ontem à noite, consegui arrancar do Dauphin o que aconteceu com Mary-Scot. Ela ia sufocar naquele guarda-roupa se você não tivesse tirado ela de lá. E como você soube que ela tava lá? Se tava fechado e trancado e ela não fez nenhum barulho?"

Odessa não respondeu à pergunta.

"Escuta", disse, fitando a Mercedes que naquele momento estava avançando pela longa entrada para carros de cascalho, "não precisa me perguntar isso tudo. Nem precisa. Cê acha que eu ia deixar cê voltar lá se achasse que uma coisa ruim ia acontecer com ocê, filhota?"

"Não", respondeu India.

"Filhota", seguiu Odessa. Ela desceu do balanço e ficou de costas para Luker e Dauphin, que estavam saindo do carro a dez metros de distância. Odessa assomava diante de India, bloqueando a visão do pai e do tio. "Se algo acontecer em Beldame", continuou Odessa, olhando com seriedade para India, "quero que faça uma coisa..."

"O quê?", indagou India, esticando o pescoço para o lado para avistar o pai. O tom de Odessa e sua sugestão de que algo mais poderia acontecer a deixou temerosa.

"Se acontecer alguma coisa", falou em voz baixa, "*coma meus dois olhos...*"

"O quê?", questionou India em um sussurro sibilante. Seu pai e Dauphin estavam se aproximando. Ela ansiava pela proteção deles. Odessa se aproximou mais de India, apertando as mãos às costas para sinalizar para os dois homens ficarem longe. "O que quer dizer?", exclamou India desesperada. "O que..."

"Se alguma coisa acontecer", repetiu Odessa devagar, meneando a cabeça com uma ênfase terrível, "*coma meus dois olhos...*"

ELEMENTAIS
MICHAEL MCDOWELL

27

Chuviscava enquanto punham as malas no carro. Quando Dauphin passou pela casa de Lula Pearl Thorndike, em Bay Minette, para convencer Big Barbara de que Lawton estava mesmo lá, viram o Continental rosa salpicado da lama estacionado na entrada para carros com piso de argila vermelha. A viagem pelo condado de Baldwin demorou meia hora além do normal devido à força da tempestade. Ela transformava os campos em lamaçais, esmagando plantas que tinham quase um metro de altura; criava enormes poças que cruzavam a estrada e ameaçavam afogar o motor quando Dauphin passava espadanando por elas; em Loxley, Robertsdale e Foley a chuva atraía as pessoas às portas de tela das casas e às portas das lojas para verem a água escorrer dos telhados e toldos em estrondosas cascatas destrutivas. Quando se aproximaram da costa, a chuva estava ainda mais forte, embora oito quilômetros antes isso parecesse impossível; porém, seu efeito na paisagem era menos severo. Qualquer quantidade de água ao cair em terreno arenoso será absorvida de imediato, e os pinheiros-anões podem ser golpeados até o Juízo Final, mas nada poderá danificá-los até que esse dia chegue.

Ao longo da península, mal conseguiam discernir onde a chuva acabava e o golfo começava, de tão forte o aguaceiro que despencava do céu escuro acima. Big Barbara se virava no banco da frente e mudava de ideia a cada cinco minutos se era melhor ou pior para uma grávida usar o cinto de segurança, e tinham chegado em Gasque sem nenhum incidente antes de ela chegar a uma decisão. India e Odessa ficaram conversando atrás de uma das portas fechadas da garagem do posto de gasolina abandonado, olhando através das janelas encardidas; Luker permaneceu dentro do Fairlane, observando atento uma revista aberta no banco ao seu lado.

"A semana passada foi toda de calor", comentou Big Barbara, "então, acho que essa vai ser toda de chuva."

"Não diz isso", disse India. "Nunca vi uma chuva que nem essa. Será que vai virar furacão?"

"Não é temporada ainda", disse Leigh. "Diminui logo, logo."

E foi o que aconteceu quinze minutos depois, ao ponto de poderem passar a bagagem do Fairlane e da Mercedes para o Scout e o jipe. Eles aguardaram mais dez minutos, durante os quais a tempestade, que por mais estranho que fosse, desabou sem que se ouvissem trovões ou fossem vistos raios, amainou ainda mais.

Conforme os dois veículos iam para areia, India teve o pressentimento desconfortável de que a cortina de água fora afastada apenas momentaneamente, pelo tempo suficiente para chegarem em Beldame. Assim que cruzassem o canal ela tinha certeza de que a chuva recomeçaria e ficariam isolados por completo.

Embora fosse maré baixa, a profundidade da água da chuva acumulada no canal era considerável; o jipe e o Scout passaram espirrando e todos molharam os pés. Fez pouca diferença, pois já estavam encharcados; quando havia tanta água assim na atmosfera, tetos de metal e janelas fechadas não poderiam impedir que se molhassem. Conforme se aproximavam das casas, India observou Odessa com atenção, esperando descobrir pela expressão dela se as coisas em Beldame estavam *bem*.

India sentia orgulho por ter desenvolvido um pouco sua própria intuição. Antes daquele verão, jamais admitira a possibilidade da existência de algo paranormal, sobrenatural. Ah, é claro que existiam percepção extrassensorial (PES) e psicocinese, o que era estudado na Rússia e na Carolina do Norte. Ela lera a respeito dessas coisas na *Weekly Reader*, mas nada daquilo tinha qualquer relação com Luker e India McCray, e com a rua 74 West em Manhattan. Mas Beldame era com certeza muito diferente do restante do mundo. Havia algo que não deveria estar ali e India tinha certeza de que aquela coisa nunca fora aos laboratórios da Carolina do Norte e da Rússia. Ela a pressentira, a ouvira, a vira, até mesmo a *sentira*... mas ainda assim não acreditava nela de todo.

Seu ceticismo não lhe permitia acreditar que fossem corretas as ideias de Odessa. Odessa não pensava direito, era um fato. As ideias dela eram confusas e contraditórias, e ela dizia isso e aquilo sobre a terceira casa, e isso e aquilo somados não faziam nem um pingo de sentido. Havia algo naquilo, claro, mas não o que Odessa sugeria. India suspeitava que era mesmo o fantasma de Martha-Ann dentro da casa, e era isso. Muitas casas tinham fantasmas, ela supunha — pessoas pesquisavam. Até mesmo a *Enciclopédia Britânica* tinha um artigo sobre fantasma, portanto era provável que fosse isso. Um exorcismo apropriado iria acabar com Martha-Ann, e todo aquele negócio de Elementais & "*coma meus dois olhos*" — seja lá o que *aquilo* significasse — era uma palhaçada confusa. Odessa não tinha culpa. Com toda a segregação e a legislação estadual, ela nunca tivera os privilégios educacionais que India tivera; era até possível, considerou com um tremor, que Odessa não tivesse o ensino médio. Ela ficou de lhe perguntar.

Mas se India optava por desconsiderar as teorias de Odessa a respeito dos ocupantes irreais da terceira casa, ainda confiava na sensibilidade dela. Odessa sentiria antes e de forma mais certeira do que a menina. India suspeitava de que os fantasmas e os espíritos da terceira casa não estavam sempre operantes — eles poderiam, às vezes, até ser relativamente benignos. Talvez houvesse relação com a maré ou com a fase da lua ou com o padrão climático em grande escala. De qualquer modo, ela desejava que a segunda parte das férias coincidisse com um período de baixa atividade na terceira casa e, embora a chuva forte e anormal não fosse um bom augúrio, foi com essa esperança que analisou o rosto de Odessa.

No entanto, não conseguiu ler nada na face de Odessa, que se recusou a entender as cutucadas e piscadelas de India. Enfim, quando a menina estava ajudando a levar os mantimentos para a cozinha dos Savage, ela parou e perguntou diretamente para Odessa: "Vem cá, tá tudo bem?".

Odessa deu de ombros.

"Você sabe o que quero dizer", insistiu India. "Você consegue sentir alguma coisa. Quero saber o que você sente. Tá tudo bem ou vai ter problema de novo?"

"Não estou sentindo nada", respondeu Odessa afinal. "Quando chove assim, quando tá que nem hoje, não tem como sentir."

Mas, no dia seguinte, até India foi capaz de sentir a mudança que se abatera sobre Beldame. A chuva parara apenas na hora do jantar do dia anterior. A lua ficara cheia no dia dois de julho e agora minguava; ela brilhava através da janela do quarto de India e iluminava o pé da cama. O dia do trigésimo aniversário de Dauphin amanhecera esplendidamente claro; a laguna estava mais cheia do que o normal e uma faixa suja de detritos marcava a linha da maré alta na praia, mas não havia outros indícios da tempestade do dia anterior. Toda a areia soprada contra a casa em meses passados que estava seca e alojada em fendas das janelas fora levada pela chuva.

A terceira casa não parecia ser mais do que era: que não era habitada ou reformada há três décadas ou mais e que, além disso, estava sendo consumida devagar por uma duna de areia. Ela parecia sombria e pitoresca, mas não ameaçadora. India até sorriu quando Luker a desafiou a espiar pela janela; mas nem mesmo o dia claro e sua intuição de que não havia mais nada errado (talvez Martha-Ann estivesse dormindo na laguna agora) iriam permitir que ela fosse assim tão longe: "Ah, não", disse com um sorriso para o pai, "já tô cheia de lá".

"Mas você não tá mais com medo?"

"Não tô com medo *hoje*."

"E ontem?"

India fez que não com a cabeça: "Achei que ia ficar com medo, mas não tive nem pesadelo. Levantei uma vez pra ir no banheiro e quando voltei fui na janela e olhei pra lá. Era só uma casa. Sabe qual foi o problema, na minha opinião?".

"O quê?"

"Acho que tive tipo uma crise de ansiedade por causa do isolamento. Mas nunca tinha me acontecido, então não soube como agir. Só fiquei um pouco louca, foi isso. Eu *lembro* o que aconteceu na terceira casa, mas é como se *não* tivesse acontecido porque foi tudo uma loucura. Luker, fico contente por ter me criado em Nova York. O Alabama é esquisito."

"Sim", riu ele. "Acho que é mesmo. Mas e as fotos? Como que explica?" A atitude indiferente de India em relação à terceira casa encorajou Luker a trazer os medos dela à tona, na expectativa de que todos fossem descartados.

"Não sei." India deu de ombros. "Essas coisas acontecem, acho. Tipo, acho que essa parte nunca vai ser explicada. Eu deixei as fotos na Casa Pequena, não vi motivo pra trazer elas de volta só pra eu mesma me deixar com medo. Mas quando a gente voltar pra cidade, vou ampliar todas elas bastante e vamos ver o que tem ali. Não dá pra ver nada numa revelação de 7×12. Você vai revelar em 28×35 e, tipo, a gente vê o que consegue identificar. Até lá, só não vou pensar nisso."

"Muito sensato", comentou Luker. Ele se abaixou e afastou as folhas grossas e estreitas em um canteiro no quintal. "Estranho", disse.

"O quê?", perguntou India.

"Este lírio-de-um-dia. Já tá murchando."

"Eu achava que lírios morriam e, tipo, voltavam no ano seguinte."

"Isso. Mas só bem mais pro fim da estação e com certeza só depois de florescerem. Mas este lírio-de-um-dia tá com certeza murchando."

"Talvez tenha algo na raiz. É surpreendente que sobreviviam com toda essa areia."

Luker arrancou a planta e examinou as raízes à procura de insetos ou parasitas: "As raízes parecem bem", disse. Bateu os pesados bulbos oscilantes contra os jeans para retirar a terra solta. Arrancou a folhagem seca e amarelada e a jogou fora.

"Você acha que é o bulbo?", perguntou India.

Luker então arrancou inúmeras pétalas que rodeavam o bulbo central da planta, pressionando as unhas dos polegares no topo do bulbo, abrindo-o com delicadeza.

A flor de repente se partiu em sua mão e areia branca e seca se espalhou por cima de seus pés descalços.

ELEMENTAIS
MICHAEL MCDOWELL

28

Enquanto India e seu pai examinavam o lírio que se decompunha de modo tão estranho no quintal, Dauphin e Odessa estavam na varanda da frente da casa dos McCray, no balanço do qual Marian Savage tombara morta.

"Estou feliz por voltar", comentou Dauphin.

"Nem tem nenhum trabalho pra segurar cê em Mobile?"

"Ah, claro que tem. Trabalho, sempre tem, Odessa, você sabe. Mas não dá pra trabalhar a vida toda. Se eu fosse voltar pra Mobile e trabalhar, eu não ia conseguir mais nada da vida além de mais dinheiro. E pra que ganhar mais dinheiro se não for pra aproveitar a vida e ficar com quem você gosta?"

"Sei lá", disse Odessa, "nem sei nada de ter dinheiro. Nunca tive nem nunca vou ter."

"Você tem o que mamãe deixou."

"Isso, mas enquanto trabalhar procê e pra dona Leigh, nem vou mexer nesse dinheiro. Quero que cê cuide dele por mim."

"Deixa comigo. Odessa, você me conhece e sabe que não sou bom em quase nada. Mas tem uma coisa que eu sei fazer: ganhar dinheiro. Eu viro e cai dinheiro na minha cabeça. Eu nem sei bem de onde vem. Vou te dizer, é muito bom que exista *alguma coisa* que eu sei fazer. Vou cuidar do seu dinheiro e antes que você perceba, você vai ter dinheiro saindo pela orelha."

Odessa deu de ombros, abaixou a cabeça e massageou a nuca: "De qualquer jeito, é bom cê ter voltado pra cá. Cê sempre foi muito feliz em Beldame".

"Eu sei. Desde pequeno. Às vezes, até acho que sou feliz em Beldame e triste em todos os outros lugares. Sentado naquele escritório em Mobile ou dirigindo pela estrada ou ouvindo alguém me dizer quanto dinheiro eu devia emprestar, penso, 'Meu Deus, como eu queria tá em Beldame neste exato momento, sentado na varanda conversando com Odessa ou com Leigh ou com Big Barbara ou com qualquer um!'. Só fico surpreso por não ter nascido aqui! Porque se pudesse fazer as coisas do meu jeito, eu morava aqui e morria aqui e me enterravam aqui! Quando eu chegar no paraíso, tomara que tenha um cantinho lá tão parecido com Beldame que eu nem consiga saber a diferença! Eu podia sentar nesta varanda frontal no paraíso até as estrelas despencarem! Na Bíblia fala se tem algum lugar parecido com Beldame?"

"Olha", disse Odessa, "tem 'muitas mansões'... daí pode ter uma numa praia nalgum lugar pra você e eu."

"Ah, com toda certeza tem, Odessa, com toda certeza deve ser assim! Mamãe e Darnley provavelmente tão sentados lá me esperando. Darnley tá lá na água... aposto que ele tem um barco igualzinho ao que tinha... e mamãe tá deitada lá em cima. E no jantar eles sentam e dizem, 'Cadê o Dauphin? Cadê a Odessa?'. Escuta, Odessa, você acha que eles tão pensando na gente? Acha que eles lembram quem deixaram pra trás?"

"Nem tem como saber no que morto pensa", respondeu Odessa. "Acho é bom que eles nem contem pra gente."

E enquanto conversavam, uma brisa suave soprou do oeste; e o vento espalhou uma camada de areia branca pela varanda da casa dos McCray.

Leigh e Big Barbara passaram a manhã toda na sala de estar da casa dos Savage, conversando alegres sobre os planos para os meses vindouros: "Mamãe", disse Leigh, "tô tão feliz que você teja encarando as coisas desse jeito!".

"Quer dizer o bebê? Bom, é claro que tô feliz, todos estamos..."

"Não, mamãe, o divórcio. Luker e eu, a gente tinha certeza de que você ia ficar mal e podia ter recaída e ficar viciada em pílula e sei lá o quê, mas tá aí ó, toda animada, ansiosa pra sair de casa e mudar pra nossa!"

"Bom, eu tô ansiosa!"

"Que bom!", riu Leigh. "Garanto que vai me ajudar muito ter você por perto. Nunca tive um bebê, você teve dois, sabe como é e tudo o mais. Não sei nada e acho que nem quero saber. Mamãe, quando eu entrar em trabalho de parto, quero você e o Dauphin junto na sala de operação. Dauphin segura minha mão e assim que o bebê sair, você agarra e sai correndo com ele. Não quero nem ver até começar a primeira série!"

"Leigh!", exclamou Big Barbara, "é o seu filho! Você vai amar esse bebê! Você não vai querer perder ele de vista!"

"Você tira uma Polaroid e me manda, e eu guardo na carteira. Acho que vou morar com Luker e India até a criança ter 6 anos."

"Luker não quer você lá", falou Big Barbara com uma risada.

"Eu sei", respondeu Leigh. "Tem muita coisa da vida do Luker que ele não conta pra gente."

"Caramba! E eu não sei?", exclamou a mãe de Luker. "E nem quero saber! Mas vou te dizer uma coisa: India sabe de tudo. Ela conversou comigo, a gente ficou bem próximas nesse tempo juntas aqui, e, às vezes, ela começa a contar uma coisa e depois desiste. Aposto que aquela criança já viu mais e ouviu mais que eu e você lemos naquelas revistas do salão."

Elas tinham caminhado até a varanda, mas descobriram que todos os móveis ali tinham sido cobertos de areia. Montículos tinham se formado nos assentos das cadeiras e no banco do balanço, e nem com todas as sacudidas e inclinadas do mundo conseguiram limpar os móveis.

"Ontem a chuva lavou toda a areia e tava tão limpo de manhã! Agora, olha só! Fica pegada em qualquer lugar que se pise na varanda! Mamãe, vamos até a laguna e ver a altura do canal agora."

Big Barbara concordou, e mãe e filha passearam ao longo da margem nivelada da laguna de St. Elmo, a conversa retornando às ramificações ilimitadas do divórcio de Big Barbara e da gravidez de Leigh. Quando chegaram ao ponto onde as casas ficaram pequenas e indistintas atrás e o canal estava visível adiante, alargando-se e aprofundando-se conforme a maré subia, Big Barbara apontou de repente para a superfície da laguna: "Minha nossa, tenha piedade!", gritou.

"O quê, mamãe?", perguntou Leigh. "O que foi?"

"Olhe ali, Leigh. Não tá vendo?"

Leigh balançou a cabeça e a mãe lhe agarrou o braço e a puxou alguns passos para mais perto: "Você não vê por causa do reflexo na água, mas olha, olha ali embaixo!".

O que Leigh viu quando se aproximou mais da mãe foi uma picape submersa. Na verdade, tudo o que conseguiam enxergar era o topo da cabine: o para-brisa, a janela traseira e parte do batente da porta. O resto estava enterrado no leito arenoso da laguna: "Minha nossa!", exclamou Leigh. "Mamãe, você já viu isso antes?"

"Ora, claro que não! Porque não tava aí! Eu ia ver uma picape no meio da laguna se tivesse aí, né?"

"Não sei. Quero dizer, ela pode tá aí faz tempo pra ficar enterrada assim."

"Aí a gente ia ver, não? É claro que pode ser que ela *tivesse* enterrada há bastante tempo e aquela tempestade de ontem a remexeu e ela subiu."

"Ah, aposto que foi isso", concordou Leigh. "Escuta, por que eu não nado até lá pra dar uma olhada dentro?" Leigh já tava de traje de banho.

"Ah, não!", protestou Big Barbara. "Não faz isso! E se tiver alguém embaixo do painel, você não vai querer dar de cara com um cadáver ou algo assim embaixo d'água. Pode ser que muito tempo atrás alguém tenha ficado bêbado na Dixie Graves Parkway, se perdeu e caiu direto na laguna... a rodovia fica a centenas de metros do outro lado... dirigiu direto aí pra dentro, afundou e se afogou. E ninguém nunca soube. Se alguém se afogou naquela picape, deve tá lá dentro ainda."

"Então, eu com certeza *não* vou até lá pra ver!"

"Mas não acho que foi isso, na verdade. É provável que seja a molecada, uns moleques de Gulf Shores, enchendo a cara no sábado de noite e dirigindo uma picape pra dentro da laguna porque era divertido. Pode ter sido no Quatro de Julho, sabe-se lá. Sempre suspeitei que o leito era macio. Pobrezinha da Martha-Ann! Não é de se espantar a gente nunca ter encontrado!"

Meia hora depois, toda o pessoal de Beldame estava na margem da laguna de St. Elmo, fitando através da superfície a picape submersa. Assim que voltaram para a casa, Leigh e Big Barbara procuraram os outros e relataram o que tinham visto. A descoberta de uma picape submersa na laguna foi novidade mais do que suficiente para atraí-los para fora. Todos os seis juntos não conseguiram extrair mais sentido daquilo do que Big Barbara e Leigh tinham conseguido. A picape estivera ali há muito tempo ou não; havia um cadáver na cabine ou não; era melhor alguém nadar até lá para olhar ou permanecerem na margem. De qualquer modo, investigações adicionais foram adiadas para o dia seguinte, ou para o próximo ainda.

Aos olhos de India, Odessa pareceu perturbada pela descoberta do veículo na laguna; e então ela compartilhou um pouco desse desconforto. Todavia, quando India perguntou a Odessa se a picape *significava* alguma coisa, Odessa respondeu: "*Significa*, filhota? Picape não significa nada pra mim".

"Mas não foi só um, tipo, acidente? O que mais pode ser?"

Odessa sussurrou para que nenhum dos outros ouvisse suas palavras: "Você viu, filhota, até onde a picape entrou na laguna? Ninguém dirigiu até lá. Se fosse, ela tinha afundado mais perto do outro lado e ela tá bem no meio! Alguma coisa *colocou* a picape ali, colocou pra todo mundo ver e saber que *não foi* acidente...".

"Mas *por quê*?", questionou India.

Odessa deu de ombros e não quis dizer mais nada.

A curiosa descoberta proporcionou assunto para a conversa que durou a maior parte do jantar — bife à milanesa com um pouco de feijão branco e quiabo frito. Os favoritos de Dauphin, preparados em celebração ao seu aniversário. Foi apenas com a chegada da sobremesa, torta alemã com trinta velas que Odessa assara antes de deixarem Mobile, que retornaram ao tópico infinitamente interessante da dissolução do casamento de Lawton e Big Barbara McCray. Eram todos a favor, e até Odessa, quando trouxe uma bandeja com cinco xícaras de café, arriscou-se a demonstrar sua aprovação: "Dona Barbara, te falar, com certeza a gente vai ficar feliz com cê na Casa Grande. Era sempre feliz quando cê visitava a dona Marian lá...".

Luker e India beberam seus cafés puros; Big Barbara, Leigh e Dauphin acrescentaram açúcar e leite. Luker e India bebericaram os seus e repetiram a ladainha de gratidão da família: "Tava muito bom, Odessa".

Para a qual Odessa invariavelmente respondia: "Feliz que gostaram".

Leigh tomou um gole de café e de imediato o cuspiu em cima de sua fatia de bolo: "Deus do céu!", exclamou escancarando a boca e a esfregando vigorosamente com as costas da mão.

"Qual o problema?", gritou Dauphin.

"Leigh?", chamou Big Barbara.

"Não tomem o café!"

"Não tem nada de errado", disse India. "O meu tá bom."

"O meu também", concordou Luker.

"Tem *areia*", explicou Leigh. "Eu enchi a boca de areia! Tem areia nos dentes e nas gengivas e eu odeio isso!" Ela se levantou depressa e foi correndo até a cozinha. Pouco tempo depois, ouviram a água corrente na pia.

"Argh!", exclamou Dauphin, tomando o próprio café, "cheio de areia."

"Deve tá no açúcar", disse India, e todos olharam desconfiados para o açucareiro.

Luker esticou a mão e remexeu o açúcar com um dedo molhado; ele o levou à boca e experimentou: "Quase tudo areia", anunciou com careta e limpou a língua no guardanapo. A areia de Beldame era *tão* pura e branca que poderia ser facilmente confundida com açúcar. "Quem foi o engraçadinho?"

Se entreolharam em silêncio. Odessa estava sentada em uma cadeira encostada na parede na cozinha; em um instante Leigh reapareceu na soleira. Sem ninguém falando e todos imóveis pela primeira vez naquela noite, outro som se destacou.

"O que foi isso?", sussurrou Big Barbara.

"Shh!", exclamou Luker.

Eles ficaram em silêncio outra vez. Havia um sibilar, irregular e baixo, e parecia vir de todos os lugares ao redor.

Quando começaram a jantar ainda estava um pouco claro, mas agora o crepúsculo avançava, e o cômodo estava escuro e sombreado em volta deles. Ao pedido de Luker, Odessa acendeu a luz do teto.

De todos os cantos e sancas do cômodo caíam borrifos finos de areia branca. A areia se acumulara em uma linha branca ao redor dos rodapés. Da soleira, Leigh olhou para cima e grãos de areia caíram dolorosamente em seus olhos; areia escorria do teto para o cabelo de Odessa e ela a retirava com movimentos vigorosos. Quando correram na direção da mesa no centro do cômodo, os chinelos rasparam a camada de areia que encobria o chão.

ELEMENTAIS
MICHAEL MCDOWELL

29

A areia estava não apenas no açucareiro, mas em todos os armários da cozinha, e se espalhou quando Odessa abriu as portas. Havia areia nas latas fechadas de café e chá, e também no ralo entupido da pia. Ela se acumulava nas pontas das bancadas. O café e o bolo de Dauphin ficaram abandonados na mesa, e não parecia valer a pena tirar a louça dali.

Leigh e Dauphin foram ao andar de cima e descobriram que no quarto deles, onde as janelas foram abertas, a areia fora soprada através das telas e tudo estava arenoso e branco. Leigh ficou feliz por não ter desfeito as malas, pois todas as roupas nas gavetas da cômoda e no guarda-roupa estavam cobertas de areia. Nos outros quartos, a areia fora soprada contra as janelas, deixando-as opacas como se cobertas de geada. Eles não chegaram a subir ao terceiro andar, pois a areia caía com tanta intensidade, que se transformara na mais completa chuva em cascata escada abaixo. O som da areia caindo, sem diminuir conforme iam de cômodo em cômodo, era desanimador.

Luker andou pelo primeiro andar, fechou janelas e portas. Ele subiu em uma cadeira alta e examinou toda a extensão do teto, mas não conseguiu descobrir como a areia entrou. Ela escorria por toda parte e parecia aumentar de intensidade a cada minuto.

India e Big Barbara sentaram-se quietas no sofá de vime na sala de estar, afastado da parede, e olhavam aflitas em volta. Por fim, India se levantou, colocou um jornal na cabeça para proteger-se da areia pesada e branca que escorria da sanca e foi até a janela da varanda: "Tá aumentando rápido lá fora", disse em voz baixa para Big Barbara.

"Mas como *pode*?", indagou sua avó. "Como a casa resolve desabar *assim do nada*! E nem tá ventando lá fora."

"A casa não está desabando", explicou India. "Só tá enchendo de areia, que nem a terceira casa."

"Mas foi natural", argumentou Big Barbara. "Aconteceu por causa da natureza. A duna cresceu e tomou conta. Olha aí, India, a areia tá saindo de tudo que é lugar aqui dentro! Como tinha areia no açucareiro tampado? De onde tá vindo a areia?"

India deu de ombros: "Acha que tá rolando só aqui ou na outra casa também?".

"Senhor!", exclamou Big Barbara, considerando a possibilidade terrível pela primeira vez. "A gente precisa ir lá ver!" Ela ficou de pé, mas India segurou sua mão: "Não, não vai. Não sai até...".

"Até o quê?", questionou Big Barbara.

India hesitou: "...até a gente perguntar pra Odessa se tá tudo bem".

Big Barbara refletiu um instante e, para surpresa de India, concordou sem objeção ou discussão: "Odessa!", chamou e em um instante ela apareceu, vindo da cozinha.

"Odessa", repetiu Big Barbara, "uma coisa terrível tá acontecendo..." Como se fosse uma ênfase irônica, houve um crepitar elétrico alto na cozinha; quando Odessa abriu a porta, descobriram que a parte da fiação elétrica sofrera um curto-circuito.

"Luker! Dauphin!", chamou Big Barbara. "Leigh! Desçam pra cá! Não fiquem aí!" Big Barbara temia a eletricidade.

"Uma coisa terrível tá acontecendo", India repetiu as palavras da avó. Em alguns lugares, a areia tinha cinco centímetros de profundidade nos rodapés. Contudo, apesar de a areia estar caindo do teto em todos os lugares, não havia poeira: a areia era composta de grãos uniformemente pesados. "Tipo, era melhor a gente sair daqui, mas não sei se é uma boa. Odessa, é uma boa a gente sair?"

Luker e Dauphin ouviram a pergunta da escada. Leigh, que estava logo atrás deles, perguntou: "O que a India disse?". Mas para Leigh a pergunta não era necessária: ela trazia a mala na mão.

Odessa disse: "Não tem canto nenhum seguro esta noite".

As luzes no primeiro andar crepitaram e apagaram, e a única fonte luminosa vinha da lâmpada no patamar acima.

"Pessoal, vem", chamou Big Barbara e foi até a porta. Luker agarrou a mão de India e a puxou. Dauphin e Leigh desceram a escada cambaleantes e seguiram logo atrás, limpando a areia dos cabelos: "Odessa", gritou Leigh, quando ela pareceu hesitar, "a gente precisa de você, vem!".

Choveu areia do teto como água de tempestade, e eles mantiveram as mãos acima da cabeça quando pularam através dela. Os seis correram até o outro lado do quintal antes de se virarem para a casa que tinham acabado de abandonar.

A noite estava escura, a lua minguante escondida por uma nuvem. As ondas do golfo quebravam atrás deles, mas mais alto era o chiado da areia que caía diante deles. Uma única luz estava acesa no quarto de Leigh e Dauphin, trêmula e opaca atrás da cortina da chuva de areia. Logo, ela queimou e a casa chiava na penumbra.

"Não entendo o que tá acontecendo", disse Big Barbara. "De onde veio aquela areia toda? Não é vento nem nada assim. Ela tá caindo de todo canto, é como se tivesse vertendo do céu. Talvez, com mais luz a gente enxergasse alguma coisa. Se fosse de dia, a gente ia conseguir ver o que tá acontecendo. A nossa tá bem, será?" E se virou para a casa dos McCray.

"Sim", respondeu Luker, "não tô ouvindo nada, pelo menos. Toda a areia tá na casa dos Savage, graças a Deus."

"Mas por que isso aconteceu?", perguntou Leigh. "Quero dizer, é..." Ela deixou o restante no ar, consternada.

Dauphin correu até a casa dos McCray e pegou uma lanterna. Quando saiu, avançou pelo quintal e focou o feixe débil na varanda dos fundos e na soleira da porta da cozinha. A areia caía ainda com mais intensidade, mas visto que agora se acumulava nos próprios montes e montículos, em vez das superfícies de madeira desprotegidas, estava mais quieta do que antes.

"Pessoal, vou dar a volta até o outro lado pra ver..."

"Não!", gritou Leigh.

"Nem faz isso, seu Dauphin", aconselhou Odessa.

"Tá", disse e recuou. "Acho que a gente devia entrar."

"Acho que a gente devia meter o pé dessa porra", sugeriu Luker.

"A gente não pode, a maré tá subindo", comentou Dauphin. "A maré só vai abaixar quando tiver quase amanhecendo."

"*Aí* com certeza a gente vai", disse Leigh. "Não fico aqui esperando ser coberta de areia na cama, enterrada viva embaixo duma duna."

Houve unanimidade: partiriam ao amanhecer, quando o canal estivesse raso o suficiente para que os veículos atravessassem.

"Que ódio", resmungou Leigh enquanto todos se viravam para entrar na casa dos McCray. "Não entendo por que aconteceu tão do nada, a gente tava lá conversando em volta da mesa, na boa."

"Acho que é coisa do Lawton", espezinhou Luker. "É típico dele. Destruir as casas para *ter* que vender."

"Luker!", exclamou Big Barbara. "O que tá dizendo? Que seu pai tá sentado no telhado com um balde e uma pá, derramando areia em cima da gente? É isso?"

Luker fez que não com a cabeça: "Não, não... é só que *parece* com o que ele faria". Ele voltou a olhar com tristeza para a casa dos Savage da segurança da varanda dos McCray. "A areia levou vinte anos para dominar a terceira casa e aquela ali vai sumir em uma noite. Dauphin", chamou virando-se para o cunhado, "talvez..."

Dauphin balançou a cabeça: não havia dúvida de que a casa tinha sido usurpada para sempre, e que para aquela perda não havia conforto.

Luker foi o primeiro a entrar na casa dos McCray; de imediato, fechou as janelas da casa, e Dauphin o seguiu de cômodo em cômodo, procurando acúmulos de areia nos cantos e ao longo dos rodapés. Odessa foi a última; ela olhou uma vez mais para a casa dos Savage e assistiu a sua destruição. Depois de encarar a presença ameaçadora da terceira casa, uma fachada quadrada indistinguível de preto contra o céu preto, entrou e trancou a porta.

ELEMENTAIS
MICHAEL MCDOWELL

30

"Não vou nem dormir", anunciou Big Barbara. "Não tenho nem a intenção de ir pra cama. Vou ficar sentada bem aqui no sofá, esperar pelo sol e agradeço muito se um de vocês ficar junto comigo."

Todos iriam ficar, declararam. Ninguém conseguia se imaginar dormindo. Big Barbara, Luker e India tinham feito as malas, que foram levadas para baixo e acomodadas ao lado da porta da cozinha. Exceto pelo que havia na mala de Leigh, que ela salvara da casa dos Savage, todo o resto foi abandonado. Eles se sentaram no lado da sala de estar que dava para o golfo e fecharam as cortinas nas janelas que se abriam para a casa dos Savage, embora fosse impossível ver o que estava acontecendo lá na escuridão da noite.

Eles apenas esperaram, e quando conversavam não era sobre o divórcio de Big Barbara ou a gravidez de Leigh, mas somente sobre a areia. Durante os momentos de silêncio, eles prestavam atenção à suave queda sibilante, pois temiam que começasse ao redor deles ali. Odessa, depois de ter preparado diversas lamparinas a querosene, temendo a possibilidade de falta de energia, sentou-se um pouco afastada, com o queixo apoiado na mão em punho.

À meia-noite, Luker disse baixinho: "Todo mundo aqui viu o que rolou do outro lado do quintal e todo mundo sabe que aquilo não é natural, não dá pra explicar. Não foi vento porque não tinha vento. E não foi a areia que sempre ficou presa no madeiramento porque como que ela ia cair toda duma vez? E como entrou nas coisas fechadas? Odessa disse que tinha areia até nas caixas de comida que a gente trouxe de Mobile ontem".

"Onde você quer chegar?", perguntou Dauphin.

"Tô só dizendo que o que aconteceu não foi natural."

"Deus do céu, Luker!", exclamou Leigh. "Você acha que a gente não sabe? Desde quando que areia cai do teto?"

"Mas mesmo que não seja natural", continuou Luker, "acho que alguma coisa causou aquilo, né, Odessa?"

Odessa ergueu o punho e o movimento a fez menear a cabeça.

"Agora, pessoal", disse Luker, revertendo a um sotaque sulista em um grau que India nunca ouvira antes, "na noite antes da gente voltar pra Mobile, India e Odessa entraram na terceira casa..."

Aqui houve exclamações de surpresa e espanto de Big Barbara, Dauphin e Leigh.

"...e foram bem besta nisso!", julgou Luker.

"Perderam o juízo!", exclamou Big Barbara.

"Loucas!", disse Leigh.

"...mas entraram", disse Luker. "E tinha coisa lá. Tinha coisa no andar de cima e tinha coisa no andar de baixo e uma coisa garrou na perna da India. Mostra a perna aí, India."

India levantou a barra das calças e exibiu o tornozelo, ainda não de todo curado.

"O que foi isso?", questionou Dauphin. "Talvez um animal da areia. Talvez uma toupeira ou um guaxinim ou coisa do tipo. Talvez um caranguejo grande..."

"A coisa derrubou uma mesa", falou India com calma, "e, tipo, esticou o braço e apertou os dedos em volta da minha perna, e se Odessa não tivesse lá, a coisa ia me puxar pra baixo."

"Odessa, é isso mesmo?", perguntou Big Barbara, apesar de não ter duvidado nem por um segundo das palavras da neta.

"Sim, senhora", respondeu Odessa.

"Pois. O que que eu acho", opinou Luker depois de um instante, "seja lá o quê que tava na terceira casa e tentou pegar a India é o que fez cair areia na casa dos Savage. É o que eu acho."

"Seja o quê que tava na terceira casa agora entrou na minha casa", disse Dauphin. "É o que você acha?"

Luker concordou, assim como Odessa.

"Sim", concordou Leigh, "também acho. Não falei nada, mas um dia desses eu tava deitada na rede e ouvi esses passos no andar de cima e pensei que era Odessa arrumando as camas. Fui lá ver e não era Odessa e não era nem o nosso quarto, os passos tavam naquele quarto que ninguém entra, e o chão tava coberto de areia e ninguém entra lá faz cinco anos. Acho que foi quando eles entraram. É por isso que não quis dormir mais lá. Não sei *por que* a gente voltou. A gente devia ter mais bom senso..."

"É, devia ter...", concordou Dauphin com um aceno de cabeça confuso.

"E aí, o que a gente faz agora?", perguntou Big Barbara.

"O que a gente planejou", respondeu Luker. "Dar no pé assim que a maré baixar. Dar o fora daqui e nem voltar mais. Odessa, cê acha que um dia Beldame vai ser seguro de novo?"

"Não sei", respondeu. Sua boca estava firme e as mãos gesticulavam desamparadas. Então, falou em um fluxo ininterrupto surpreendente: "Nem sei por que cês vêm atrás de mim com essas perguntas quando nem sei muito mais que cês. Quando soube que ia dar revertério, fiz o que deu pra proteger a gente. Dei coisa pra comer... India até ajudou. Aquele pãozinho do outro dia devia proteger a gente, mas nem adiantou nada. Aí fui trancar porta e fiquei acordada metade da noite olhando na janela e vendo se alguma coisa ia acontecer e nem adiantou nada. Fiquei matutando, 'Eles tão na terceira casa, nem vão incomodar a gente se a gente ficar longe', mas nem é assim que eles pensam. Uh-hum. Eles fazem o que querem. Tão enchendo a casa dos Savage de areia, talvez queiram morar lá. Talvez tenha mais e precisam espaço, talvez seja só um e talvez sempre foi só um, e ele se encheu da terceira casa e quer mudar. Talvez tenha três e talvez tenha sete e talvez tejam no andar de cima *desta* casa agora. Tô cansada de tentar entender o que eles pensam e nem sou boa nisso mesmo. Talvez queiram vingança, só que ninguém fez nada pra eles. Aposto que só são ruins. Aposto que é isso, eles só são só ruins e querem causar tristeza".

"Eles vão deixar a gente sair?", perguntou Big Barbara em voz baixa.

"Dona Barbara, acabei de falar que não sei de nada! Se soubesse uma coisa pra deixar a gente seguro, você não acha que eu já tava fazendo? Eu sempre achei que sabia o que ia deixar a gente a salvo, mas não sei mais. Uma vez, veem cruz e recuam, e na outra vez eles riem e fazem a gente igual um idiota. É maldade *verdadeira* num espírito. E vou dizer procês: eles tão rindo agora, tão rindo à beça."

Apesar da concordância geral de que a maré estava alta, Luker tentou convencer Dauphin a andarem até o canal — talvez descobrissem que ainda estava raso o bastante para atravessarem. Mas Leigh não queria que Dauphin a deixasse sozinha, e ele sentiu tanto orgulho por ser requisitado pela esposa que não pôde ser persuadido. India não queria se afastar de Odessa, e no fim das contas foi Big Barbara quem acompanhou Luker.

Eles saíram pela frente da casa e caminharam ao longo do golfo; não conseguiam ver a casa dos Savage, a não ser como um pedaço de escuridão que bloqueava a fosforescência da laguna de St. Elmo, e o som da rebentação abafava o ruído da areia que caía. Em menos de dez minutos, tinham alcançado o canal e descoberto que ele fluía fundo e ligeiro do golfo para dentro da laguna. Com a lua ainda encoberta pelas nuvens, a noite estava profundamente escura e nem mesmo a espuma branca do golfo era visível. Havia apenas a reluzente superfície esverdeada da laguna.

"Talvez a gente pudesse vadear", sugeriu Luker.

"Não!", exclamou Big Barbara e puxou a mão do filho. "Luker, você sabe como esse canal é. Vai puxar pra baixo, vai arrastar pra longe! Lembra do que aconteceu com a coitadinha da Martha-Ann!"

"Martha-Ann não morreu no canal."

"Luker, você vem pra Beldame há trinta anos e já deve saber muito bem que não pode atravessar o canal a não ser quando a maré estiver baixa."

"Não, não sei de nada, só sei é que todo mundo *diz* que a gente não pode."

"Tem motivo."

"Qual?"

"Não sei, mas Luker, as coisas tão dando errado a torto e a direito, e não é hora de inventar moda."

Luker puxou a mãe para mais perto do canal: "Me deixa só enfiar o pé, ver a força da água fluindo...". Ele mergulhou o pé na água, gritou e caiu de costas no chão. Enfiou o pé sob a areia.

"Luker, o que foi?"

"Tá quente! Tá quente pra caralho! Isso que foi: queimei os dedos, porra. Caralho..."

Big Barbara se ajoelhou na margem do canal; estava tão escuro que ela mal conseguia ver a superfície da água e mergulhou um único dedo devagar. A ponta tocou a água escaldante e ela o retirou depressa: "Ora, nunca vi disso!", exclamou. "A água do golfo nunca fica assim, Luker!"

"Claro que não!"

Eles ficaram em silêncio por alguns instantes.

"Vamos experimentar o golfo", sugeriu Big Barbara. Luker mancava com o pé escaldado e Big Barbara o apoiava. Eles pararam na praia e as ondas quebravam frias contra as pernas. "Bom, tudo normal aqui", disse. "Não consigo ver, mas acho que o canal começa a uns vinte metros pra lá. Por que a gente não vai ver onde a água quente começa, talvez a gente consiga atravessar por lá..."

Luker concordou e caminharam por quinze centímetros de água. Conforme avançavam, o golfo ia ficando agradavelmente mais quente e quando estavam a talvez cinco metros do lugar onde o golfo atravessava Beldame até a laguna de St. Elmo, as pernas começaram a queimar. Uma onda quebrou contra eles e a água estava tão quente quanto aquela que Odessa usava para lavar a louça. Eles correram frenéticos até a praia.

Assim que se recuperaram um pouco, Big Barbara disse: "Adianta ir até a laguna?".

"Não", respondeu Luker, "até eu sei que a gente não deve ir na laguna. À noite? E aquela picape..."

"Esqueci da picape", suspirou Big Barbara. "Vamos ficar a noite toda, parece."

"Parece que sim."

Quando voltaram à casa dos McCray, inventaram uma desculpa que ninguém acreditou para explicar por que as roupas estavam molhadas. Pareceu a eles que não fazia sentido contar da água quente sobrenatural. O mero fato de o canal estar alto demais para atravessar, informação nada inesperada, acabou com o ânimo de todos, e eles ficaram sentados quietos sem dizer nada.

As horas seriam longas até o amanhecer. India adormeceu com a cabeça no colo de Luker, e ele dormiu com a cabeça inclinada para trás no sofá. Leigh e Big Barbara deitaram-se nas redes penduradas na sala de estar. Um indicativo da gravidade da noite foi o fato de Odessa ter se aventurado a arrastar a cadeira de balanço sobre o tapete entrelaçado até o lado da de Dauphin, e então os dois se balançaram juntos, no mesmo ritmo e em silêncio.

ELEMENTAIS
MICHAEL MCDOWELL

31

Eles tinham aguardado na penumbra. Ouviram na penumbra, com atenção, o som de areia caindo dentro da casa até que, por fim, o sono os dominou. Quando India acordou, foi para encontrar o cômodo ainda escuro, cega pela escuridão. Sua cabeça ainda repousava no colo de Luker, e ela sentia, mais do que ouvia, a respiração dele. Atrás do sofá, ouviu Big Barbara resmungando na rede: ela sonhava, e não era um sonho agradável. A respiração de Leigh também estava irregular.

Quando seus olhos tinham se acostumado com a falta de luz, India viu que Dauphin ainda dormia imóvel na cadeira de balanço. A mão dele, que segurara a de Odessa, pendia do lado; ela não estava mais ali. India se levantou sem acordar o pai e cruzou a sala de jantar até a cozinha. Na mesa da cozinha havia duas das lamparinas a querosene que Odessa tinha preparado, reguladas para emitirem uma iluminação fraca. Através das vidraças da porta dos fundos India olhou para a casa dos Savage.

A luz pálida da lua minguante lhe permitia divisar o perfeito cone de areia que a encobrira, como se a casa fosse um modelo minúsculo no fundo de uma ampulheta. India vira uma figura assim em um museu de curiosidades em Catskills. As torres acima da varanda despontavam do outro lado, os topos das empenas do segundo andar estavam visíveis, e o terceiro andar com a janela do quarto de Odessa ainda estava descoberto. Mas todo o restante, incluindo as portas e as janelas do primeiro andar, tinha sido inundado por completo, de um modo malévolo e eficiente.

Não foi duna alguma o que envolvera a casa dos Savage, pois dunas são irregulares e modeladas pelo vento e pela maré; e aquela era uma fria figura geométrica que optara por se manifestar no mesmo espaço ocupado pela casa dos Savage. A circunferência cruzava de modo preciso os quatro cantos da construção. O cume do cone estava visível, mas era óbvio que estava fixo em algum ponto do terceiro andar: como se todas aquelas toneladas de areia tivessem escorrido de outra dimensão do espaço e atravessado um único ponto no céu acima da cama de Odessa.

"Então, era isso que queriam", disse India em um sussurro, "o tempo todo, só queriam a casa do Dauphin. Tá, agora têm! Só queria estar com minha câmera..."

India abriu a porta dos fundos com cuidado, empurrou a tela e parou nos degraus no fundo da casa. Ela espiou na escuridão, esperando encontrar Odessa. Ao não ver qualquer pessoa, ao não ouvir coisa alguma, saiu para o quintal, indo mais perto da casa dos Savage. Agora, podia ver o cone de areia crescendo, com mais rapidez onde a areia se derramava através das janelas abertas da casa. Grãos soltos, milhões deles, rolavam em silêncio do topo para a base.

India pensou de repente que Odessa poderia ter apenas subido ao primeiro andar e que sua aventura lá fora era, portanto, uma estupidez completa. Ela se virou para correr de volta à segurança da casa dos McCray quando seus olhos esquadrinharam a fachada da terceira casa, em comparação com a súbita destruição tumultuosa da casa dos Savage, sua presença familiar ameaçadora parecera quase inócua.

Um brilho débil de luz âmbar era visível na janela da sala de estar. O brilho esmaeceu, e então desapareceu. Um instante depois ressurgiu mais fraco em ambas as janelas do segundo andar.

Com a lamparina a querosene, Odessa entrara na terceira casa e subira.

India não se permitiu tempo para pensar: correu para a casa dos McCray e em silêncio voltou a entrar na cozinha. Da gaveta ao lado da pia pegou uma faca de carne afiada e um cutelo — ela descobriu que apenas aquelas duas armas podiam ser carregadas só com uma mão. De cima da mesa, pegou uma das lamparinas a querosene e aumentou a iluminação até estar com a intensidade exata que, imaginou, Odessa usava. Esgueirou-se até o quintal e, sem hesitar, correu até a porta dos fundos da terceira casa.

No interior da casa, usou a lamparina para iluminar a lata pintada de vermelho na mesa da cozinha. Não estava ali na semana anterior e India também estava certa de que não estava entre os itens trazidos de Mobile a Beldame. Ela cheirou-a e julgou ter gasolina dentro. Ela a empurrou quatro ou cinco centímetros na mesa coberta de areia e descobriu que estava cheia.

India olhou ao redor, com menos medo do que da vez anterior. Afinal de contas, ela *sabia* que havia algo inumano na terceira casa e não temia *aquela* descoberta.

A garota andou até a sala de jantar, a faca e o cutelo erguidos, mas sem tensão aparente na postura. Fez uma pausa e, com curiosidade, olhou em volta para divisar, pela luz intensa da lamparina, aqueles objetos e formas que a tinham confundido antes. A peça volumosa era evidentemente um enorme aparador: um canto alto entalhado permanecia descoberto e uma prateleira pequena comportava um vasinho de prata, manchado de preto. Os quadros nas paredes estavam escuros pela podridão por trás dos vidros, mas ao olhar mais de perto um deles na parede mais próxima, verificou que formavam um conjunto que retrava as importantes estruturas municipais de Mobile. Um prato de jantar de porcelana de cinzas de ossos branca com bordas douradas tinha sido derrubado da mesa e estava apenas meio enterrado na areia. India abaixou e o pegou. No centro, estava pintada a inicial *S*. A duna entrara ainda mais, India concluiu, pois a areia derramada apagara as pegadas que Odessa e ela deixaram na noite da quinta-feira anterior. Ao se lembrar, de repente, do jantar alucinatório que seu pai certa vez testemunhara naquele cômodo, India deixou o prato cair na areia.

Ela pulou através do espaço estreito para dentro da sala de estar. Olhou em volta, catalogando a mobília de modo automático, lamentando pelo abajur quebrado e se afastando com cautela da duna que avançava em sua direção a partir do outro lado do cômodo. Examinou a base à procura de movimento e estava preparada para decepar a mão de qualquer braço que se esticasse na direção do seu tornozelo.

De súbito, India foi tomada pela insanidade de ter encarado aquele lugar como se fosse apenas o lar de um dos novos amigos de Luker, que visitava pela primeira vez. Alguma coisa embrenhou-se sob a duna em sua direção, movendo-se devagar para não perturbar a areia e revelar sua posição. Outra coisa esperava por ela em um dos quartos no andar de cima e essa coisa não estaria no quarto que ela imaginava. E se ficasse na escada que levava ao terceiro andar, alguma coisa iria se inclinar pela beirada e olharia para ela. E onde estava Odessa?

India subiu correndo a escada até o patamar do segundo andar e a areia branca voou de baixo de seus pés descalços. Qualquer coisa ali deveria estar no quarto em que a areia conseguira penetrar em maior quantidade; alguma outra coisa estivera no quarto que ficava diagonalmente àquele. Era provável que os outros dois quartos não lhe fizessem mal; India experimentou essas portas primeiro e as encontrou trancadas: "Claro", disse em voz alta, "Odessa trancou elas". E então, com esse discurso, veio o mesmo pensamento outra vez: *Onde está Odessa?*

"Odessa!", chamou. Então, com mais coragem e volume: "Odessa! Cadê você?".

Aumentando a intensidade da lamparina e pousando-a bem no centro do patamar, experimentou a porta do quarto onde ela e Odessa tinham ouvido algum móvel pesado ser empurrado contra a porta.

A porta abriu. O móvel era uma pequena penteadeira com espelho de três faces e estava fora do caminho outra vez. India podia ver as marcas que deixara ao ser empurrado no chão arenoso. Não havia pegadas, contudo, para saber a natureza da criatura que a empurrara.

O quarto era mobiliado em estilo rudimentar; a única coisa que se destacava à mente obscurecida de India era um grande vaso vermelho, que parecia reluzente, limpo e até novo, colocado ao pé da cama. Estava em uma parte desprotegida do chão: a areia embaixo tinha sido varrida para longe.

India manteve a mão na maçaneta, mas se virou de volta para o patamar: "Odessa!", gritou de novo, dessa vez com raiva.

Não houve resposta.

Frustrada, India girou nos calcanhares, levantou a penteadeira por baixo das gavetas do lado esquerdo e a derrubou. Os espelhos quebraram. Rosnando, empurrou a cômoda pelo chão arenoso na direção do vaso vermelho, mas o puxador de uma gaveta prendeu em uma tábua, e sobre esse eixo, a cômoda apenas girou em círculo. Um instante depois, India fitava o patamar. A porta do quarto do outro lado, o único quarto que não experimentara, estava entreaberta, apesar de estar fechada antes.

India passou por cima da penteadeira tombada e atravessou o patamar correndo; chutou a porta para abri-la por completo.

Aquele quarto dava para o oeste. A lamparina de Odessa, débil e vacilante, repousava na cômoda e proporcionava nada além de a tênue iluminação para o quarto. A mulher estava deitada no chão, de costas, com a cabeça virada na direção da janela. Quando India avançou, pôde ver que os pés de Odessa estavam enterrados na duna de areia sob a janela. Aos poucos, Odessa estava sendo puxada para dentro. Seu vestido estampado se prendia em um prego; suas costas se arquearam um pouco e então India ouviu o vestido rasgar. O corpo de Odessa caiu no chão e continuou a afundar na areia.

Ajoelhando-se atrás dela e a segurando por baixo dos braços, India pôde sentir com que força surpreendente Odessa estava sendo puxada para a duna: "Odessa, Odessa", sussurrou, "me deixa...".

Estava morta. India soube pelo peso inerte do corpo, mas a intuição virou certeza quando o rosto dela pendeu para a luz âmbar da lamparina de India. A face de Odessa brilhava com o sangue que vertia, não mais fluido, mas expelido pelo manuseio brusco de India. O sangue que coagulava acumulado nas órbitas vazias de Odessa escorreu por cima dos jeans de India quando ela, de repente, soltou a cabeça da mulher.

Três braços finos, lisos, cinzentos e um tanto brilhantes na luz âmbar, despontaram da duna. As panturrilhas da morta foram agarradas por muitos dedos grossos e sem unhas. Ela foi puxada para baixo da areia com mais rapidez do que antes.

Chocada, India soltou Odessa e se afastou depressa na direção da cama.

As mãos logo desapareceram embaixo da areia e Odessa foi coberta até a cintura; houve um pouco de esforço para puxá--la para baixo por completo, mas falhou. Ela ficou imóvel por um momento, então foi empurrada para trás, evidentemente por uma das mãos que despontava da areia e segurava a gola do vestido estampado. Agora, Odessa estava deitada paralela à parede, aconchegada junto à duna. A areia começou a cair sobre ela. Enquanto India observava, a areia escorreu por cima do rosto da mulher e absorveu o sangue. Ela se derramou para dentro das órbitas vazias, escureceu por apenas um instante, e então foi coberta por mais areia branca e pura.

India se lembrou da injunção reiterada de Odessa: *"Come meus dois olhos...".*

Apenas um braço permanecia completamente descoberto e foi empurrado para longe do cadáver da mulher, repousando em uma porção desprotegida do tapete de junco, e formou um punho com movimentos convulsivos.

Ajoelhada e inclinada mais para frente, India forçou os dedos da mulher morta até se separarem. Seus globos oculares, um esmagado e ensanguentado, e o outro intacto e ainda ligado ao nervo óptico, repousavam na palma ensanguentada.

India os pegou.

O cadáver de Odessa foi engolido como um besouro para dentro de um formigueiro.

ELEMENTAIS
MICHAEL MCDOWELL

32

Luker foi despertado aos poucos pela crescente consciência da ausência da filha, já que a cabeça dela não pesava em seu colo. Ele abriu os olhos e observou em volta devagar. Ao ver que Odessa também sumira, Luker adivinhou o que deveria ter acontecido com as duas.

Levantou-se sem fazer barulho, foi até Dauphin e, colocando a mão na boca do cunhado, o sacudiu com delicadeza. Dauphin despertou de repente, agitado, na esteira de um pesadelo. Luker apontou para Big Barbara e Leigh adormecidas nas redes. Dauphin compreendeu a necessidade de serem silenciosos e seguiu Luker até a cozinha: "Sei que elas foram na terceira casa", balançando a cabeça, disse a Dauphin com voz baixa: "Que inferno aquelas duas, só não sei se foi Odessa que levou India ou se India que levou Odessa. As duas têm cogumelo picado no lugar do cérebro".

Dauphin ficou pesaroso: "Por que diabos elas foram lá?".

"Porque acharam necessário, porque acharam que precisavam ir."

"Péra...", sussurrou Dauphin, que de repente se lembrou por que todos tinham ficado juntos na sala de estar dos McCray. Ele foi até a janela da cozinha e olhou para a própria casa do outro lado do quintal. "Deus do céu!", exclamou alto demais, quando viu que ela fora quase completamente engolida por um cone de areia perfeito, branco-amarelado cintilante sob os raios vívidos da lua poente e pelos primeiros raios cinza-arroxeados do dia que nascia. O cone, embora ainda não dominasse a casa, estava mais alto do que qualquer duna que Dauphin já vira ao longo da costa do golfo; e a perfeita e resoluta simetria de formas era perturbadora, até mesmo zombeteira, como se todos fossem desafiados a pensar que aquilo era um fenômeno natural.

Aquilo decididamente era *anti*natural.

"Ah, que merda", sussurrou Luker quando se aproximou da janela. "Que merda!"

"Você não acha que elas tão *lá*, né?", perguntou Dauphin, e Luker fez que não com a cabeça.

"Elas tão na terceira casa. India é uma imbecil. Semana passada, ela tava se cagando de medo da casa, duma coisa que tava lá dentro. Ela não vai deixar uma coisa fazer ela se cagar de medo sem espernear. É burra demais pra fazer a coisa certa: sair correndo. Ela não acredita em nada disso, não acredita que tá acontecendo mesmo. Ela acha que tá num sonho, porra, na porra do filme *India na Boca do Inferno*, ela vai pular direto pra dentro do espelho porque tá convencida que nada dessa porra é real!"

"Mas Odessa tá junto", disse Dauphin.

"Odessa é igual. Odessa acha que vai proteger a gente. Se você ficar sem água quente, Dauphin, a Odessa corta o pulso e deixa você tomar banho no sangue dela, você sabe que sim! Não importa o que ela acha que tem naquela casa, ela ia entrar e se engalfinhar com a coisa pra te dar tempo de fugir. A gente tem que ir atrás delas."

"Ah, Deus, Luker, eu *nunca* entrei na terceira casa!"

"Eu *tenho* que ir atrás da India... aquela imbecil, devia dar uma surra nela por aprontar uma dessas. Ouça, Dauphin, vou lá sozinho, vou..."

"Não! Eu vou junto, eu..."

"Acorda Barbara e Leigh. Aí, leva as malas pro jipe e fiquem prontos pra cair fora. Vou buscar aquelas duas e arrastar elas pra fora e daí a gente vai embora sem nem esperar o café."

Pegando a terceira lamparina a querosene, Luker saiu depressa pela porta e não se virou para olhar para Dauphin. Também não olhou para o enorme cone de areia que tinha eclipsado a casa dos Savage. Ele avançou devagar pelo quintal, a despeito da sensação de necessidade de rapidez. Alguma coisa estava diferente na atmosfera de Beldame, alguma coisa no ar que ele nunca sentira antes: uma quietude e um peso que não tinham nada a ver com a temperatura ou a umidade. Astrônomos de antigamente pensavam que o espaço era repleto de um éter luminoso através do qual as estrelas e planetas nadavam; e Luker pensava agora que estava atravessando tal éter. Não tinha peso nem calor, era mais como uma densidade carregada que dificultava até mesmo a inspiração do ar. Segurando a lamparina no alto, se deu conta de que não havia poeira no ar, nenhuma partícula dançante. Não havia poeira em Beldame, apenas areia, que era tão pesada que afundava na terra, ou se empilhava zombeteira em perfeitas formas geométricas anormais.

O éter não oferecia resistência real ao movimento, não como o vento faria, ou a água, mas ainda assim, enquanto galgava os degraus dos fundos da terceira casa e esticava a mão para a maçaneta da porta da cozinha, teve a sensação distinta de romper um líquido com a mão estendida. A porta estava destrancada e ele entrou na cozinha.

Fitou a lata de gasolina na mesa e chamou India. Não obteve resposta, então chamou Odessa. Sua voz chacoalhou as vidraças das janelas. Na cozinha, a atmosfera parecia ter maior densidade do que no lado de fora.

Entrou na sala de jantar e ficou surpreso pela amplitude com a qual o cômodo tinha sido dominado pela areia; mal parecia haver espaço para respirar. Correu até a sala de estar e novamente chamou por India e Odessa.

Com lentidão, subiu a escada e parou no patamar superior. A porta de um quarto estava aberta. Ele manteve a lamparina no alto diante de si e chamou a filha.

O quarto estava vazio.

Seu chamado ecoou no andar de baixo: "India! Odessa!", na voz de Dauphin.

"Aqui em cima!", gritou Luker e experimentou a porta do quarto ao lado. Estava destrancada e Luker a abriu.

Dentro do quarto que ele vira nas fotografias da filha, estava India, com a mão na coluna da cama. Atrás dela, a pequena duna que atravessara a janela; e do lado de fora da janela, por cima da duna, pendia a lua empalidecida e inchada.

"Deus!", gritou Luker, "graças a Deus! India, cadê Odessa?"

India lançou um olhar vago ao redor do cômodo e ainda não tinha respondido quando Dauphin apareceu ofegante na soleira. Ele não estava acostumado a subir escadas correndo. Pousou as mãos nos dois lados do batente e se inclinou para o interior como se estivesse com medo de dar um passo para dentro.

"India!", repetiu Luker. "Cadê Odessa?"

India virou a cabeça devagar na direção da duna e da janela. Quando voltou a olhar para o pai e para o tio, disse devagar: "Agora, eu vejo o que ela via".

"Dauphin", disse Luker, "eu vou olhar os outros dois quartos do andar. Você vai pra cima, pra ver se Odessa tá lá." Ele estendeu a mão, segurou o braço de India e a puxou para si, esperando que esse pequeno uso de força a arrancasse do estupor: "Eu vejo...", começou ela.

"Não fique pensando no que viu", ordenou Luker, puxando-a na direção da porta. "Não foi real. Nada aqui é real. Você sabe, é tudo ilusão. Nada é o que parece..."

Ele experimentou as portas dos outros quartos naquele patamar; ambas trancadas. Ouviu os passos de Dauphin no andar acima, que estava evidentemente empurrando as camas para os lados, para verificar embaixo delas.

"India", disse Luker, abraçando-a, "você tem que me contar onde a Odessa tá! Você não veio aqui sozinha, né?"

Ela balançou a cabeça devagar, se soltou do abraço do pai e foi até a porta trancada do quarto no canto sudeste da casa. Luker a seguiu. India girou a maçaneta e a porta abriu. No interior, no chão arenoso e atrás da penteadeira tombada, havia um grande vaso vermelho.

India inalou o ar com força; correu para dentro, abaixou-se e pegou o vaso e então o estraçalhou contra a cabeceira da cama de ferro. Areia verteu, e misturados à areia havia ossos cinzentos desarticulados e farrapos de tecido. India pegou o que parecia ser um fêmur e o jogou contra a parede, gritando: "Ah, merda! Ah, merda!".

"India!", berrou Luker, chocado.

Ela se virou chorando para o pai: "Luker! Você não sabe o que tem aqui! Você não sabe! Odessa sabia! E agora eu sei também, eu...".

Do andar de cima veio o terrível barulho de batida de asas contra as paredes. Eles ouviram Dauphin gritar algo ininteligível. Então, de uma voz que imitava a de Luker veio o pronunciamento: *As mães Savage devoram os filhos!*".

Algo foi jogado pela janela, estilhaçando muito vidro. Dauphin voltou a gritar e algo caiu estrondosamente no chão.

"Dauphin!", chamou Luker, correndo para fora do quarto.

"Péra!", gritou India. "Péra!"

Luker hesitou ao pé da escada; India correu para o quarto onde ele a encontrara, e de cima da cama pegou a faca e o cutelo. Entregou a faca ao pai: "Eu tenho que ir na frente", sibilou. "Me deixa subir na frente."

"India", murmurou Luker, "você sabe que merda tem lá em cima?"

"Sei", respondeu sombria, "sei, sim. Eu te disse, agora sei o que tem nesta casa."

"Só chama ele aqui pra baixo, chama o Dauphin pra cá. Dauphin!", gritou Luker. "Você tá bem aí? Desce aqui!"

Enquanto aguardavam a resposta que não vinha, perceberam um raspar seco e furtivo.

"O que é?"

"Luker, fica aqui", pediu India e começou a galgar os degraus. Quando voltou a olhar para trás e descobriu que ele a seguia, não tentou desencorajá-lo ainda mais. Ela subiu até o topo da escada e entrou no quarto antes de olhar em volta.

Todas as seis camas tinham sido viradas; a janela na extremidade norte estava quebrada, alguma coisa fora jogada através do vidro. O raspar, não mais furtivo, vinha de trás da sexta cama naquela extremidade do quarto.

"Dauphin!", gritou Luker enquanto subia ao quarto. "India, o que é esse barulho?"

Com o cutelo erguido, India avançou cheia de coragem para a janela quebrada. Com a mão livre puxou para trás a última cama em um arco amplo.

Luker estivera bem atrás dela com a lamparina, mas parara horrorizado diante do que se revelou ali.

Dauphin estava deitado no chão arenoso, a garganta cortada por um caco de vidro triangular ainda incrustado sob a orelha. O sangue fora absorvido pela areia e formava uma grande coroa vermelha em volta da cabeça. E ajoelhada, lambendo a areia ensanguentada na circunferência daquele halo anormal, estava Marian Savage. Ela levantou a cabeça e sorriu. Seus olhos eram pretos com pupilas brancas. Areia ensanguentada escorreu de sua boca.

India ergueu o cutelo com rapidez e o abaixou de um só golpe entre o pescoço e o ombro de Marian Savage. Nenhum sangue, mas apenas mais areia, pura e muito branca, foi expelida. Marian Savage estremeceu e tombou para trás. India arrancou o cutelo e o enfiou fundo na barriga da mulher, atravessando o vestido azul, que parecia feito do mesmo material das colchas. Um gêiser de areia jorrou do coração da falecida, areia molhada e fétida.

"India! Não!" Luker experimentava um sentimento que era um misto de nojo e terror. Ele sabia que Marian Savage tinha morrido, sabia que a falecida Marian Savage tinha assassinado Dauphin, mas ainda assim não conseguia fazer nada a não ser tentar impedir que India destruísse a mulher. Sua filha parecia uma maníaca com aspecto sombrio.

India passou por cima do corpo de Dauphin com calma e montou em cima de Marian Savage. A mulher enfiou as mãos magras nos tornozelos de India e Luker viu o sangue da filha brotar por baixo das unhas da mulher morta. India tinha recuperado o cutelo e, dessa vez, o enterrou fundo na cabeça da mulher; o rosto de Marian Savage foi partido ao meio, e India mexeu o cutelo de um lado a outro, até as partes caírem no chão. A areia na cabeça de Marian Savage não era mais pura e branca, mas cinzenta, úmida e encaroçada. As mãos apertavam os tornozelos de India, mas sem força, e India as soltou com cuidado e, num reflexo, as decepou dos pulsos com dois golpes vigorosos que prenderam o cutelo no chão.

India pegou a faca do pai e, com movimentos metódicos, retalhou todo o restante do corpo trêmulo. Quando se afastou do que não podia mais ser reconhecido como a falecida Marian Savage, restaram pedaços de pele seca e fiapos de tecido, mas a maior parte repousava oculta sob a areia que se espalhou pelo ambiente. Apenas os pés descalços e as mãos decepadas permaneceram inteiros e, de algum modo, não pareciam reais. Todavia, o pobre Dauphin parecia real o bastante, e India olhou para ele com pena. Ela se agachou e com cuidado retirou o vidro do pescoço dele: "Tem que levantar ele com cuidado", disse, impassível, para o pai horrorizado, "porque o corte quase atravessou o pescoço. Olha quanto sangue! E eu pisei em tudo! Olha", disse, apoiando-se apenas em um pé descalço e exibindo a sola do outro para Luker, "olha como a areia gruda!".

Luker estava certo de que India tinha enlouquecido. Ela vira algo no andar de baixo que a deixara perturbada... qual seria outra explicação para sua coragem ao destruir a coisa que assumiu a forma de Marian Savage? E agora ali estava *ele*, no terceiro andar de uma casa cheia de maldade e perigo, com a obrigação de carregar o cadáver do melhor amigo e proteger a filha ferida. Ele afastou o cadáver de Dauphin do círculo de areia encharcada de sangue, espalhando os restos do que o tinha assassinado.

"Luker! India!", chamou Big Barbara de fora da casa. Luker não respondeu de imediato, pois temia que a mãe descobrisse o que tinha acontecido.

India, no entanto, se aproximou de pronto da janela, e evitando com cuidado o vidro quebrado, afinal, foi assim que Dauphin morrera, esticou o pescoço para fora e gritou: "Aqui em cima! Dauphin e Odessa morreram!".

"India, não!", exclamou Luker. "Não deixa elas entrarem na casa! Sai daí!"

India manteve a posição e gritou acima dos berros das duas: "Fica aí! Não sobe!".

"Por que você fez isso?", queixou-se Luker quando India se afastou da janela. O cadáver de Dauphin repousava no chão entre eles. India se agachou e fechou os olhos do falecido com dois dedos: "Você vai fingir que ele não morreu? Luker, presta atenção e faz o que eu mando. Odessa tá morta, Dauphin tá morto e eu vi o que matou eles".

"Aquela *coisa* no canto. Ela parecia a Marian Savage..."

"Não", disse India com um sorriso. "Lembra do que me disse, não tem nem cinco minutos, 'Nada aqui é real'. É bem isso. Aquela não era Marian Savage, também não era um dos Elementais. Era só, tipo, um espantalho, era areia e pele e tecido. É por isso que eu consegui matar, por isso que eu consegui picar. Foi isso que fotografei. Mas tem coisa nesta casa que eu *não* posso matar com um cutelo, saca?"

"Não", respondeu Luker, "não tô sacando. Como você sabe disso?"

"Odessa sabia, mas Odessa morreu e agora eu sei. Agora, se liga, Luker, me dá a faca e ajuda a colocar o Dauphin nesta cama aqui."

"A gente tem que tirar ele daqui!", discordou Luker.

"Mas a gente não vai", retrucou sua filha. "Vamos deixar aqui."

"A gente não pode fazer isso!"

"Tem que fazer", explicou India. "Não dá pra levar ele de volta pra cidade desse jeito, com a garganta cortada. Não parece morte natural. E Odessa tá lá embaixo, enterrada numa tonelada de areia, e ela não tem..." India parou. Concluiu: "Também ia ser difícil explicar o que aconteceu com ela".

"Mas a gente vai chamar a polícia?", perguntou o pai, sem nem mesmo questionar por que pedia conselhos à filha.

"Não", respondeu India.

"O que a gente diz? Que Dauphin e Odessa fugiram da cidade? Contamos pras pessoas que tão em viagem e vamos esperar sete anos e torcer pra todo mundo esquecer que eles existiram? India, você só tem 13 anos, acha que é esperta o bastante pra decidir isso?"

"Luker, escuta, não é seguro ficar aqui. Mas tem uma coisa que a gente precisa fazer antes de sair."

"O quê?"

India entregou a faca para o pai e começou a desabotoar a camisa de Dauphin com dedos trêmulos e ensanguentados. Sua conduta calma de repente adquiriu sinais grande agitação.

"Depressa!", exclamou ela. "Me ajuda!"

Luker estava relutante, mas o olhar de India o forçou a obedecer. Com as mãos direitas pousadas no cabo da faca, a enfiaram no peito de Dauphin. A lâmina atingiu o esterno e resvalou para o lado, dilacerando um longo pedaço de pele e o mamilo direito. Luker se afastou, mas India o mandou voltar; dessa vez, viraram a lâmina de lado e a pressionaram entre duas costelas para perfurar o coração parado de Dauphin

Savage. Sangue brotou ao longo da lâmina. India retirou a faca e pegou o cutelo com a mesma mão: "Agora", disse para Luker, "corra lá pra baixo, saia da casa. Não olha em nenhum quarto, só vaza... e me espera por três minutos".

"E se você não sair?"

"Aí vão embora!"

"Você ainda não terminou?!"

"Cai fora, Luker!"

Luker desceu a escada correndo, cortando a mão em uma farpa no corrimão. No patamar do segundo nível, duas portas abertas. Ele viu, rastejando em sua direção, no chão do quarto coberto de fragmentos de cerâmica vermelha quebrada um bebê abominável. Era grande e malformado, sem olhos ou nariz, mas com orelhas anormalmente grandes e dentes anormalmente pequenos e numerosos. As mãos e os pés eram carnudos e se pareciam com garras. Os anéis nos dedos estalavam no chão conforme ele se aproximava.

"Vai!", berrou India de cima e Luker correu.

ELEMENTAIS
MICHAEL MCDOWELL

33

India ouviu o progresso de Luker pela casa; ela foi até a janela e espiou lá fora, sentindo satisfação ao ver seu pai correr até Big Barbara e Leigh. Ela o ouviu contar a história dos infortúnios antes mesmo de alcançá-las, confirmando as mortes de Dauphin e Odessa.

Considerando que ela, na verdade, levara à boca e engolira os globos oculares que Odessa arrancara das próprias órbitas enquanto agonizava, India agora via o que a mulher pudera ver. A casa era mesmo habitada por espíritos, Elementais, como Luker os chamara, e esse nome era tão bom quanto qualquer outro. Mas dar um nome tão definitivo a um espírito, ou espíritos, de caráter tão distintamente *in*definido, era mais enganoso do que conveniente. E Odessa estava certa: os Elementais não eram aquilo revelado nas fotografias. Eles não assumiam a forma de sapo, do tamanho de um collie, não eram Marian Savage e seu papagaio Nails, não eram uma criatura emaciada de ossos e pele esticada que rasteja em volta de torres, os Elementais eram apenas *presenças*, amorfas e insubstanciais. Eram indefinidos quanto ao número, tamanho, poder, idade, personalidade e costume; tudo o que India sabia agora com certeza era de que partilhavam o ar dentro dos cômodos, que estavam na areia. Quando tempestades chegavam a Beldame e a chuva lavava o telhado da terceira casa, os Elementais eram varridos pelas telhas e escorriam pelas calhas apodrecidas. Quando o sol se derramava para os quartos através das janelas fechadas, os Elementais estavam em cada grau crescente do calor bruxuleante. Eram as trancas das portas, eram a podridão que destruía os tecidos e eram os detritos escurecidos que se acumulavam nas gavetas fechadas há três décadas.

O que matara Dauphin, o que lambera seu sangue empoçado, era algo formado pelo ar e pela areia, pela areia em particular. Os Elementais tinham pegado farrapos de tecido e pedaços de pele, costurado e enchido de areia. Foi uma boneca de pano animada que India destruíra com o cutelo e, então, ela vira as aparas e o tecido murcharem com putrefação salpicada.

O poder dos Elementais crescia e diminuía; India podia sentir isso na qualidade do ar se levasse a mão da lateral do corpo ao rosto. Podia medi-lo pela obscuridade ou pelo brilho da imagem refletida no espelho do quarto. Durante incontáveis minutos, após partir Marian Savage ao meio, Luker e ela ficaram em segurança. Toda a energia dos Elementais estivera focada na criação e na animação daquela efígie terrível e, momentos depois, os Elementais não tiveram força para feri-los.

Contudo, pouco antes de eles terem enfiado a faca no peito de Dauphin, India sentira os Elementais se erguendo no cômodo. Aos seus olhos, o ar pareceu de um amarelo espesso com suas respirações. Ver como Odessa era novidade, e ela ainda não conseguia interpretar os detalhes; mas percebeu que era imprescindível que Luker saísse.

No leste, o sol começava a assumir um tom cinza-rosado, embora o oeste ainda estivesse completamente sem luz. A lua afundava abaixo do horizonte. Os últimos raios lívidos amarelados foram lançados sobre o grupo reunido de enlutados, e India conseguia ouvir o choro de Big Barbara e as perguntas insistentes e descrentes de Leigh. Eles pareciam ter esquecido que ela ainda estava na casa. India olhou pela janela, sem se importar em pisar descalça nos restos da coisa que matara Dauphin, sem se importar com o cadáver de Dauphin na cama atrás dela. E enquanto observava sua família lá embaixo, pensou; e enquanto pensava, compreendeu outra coisa. Que aquelas efígies: aquelas coisas nas fotografias, Martha-Ann, Marian Savage e Nails, e as três mãos que despontaram da duna no quarto abaixo, eram os equivalentes tridimensionais de alucinações. Elas tinham forma e substância, mas não eram *reais*. Ainda assim, alguma coisa matara Odessa, e muito lentamente, já que que a mulher tivera tempo de arrancar os olhos; alguma coisa cortara a garganta de Dauphin; também se lembrava das unhas fincadas em seus tornozelos, que ainda sangravam. Talvez fossem alucinações tridimensionais, contudo não podiam ser eliminadas com piscadelas rápidas ou anátemas corajosos.

E algo a aguardava no andar de baixo.

"Não entre lá de novo", implorou Big Barbara.

Luker olhou-a com uma surpresa embasbacada: "A India ainda tá lá. E aquilo que matou Dauphin e Odessa tá lá dentro também".

Leigh começou a falar, mas soou ininteligível.

"Vocês vão indo pro jipe. Deixa o motor ligado. Vou pegar ela." Luker correu para a terceira casa, e Big Barbara e Leigh se moveram em estupor para os veículos estacionados na beirada do quintal.

Big Barbara e Leigh sentaram-se no jipe, olhando diretamente para a casa dos Savage, observando enquanto a cada momento ela desaparecia mais e mais sob o crescente cone de areia. Ao amanhecer, assumiu um tom rosado. Agora não era possível ver nada das janelas do segundo andar e toda a varanda estava coberta. A areia escorrera para a borda do quintal e sufocava a vegetação. Com movimentos mecânicos, Leigh deu a ré no jipe e comentou com a mãe: "A gente ia acabar engolidas pela areia, se não ficar esperta".

"Ah, o que a gente faz, Leigh? O que faz quando sair daqui?" Ela chorou baixinho. "O que a gente faz sem o Dauphin?"

"Mamãe, não sei." Ela se virou e lançou um olhar embotado para a fachada da terceira casa, as janelas vítreas com o reflexo do céu rosado no leste. "Você acha que a gente vai perder Luker e India também?"

"India!", gritou Luker da cozinha. "India! Vou queimar a porra dessa casa e você junto se não descer agora!"

Ele desatarraxou a tampa da lata de gasolina sobre a mesa da cozinha — sem se perguntar como ela tinha ido parar ali — e carregando-a como um bebê, espalhou o conteúdo pelo chão e ao longo dos topos das bancadas. Quando ficou vazia, lançou a lata com um movimento vingativo pela janela dos fundos, quebrando todas as seis vidraças na moldura de cima.

Apesar do influxo de ar fresco, os gases da gasolina no cômodo eram asfixiantes. Ele abriu a porta que dava para a sala de jantar e chamou de novo, histérico: "India! Você tá viva, porra?! Responde!".

"Luker!" Ele a ouviu gritar de cima, mas a voz estava distante. "Tô indo!"

Ela desceu correndo a escada do terceiro andar até o segundo; levava a faca na mão esquerda e o cutelo na direita. Olhou para o chão, temendo ser derrubada, e manteve as armas erguidas. Ela ainda não decidira se parava para lutar, e arriscava morrer de um modo tão terrível quanto Odessa e Dauphin, ou se simplesmente corria até Luker e fugia de Beldame. Ela sentiu o cheiro do vapor da gasolina e passou a ter esperanças de que o fogo fosse destruir a casa e os Elementais.

Apesar de não ter tido a intenção, parou um instante no patamar e olhou dentro dos dois quartos abertos. Não viu nada, e mais importante, não *sentiu* nada. Sussurrando o nome do pai como uma espécie de encantamento de proteção, desceu a escada para o primeiro andar.

A luz do alvorecer penetrava débil naquela parte da casa, e India ouviu a coisa antes de vê-la. Forçando a vista, ela divisou a forma da criatura na escada embaixo, conforme descia desajeitada de um degrau para o seguinte na direção da sala de estar — e do seu pai. India parou no topo da escadaria, assustada demais para seguir e corajosa demais para pedir a ajuda de Luker.

Ela jogou o cutelo contra a coisa, mas foi o lado sem corte que atingiu as costas da criatura. A arma ricocheteou e caiu por entre a balaustrada até o chão embaixo.

A criatura parou e voltou o rosto sem feições e inexpressivo para India. Virou primeiro uma orelha e depois a outra; e então começou a lutar para subir de novo.

India aguardou e manteve a faca a postos. Ela tremia e não respondeu ao pai quando voltou a chamar.

Luker apareceu de repente, escalando o montículo de areia entre as salas de estar e de jantar: "Que merda", praguejou, "India, por que você não desceu, eu tava prestes a...".

Ele avançara até o pé da escada com a lamparina e agora podia ver o que havia apenas três degraus abaixo da filha. India se ajoelhou, segurando na balaustrada para se equilibrar, e esperou que a abominação chegasse ao seu alcance.

A boca pequena se mexeu, e ela viu os dentes brancos e esmagadores dentro, pequenos e incontáveis. A coisa virou a cabeça de um lado para outro, para captar sua respiração primeiro com uma orelha e depois com a outra. Ela podia ver as suaves mossas onde deveria haver os olhos e até mesmo as faixas vestigiais de cílios enterradas na pele macilenta. Duas pequenas cicatrizes avermelhadas no lugar das narinas; embaixo do colar de pérolas havia escamas no pescoço grosso e espessos pelos vermelhos enchiam as orelhas. A coisa fedia.

Embaixo, Luker vira e recuperara o cutelo. Parou ao pé da escada e chamou a filha baixinho: "India! India!".

India recuou. Quando a coisa monstruosa se ergueu sobre o patamar e esticou a mão inchada de quatro dedos em sua direção, India recuou o pé descalço, ainda com o sangue de Dauphin, e chutou a coisa em cheio no peito exposto.

A coisa rolou pelos degraus, esguichando bile e areia. Ela se agitou às cegas, mas o braço ficou preso entre dois balaústres e seu progresso foi interrompido com um solavanco. Ela quase conseguira recuperar o equilíbrio quando, com a voz sufocada, Luker subiu correndo e abaixou o cutelo contra a lateral da cabeça. O colar da coisa estourou e as pequeninas pérolas perfeitas se espalharam.

Não areia, mas miolos e sangue explodiram do ferimento que Luker infligira. India desceu correndo e enfiou a faca fundo no peito. Sangue fino e malcheiroso esguichou ao longo da lâmina e encharcou suas mãos.

Luker agarrou o pulso de India e a puxou escada abaixo, mas ela resistiu. O bebê ainda se retorcia, espalhando areia e pérolas.

Ela soltou o cutelo, o levantou bem alto e o desceu no pescoço da criatura. Mas toda sua força não foi suficiente para decapitá-la. A cabeça quebrada apenas pendeu para o degrau seguinte, como se fosse uma dobradiça. O conteúdo da cabeça malformada que ainda não tinha sido expelido começou a escorrer pelos ferimentos e os órgãos internos irreconhecíveis e putrefatos forçaram caminho através do pescoço aberto.

India e o pai fugiram da terceira casa.

Luker ateou fogo à casa ao jogar a lamparina a querosene através da porta dos fundos, que India mantinha aberta. Ele levou a lata de gasolina vazia até a varanda e com ela quebrou todas as janelas do primeiro andar que estavam encobertas pela areia, para permitir que o ar circulasse. Quando correu até o jipe, onde India se enrolava no colo de Big Barbara, as chamas pulavam através das janelas quebradas da cozinha.

Leigh queria dirigir para longe, mas ele a advertiu a esperar: "Quero ter certeza de que o fogo pegou".

"Não", disse India, olhando para cima de repente. "Não podemos esperar. Temos que sair daqui!"

"India", disse Luker, "aquilo dentro da casa, a gente matou, a gente..."

"Não é só a terceira casa", interrompeu, "está no lugar todo, a gente..."

"Ah!", gritou Big Barbara e apontou para a terceira casa. Ali, na janela do quarto que ficava acima da sala de estar — chamas podiam ser vistas naquele lado da casa também — estava Lawton McCray. Ele tentava levantar a janela, mas ficou claro que estava emperrada no caixilho.

"Ah, Deus!", gritou Leigh. "Vocês tacaram fogo na casa e o *papai* tá lá dentro! Vocês nem disseram que o papai tava lá. Vocês..."

"Lawton!", berrou Big Barbara.

"Não é Lawton!", argumentou India. "Por isso que eu disse pra a gente sair daqui!"

"É o Lawton!", disse Big Barbara. "Lawton!", gritou e agitou os braços com movimentos desenfreados. "Luker, você tem que tirar ele de lá, você tem..."

"Barbara", disse Luker, "não é o Lawton. Se India diz que não é, não é. E mesmo que fosse", acrescentou de repente, afastando o olhar da figura frenética na janela da casa em chamas, "eu não ia poder fazer nada. Você..."

"Vamos embora!", gritou India.

"Por Deus, India!", exclamou Leigh. "Que tipo de pessoa você é! É o papai lá! Mesmo que você não goste dele, não dá pra ficar vendo ele pegar fogo! E o corpo de Dauphin tá lá dentro! Dauphin tá morto e Odessa deve tá morta e agora papai vai morrer e você quer que eu só vá embora!"

India assentiu: "Sim, é isso que eu quero. Só engate a marcha e vamos embora. Dauphin tá morto, Odessa tá morta e a gente vai morrer se não for embora deste lugar agora. Aquele não é o Lawton na janela, porque o Lawton já tá morto".

"Como você sabe, minha filha?", indagou Big Barbara.

"Você viu?", perguntou Luker.

India meneou a cabeça: "Na sala de jantar. Acho que foi o Lawton que trouxe a lata de gasolina. Ele tá morto, tem três pessoas mortas naquela casa e nenhum vivo. É por isso que vocês não podem olhar pra trás. Não olhem pra casa de novo, não tem como saber o que vocês vão ver parado nas janelas, não...".

"Vamos, Leigh!", berrou Luker e Leigh acelerou.

Ninguém disse nada conforme cruzavam a extensão de Beldame. Mantiveram os olhares resolutos à frente e ninguém voltou a olhar para as três casas.

Chegaram ao canal. Eles se prepararam e ficaram em silêncio enquanto o jipe mergulhava na água rasa. O sentimento geral era de que seriam impedidos e nunca teriam a chance de deixar Beldame.

O jipe galgou a areia do outro lado. Quando chegaram em Gasque, não podiam mais ver a fumaça cinza do incêndio que consumia a terceira casa.

EPÍLOGO

Em Gasque, eles trocaram o jipe pela Mercedes preta. Dirigiram até Gulf Shores, telefonaram para a polícia rodoviária e relataram que à noite uma das casas em Beldame tinha pegado fogo e que três pessoas tinham morrido: Lawton McCray, candidato ao Congresso dos Estados Unidos; Dauphin Savage, o terceiro homem mais rico de Mobile; e Odessa Red, a empregada do último.

Luker, Big Barbara, Leigh e India tinham optado pela história implausível de que os quatro tinham voltado a Mobile para comprar mantimentos e verificar reservas de companhias áreas e a correspondência. Quando voltaram cedo na sexta-feira, encontraram a terceira casa em chamas. Talvez, Luker se aventurou a sugerir, as três pessoas desafortunadas tinham entrado no lugar após ouvir algum barulho que sugerisse ladrões ou invasores, e um dos cigarros de Lawton tinha inflamado a madeira podre e seca ou as tapeçarias esfarrapadas e frágeis. Os três foram vencidos pela fumaça e ficaram presos.

A polícia rodoviária concordou que foi uma tragédia terrível e era provável que tivesse sido isso mesmo o que aconteceu. A terceira casa tinha queimado até a duna embaixo e restaram apenas algumas paredes e pedaços da mobília atrás da superfície vítrea daquele monte de areia fundida. Na subsequente investigação formal, três homens do corpo de bombeiros do condado de Baldwin pisotearam as ruínas encarvoadas da terceira casa durante um quarto de hora e mais tarde relataram por escrito que não encontraram nada que apontasse que o incêndio tivesse outra origem a não ser a acidental.

Esses três homens, na verdade, ficaram muito mais aturdidos pela estranha duna que parecia ter se erguido da laguna de St. Elmo, com o propósito de engolir a casa. Luker, Big Barbara, Leigh e India, que tinham seguido ao longo da Dixie Graves Parkway acompanhando a polícia, viram da estrada que o cone perfeito que encobrira a casa dos Savage exibia contornos suavizados. Agora, ao esticar a imaginação, alguém poderia julgar o evento como fenômeno natural, mesmo que improvável, do vento e do movimento da areia.

Em dois dias, três caixões foram entregues em Mobile, embora um homem da delegacia do condado de Mobile advertira Luker em particular que estavam vazios. Não fora encontrado o suficiente nos destroços da terceira casa para se colocar na ponta de um espeto. Essa informação foi relatada a Big Barbara, Leigh e India, que ficaram mais aliviadas do que tensas pela informação. Três serviços funerários foram realizados em Mobile no dia seguinte, em três igrejas diferentes. De manhã cedo, na igreja Zion Grace Baptist, Johnny Red se jogou choroso por cima da tampa do caixão de Odessa, e depois da missa implorou a Leigh que lhe emprestasse 100 dólares para sustentá-lo até encontrar um comprador para a casa de Odessa.

O funeral de Dauphin foi na igreja de São Judas Tadeu no começo da tarde, e ninguém, além dos quatro que sabiam como ele tinha morrido e a irmã Mary-Scot, compareceu. Leigh se aproximou da cunhada, sussurrou algo por alguns instantes, e então a irmã Mary-Scot guardou a faca de prata que deveria perfurar o peito de Dauphin. Ela fez o sinal da cruz repetidas vezes ao longo da missa. Um caixão vazio foi selado no nicho acima de Marian Savage. No dia anterior, quando estava preparando o mausoléu para o enterro, o coveiro descobrira que a placa em homenagem a Marian Savage caíra e se partira no chão de mármore. Um quadrado de madeira compensada protegeu Leigh de uma visão perturbadora do pé do caixão da sogra.

A missa para Lawton McCray foi realizada na igreja St. James Episcopal, na Government Boulevard, onde ele e Big Barbara tinham se casado e batizado seus filhos. Muita gente compareceu, e Big Barbara reservou um banco bem atrás da família apenas para Lula Pearl Thorndike, com vestido preto justo e noz-pecã banhada a ouro presa à gola.

Com as três cerimônias em três igrejas, e três enterros em três cemitérios diferentes na sequência, os quatro sobreviventes estavam exaustos ao anoitecer. Colocaram uma guirlanda preta na porta da Casa Pequena, apagaram todas as luzes para desencorajar àqueles que desejassem oferecer consolo — houvera o bastante nos últimos três dias — e sentaram-se muito quietos na varanda envidraçada. Concordaram que a hipocrisia do dia, mais do que qualquer outra coisa, fora muito irritante. Eles tinham lamentado diante de três caixões vazios: dois azuis e um prateado.

"Eu nem sei o que sinto", disse Leigh, e falou por todos. "Tudo o que aconteceu em Beldame foi terrível demais. Foi *errado* demais. E não tinha nada que a gente pudesse fazer. E aí a gente mentiu e mentiu e mentiu sobre o que aconteceu. É incrível que tenham engolido. Mas com toda essa mentira, nem tive tempo de pensar no sentido disso, quero dizer, Dauphin estar morto. Todas as vezes que escuto um barulho, olho pra cima e penso que o Dauphin vai passar pela porta. Ou acordo de manhã e penso, 'Ops! Está na hora de buscar Odessa!'. Ou toca o telefone e penso que é o papai, querendo que Dauphin faça algo pra ele. Vocês têm que me dar um mês, mais ou menos, um mês, esperando que todos eles entrem e digam, 'Oi, pessoal', antes que eu consiga me forçar a acreditar que eles morreram lá mesmo."

Na quarta-feira, doze de julho, Luker e India voaram de volta a Nova York. Luker passou três dias respondendo cartas e retornando ligações, depois India e ele foram até Woodstock e ficaram na casa de um amigo que preferia passar os verões em Fire Island. O lugar era frio, cercado por árvores e solitário, e Luker e India tentaram se recuperar. Nunca conversavam sobre Beldame.

Leigh e Big Barbara fizeram um passeio estendido pelos parques nacionais ocidentais, quatro dias em cada. Por volta de meados de novembro, voltaram juntas para a Casa Pequena, e Luker e India viajaram até lá para o Dia de Ação de Graças. Entre o Natal e o Ano-Novo, Leigh deu à luz gêmeos, que batizou como Dauphin e Darnley.

O testamento de Lawton foi legitimado naquele fevereiro, mas o de Dauphin só muitos meses depois, pois as posses dos Savage eram enormes, e o negócio todo foi complicado pelo fato de que quando Dauphin morreu, o patrimônio de sua mãe estava longe de estar resolvido. Mas assim que obteve controle total da propriedade, Leigh vendeu Beldame para a companhia petrolífera, que ficou feliz com a posse; isso aconteceu um ano depois de Lawton ter sugerido pela primeira vez a venda. Nesse ínterim, nenhum deles voltou a Beldame, e foi com receio que chegaram a atravessar o rio Tensaw e entraram no condado de Baldwin. Big Barbara transferira a concessão do negócio de fertilizantes para alguns parentes de Lawton, que a enganaram sem qualquer vergonha como resposta à maneira que Lawton os tratara em décadas passadas; Big Barbara considerou justo. Ela nunca ia a Belforest, porque a viagem e o nome a faziam lembrar demais de Beldame.

Foi no final do verão, seis semanas depois de a companhia petrolífera assinar a papelada da propriedade conhecida como Beldame, que o furacão Frederic atingiu a costa do Alabama. Noventa por cento das nogueiras no interior de Baldwin, muitas delas com mais de 75 anos, foram arrancadas. O que as correntes destruidoras não estraçalharam em

Gulf Shores, o vento e a chuva destruíram. As águas do golfo simplesmente se espalharam ao longo de toda a península, o que aplainou as dunas e soterrou Dixie Graves Parkway e empurrou Gasque para dentro da baía de Mobile. Nada restou para mostrar onde Beldame estivera, nem um pedaço de madeira, nem um bloco de fundação, nem um fiapo de tecido preso em uma rosa rugosa arrancada. A areia soprada do golfo encheu a laguna de St. Elmo e ela agora não era mais do que uma depressão úmida ao longo da costa. O canal que prendera Dauphin e Odessa em Beldame na noite anterior a suas mortes não era sequer uma vala agora.

A companhia petrolífera teve que contratar topógrafos para dizer onde ficava a propriedade que tinha comprado.

Luker e India fizeram apenas uma viagem ao Alabama no outono seguinte à destruição de Beldame. India, contudo, expressou aversão tão grande aos gêmeos, Dauphin e Darnley, que não pôde ser convencida a permanecer sob o mesmo teto que eles. Para Leigh, ela disse apenas: "Odeio crianças. Me fazem suar frio".

Mas para o pai, India confessou: "Lembra que eu vejo como Odessa via. E aqueles bebês não são McCray, são Savage".

POSFÁCIO

ELEMENTAIS:
O HORROR SEM REGRAS

> "Escrever é um jeito de pôr ordem na vida. [...]
> Mesmo o livro que não tem um
> final feliz, pelo menos, termina."
> MICHAEL MCDOWELL

A ideia é que este texto seja lido após você ter encerrado a leitura de *Elementais*. Se ler antes, você corre o risco de descobrir detalhes do enredo que têm muito mais graça no romance em si. Mas vou começar pela biografia do autor e avisar novamente quando for tratar de detalhes da trama ou comentar eixos narrativos. Talvez você já tenha ouvido falar de Michael McDowell, talvez já conheça a obra desse autor cercado por um culto de fãs, que, de forma contraintuitiva, só aumentou no tempo que sua obra ficou fora de catálogo nos Estados Unidos. *Elementais* é o primeiro livro do escritor a sair no Brasil. Depois de ler este excelente romance, você pode estar pensando: "Por que tão pouca gente conhece esse cara?".

UMA CURTA BIOGRAFIA

Michael McDowell nasceu em Enterprise, no Alabama (sim, o mesmo cenário de *Elementais*), em 1º de junho de 1950. Graduou-se em Harvard, e obteve doutorado em Brandeis em 1979, com tese intitulada *American Attitudes Toward Death, 1825-1865* (Atitudes Americanas Diante da Morte: 1825-1865). Publicou uma longa fileira de romances de terror com seu próprio nome e obras de diversos gêneros sob pseudônimo.

O título da tese de doutoramento já indica uma das obsessões de McDowell: a morte. Além de o horror ser um terreno bastante produtivo para essas raízes mórbidas se expandirem e crescerem, o autor colecionava fotos e objetos ligados ao luto e à morte. Quando McDowell morreu, mais de 76 caixas dessa coleção de quinquilharias mortuárias acumuladas por ele foram para a Northwestern University. A parafernália toda está disponível para visitação pública em Chicago.

Quem entregou os mais de 1.600 itens, incluindo um caixão infantil que era usado como mesinha de centro, foi Laurence Senelick, dramaturgo, editor, tradutor e companheiro de McDowell desde 1969, quando se conheceram no teste para o elenco de uma peça.

Michael trabalhava como professor de inglês, mas trocou a profissão por uma mais burocrática: "Entendi que dar aulas exigia o mesmo tipo de energia que a escrita, e que eu não poderia me dedicar às duas carreiras com o mesmo empenho. Trabalhar de secretário me pagava o suficiente e me permitia guardar a energia que eu precisava para escrever. Queria trabalhar minhas oito horas por dia e ir para casa escrever durante a noite".

A primeira obra publicada do autor foi *The Amulet*, lançado em 1979. O livro surgiu como roteiro de filme que McDowell transformou em prosa de ficção para treinar sua habilidade como romancista. Ele gostou do resultado, buscou publicar a obra e conseguiu. Um caminho foi iniciado.

Os anos seguintes veriam uma enxurrada de lançamentos do autor: *Cold Moon Over Babylon* e *Gilded Needles* (1980); *Elementais* (1981); *Katie* (1982); a série *Blackwater*, com seis livros lançados mensalmente (1983), *Toplin* (1985); a adaptação do filme *Clue* (1985, dir. Jonathan Lynn, chamado de *Os Sete Suspeitos*, no Brasil), por sua vez, baseado no jogo de mesmo nome (por aqui conhecido como *Detetive*) e *Jack and Susan in 1953*, o primeiro volume da série com os personagens do título (1985); *Jack and Susan in 1913* (1986) e *Jack and Susan in 1933* (1987). São quinze livros até aqui.

Além disso tudo, há também os romances em parceria. Com o *nom de plume* Axel Young, McDowell e Dennis Schuetz escreveram dois livros de investigação: *Blood Rubies* (1982) e *Wicked Stepmother* (1983). Com o mesmo parceiro, porém com outro pseudônimo, Nathan Aldyne, surgiu a série de detetives LGBTQIA+ com os personagens Valentine e Lovelace: *Vermillion* (1980); *Cobaly* (1982); *Slate* (1984) e *Canary* (1986). Não satisfeito com essas três identidades literárias, ainda há os nomes Preston Macadam que assinou três livros de 1985 de *Michael Sheriff, The Shield*; e Mike McCray, que escreveu treze livros da série de guerra *Black Beret*, entre 1984 e 1987. Aqui foram outros 22 livros do autor (não se perca nos cálculos, o total está em 37 romances, fora os contos).

Uma produção tão extensa e de tamanha qualidade chamou a atenção. Stephen King falou que Michael McDowell era "o melhor escritor de *paperbacks* nos EUA hoje". *Paperback*, ou brochura, é como se chamam aquelas edições em capa mole, papel mais barato, de preço mais baixo, que eram vendidas em farmácias, bancas, mercados etc. Era um mercado muito lucrativo na década de 1980 e, em meio ao grande volume da produção, surgiam alguns autores dignos de nota.

A espantosa quantidade de páginas que McDowell entregava não queria dizer que eram feitas de qualquer jeito. O próprio autor disse em entrevista que "querem dar a impressão de que não sou um escritor cuidadoso porque escrevo muito. Sou cuidadosíssimo e tenho enorme orgulho de tudo que fiz. Eu vejo como se fosse uma habilidade, habilidade que estou o tempo todo tentando aperfeiçoar".

O elogio do mestre do terror localiza o terreno literário do autor de *Elementais*: o da literatura de massa. Entretanto, o melindre que muita gente tem de ser enquadrada como autor de ficção barata, ou de gênero, ou menos literária, não atingia McDowell: "Sou um escritor comercial e gosto disso. Eu escrevo para estar na livraria no mês seguinte. Acho um erro escrever para a posteridade. Eu estaria totalmente à vontade se um editor me chamasse e pedisse 'Quero um romance sobre animadoras de torcida subaquáticas nazistas, com 309 páginas, 14 capítulos e um prólogo'".

De acordo com o autor canadense Michael Rowe: "Houve outros tempos assim, mas o desabrochar dos romances de horror entre o fim da década de 1970 e o final dos anos 1980 foi de uma riqueza imensurável. Foi uma época quando não era apenas possível, mas provável, comprar um livro como *Elementais* em toda sua glória gótica sulista pelo valor hoje inimaginável de 2,95 dólares. Talvez o motivo de eu nunca ter entendido o desdém pela ficção de horror — sequer me *conectei* a esse desprezo nem mesmo como um conceito — é minha sensibilidade ter sido nutrida por obras como essa. O fato de serem brochuras para as massas não importava, porque com obras como as de McDowell, que poderiam muito bem ter sido publicadas em capa dura pela Knopf [*uma grande editora dos EUA*] como um gótico sulista, o leitor estava nas mãos de um romancista talentoso. É claro, havia picaretas trabalhando com horror no começo dos anos 1980, como em qualquer época, mas para qualquer um com um pingo de discernimento, ali havia os Michael McDowells e os Charles L. Grants. Só o volume de obras produzidas na época, naquele formato, significava que também foi um momento em que o leitor de horror (ou um aspirante a escritor de horror) com bom gosto tinha um baú de tesouros para examinar".

Além de todo esses livros, McDowell também trabalhou como roteirista para o cinema e para a TV: escreveu um episódio para *Alfred Hitchcock Apresenta* e um para *Amazing Stories*, ambos em 1986; diversos episódios para a série cult de George Romero, *Tales From the Darkside* (entre 1984 e 1987), além do longa-metragem baseado na série; escreveu ainda para *Tales From the Crypt*, em 1989, além de outros programas de TV.

Suas obras mais populares, entretanto, seriam vistas em tela grande: *Os Fantasmas se Divertem* (dir. Tim Burton, 1988) e *O Estranho Mundo de Jack* (dir. Henry Selick, 1993, com Burton como corroteirista e produtor). Em 1996, ele também adaptou o romance de Stephen King *A Maldição* (que, veja você, foi escrito pelo rei do terror sob o pseudônimo Richard Bachman) para o cinema em filme lançado com o mesmo nome.

A entrada do autor na indústria do audiovisual parece uma trama da famosa série de Rod Serling, *Além da Imaginação*. A produção de *Tales From the Darkside* ligou para falar com McDowell e negociar os direitos de um de seus contos. Após um tanto de conversa, o autor de *Elementais* se dá conta que ligaram para o Michael errado; eles queriam adaptar um conto do autor de ficção científica Michael *P-Kube* McDowell. O pessoal do *Tales of Darkside* ficou sem graça e, pra disfarçar a cara de pastel, perguntou se o Michael ao telefone tinha algo pronto que pudessem usar no programa. Ele disse que "com certeza, mando em breve para vocês", desligou o telefone e no ato começou a produzir um dos onze roteiros que faria para a série.

Ele não perdia uma oportunidade de trabalhar com escrita e nunca viu qualquer barreira em produzir sua literatura a partir de demandas editoriais. Sempre teve uma relação com a escrita como trabalho, mas um trabalho criativo. Quaisquer imposições ou pedidos de editores e produtores eram apenas um outro caminho para contar uma boa história.

Você deve ter notado que toda essa pilha de livros e roteiros foi majoritariamente lançada entre 1979 e 1987; a frondosa produção de McDowell foi interrompida, de acordo com testemunho de Senelick, pelo vício em cocaína e álcool. Michael mergulhava no trabalho com afinco e, então, caía na farra para celebrar. Mas a coisa saiu do controle, de acordo com seu companheiro: "Só piorava e piorava e piorava. Eu dei um ultimato para ele: 'Você não volta mais para Medford, para casa, até se livrar do vício'. E McDowell teria conseguido: "Ele ficou sóbrio. Por conta própria".

Em 1994, McDowell recebeu um diagnóstico de soropositivo. De 1995 em diante, lecionou escrita de roteiro na Boston University e na Tufts, ambas em Massachusetts. Ele morreu em 27 de dezembro de 1999, em decorrência de doença relacionada a aids. Ele estava trabalhando na sequência de *Os Fantasmas se Divertem*, em uma adaptação cinematográfica de "O Quebra Nozes", de E.T.A. Hoffmann, além do romance *Candles Burning*, deixado inacabado pelo autor e finalizado por Tabitha King (pois é: McDowell não só foi elogiado pelo Stephen, ele era chegado dos King), e publicado postumamente.

McDowell é mais um artista e intelectual dos anos 1970-80 que teve sua trajetória encurtada pela aids e pelos problemas de vício em drogas. Em duas décadas de produção, entregou quase dois livros por ano (fora os roteiros de audiovisual). De toda essa extensa obra, reconhecida pela grande qualidade, alguns livros se destacam e um deles é o que você acabou de ler, *Elementais*.

[Atenção! Agora vou falar da trama, dos personagens, levantar hipóteses e por aí vai. Se ainda não leu o romance, pondere que algumas surpresas podem ser roubadas de você na leitura a seguir.]

ELEMENTAIS

"Minha filosofia, se é que se pode dizer que tenho uma, é que o universo é uma piada e a piada é sobre a gente. E me parece forçado um livro de horror ter final feliz, levando em conta todo mundo que morreu até chegar no final. Enquanto isso, na vida, as pessoas erradas morrem. Os bons morrem jovens, o que quer dizer que alguns amargam um final desolador. Sem falar que é dar uma pernada no leitor apresentar uns dez personagens que já nas primeiras trinta páginas dá para saber quem morre e quem sobrevive. Isso é picaretagem... bom, não é picaretagem, é tosquice!"

Esse texto acima foi pinçado de uma entrevista que McDowell deu para a *Fangoria n. 40*. Como tem uma boa chance de você ter chegado aqui logo após encerrar a leitura de *Elementais*, posso arriscar dizer que percebeu que o autor não entregou nenhum final feliz, que não teve piedade de personagens bondosos e que o bom caráter não foi recompensado.

Ao mesmo tempo que é um autor de índole comercial, McDowell não se dobra ao esquema industrial do *happy ending*. Seu material é para as massas, sem dúvida (quanto mais leitores, melhor!), mas não é um enlatado feito de qualquer jeito. Se negava o interesse na posteridade, McDowell nunca negou o interesse em uma produção literária da qual se orgulhasse.

Elementais, como você deve ter percebido, não é um livro sobre uma assombração e os personagens humanos são apenas o espaço físico das ações espectrais. Os personagens humanos não estão aqui para mostrar ao leitor como são aterrorizantes os elementais, de que maneira eles nos assustariam se estivéssemos diante de uma criatura que baba areia. Na verdade, estão também, mas McDowell vai além.

Porém, antes de tratar do miúdo, vamos dar uma olhada na estrutura do romance.

Se fizermos uma vista aérea das referências do livro, teremos a casa mal-assombrada (a terceira casa), o pássaro agourento ("As mães Savage devoram os filhos!"), o ritual bizarro no velório de Marian Savage, e os espectros de Beldame. Há ainda o elemento da foto vitoriana com os mortos, além da arquitetura das três casas remeter também ao mesmo período. Tudo isso somado dá entrada a certa atmosfera gótica.

Daqui, ao nos aproximarmos, espremendo os olhos por conta da luz solar intensa, refletida em toda aquela areia, há o calor sufocante do Alabama. A temperatura é dada já na abertura: um funeral com poucas pessoas, em que o caráter de cada um dos personagens logo é exposto, um calor de empapar as roupas e aquele ritual, ahn, digamos, excêntrico de esfaquear o cadáver no caixão. Já temos cenário, personagens, um disparador da trama e um elemento estranho que vai prender nosso interesse.

McDowell entrega um romance que por um lado evoca o gótico, mas por outro cega os personagens e leitores com um sol imperdoável. Em vez das sombras ao luar, banhos de sol; em vez de mortalhas lúgubres, toalhas de praia. E o que poderia ser um amenizador das tensões e do horror, pelo contrário, catapulta esses elementos para um lugar muito particular nas narrativas de tensão.

Comentei alguns parágrafos atrás que não se tratava de um livro que usa os personagens apenas para ilustrar as consequências das ações dos elementais. O autor pega uma família em luto e a faz confrontar a morte em aspecto ainda mais material. Não que essa família já não tivesse tensões e conflitos cotidianos o bastante. Segue comigo: a nem um pouco popular Marian Savage é mãe do bananão Dauphin Savage, do falecido Darnley Savage e da freira Mary-Scot Savage, além de amiga da falastrona Big Barbara McCray; a letárgica Leigh é filha da alcoólatra Big Barbara, e também é casada com o homem que sabe fazer dinheiro, Dauphin, e irmã do fotógrafo Luker McCray; o meio sem-noção Luker é separado e tem uma filha adolescente, a esperta e talentosa India McCray, e o pai dele, Lawton McCray, é um político picareta. Completa o elenco a discreta Odessa Red, serviçal dos Savage, negra e a única personagem que a princípio compreende o que está acontecendo na terceira casa em Beldame.

Essas relações familiares não são o pano de fundo de uma história de horror sobrenatural, mas são tão importantes quanto os elementos fora da ordem do cotidiano. McDowell costura em *Elementais* a trama da casa mal-assombrada com as relações tensas em uma família de classe alta norte-americana, mais especificamente do Sul do país. As marcas de preconceito e de relações servis estão bem definidas, por exemplo, na relação que Dauphin estabelece com Odessa: ela tem por ele o carinho, o cuidado que Marian nunca teve e de certa forma, ocupa o posto maternal, e Dauphin aceita esse amor; porém, a relação patrão/empregada não se desfaz.

Cada um desses personagens tem uma carga emocional a ser destrinchada e eles estão no meio disso quando surge o entendimento de que precisam sobreviver a um perigo até então inimaginável. De acordo com McDowell: "Já me perguntaram uma vez o que eu acho que a ficção de horror causa. Qual seria o propósito dela... respondi que quando escrevo horror, tento pegar o improvável, o inimaginável e o impossível e fazê-los não apenas possíveis, mas inevitáveis". E é isso mesmo que vemos em ação em *Elementais*. O confronto material com o luto se torna possível e inevitável. De forma geral, o romance transforma em aspectos concretos tudo que o enredo pretende abordar.

O calor do ambiente traz suor e leseira nas ações dos personagens, o descontentamento de Big Barbara aparece em um copo atrás do outro, as imagens dos elementais estão nas fotos de India, a ameaça da ex-mulher de Luker está na invasão em que ela morde cada uma das comidas da geladeira, os elementais são seres que mudam de forma, mas se concretizam como areia, a decadência da terceira casa é novamente a areia, o fim de tudo é a invasão das empresas petrolíferas em Beldame. Sem falar na força da natureza representada pelos furacões que destroem toda a região. Mesmo a perspectiva de mudança do entendimento do mundo paranormal de Odessa a India acontece naquela cena memorável (e uma das minhas favoritas do livro) quando a adolescente devora os olhos da velha serviçal morta.

O romance tem esse aspecto recorrente da manipulação de cadáveres: as facadas em Marion Savage; a foto reproduzida pelo desenho de India em sua "semipossessão", com as crianças mortas; os olhos de Odessa, os gritos da ave Nails "As mães Savage devoram os filhos". Poucas obras deixaram o luto como um elemento tão concreto quanto em *Elementais*.

Os seres que dominam a terceira casa são mutáveis, não se sabe seu número exato, sua forma, sua matéria. Nem sequer estão presos ao imóvel, eles podem ocupar as outras casas. Dessa forma, McDowell marca diferenças entre as casas mal--assombradas mais comuns e suas casas de veraneio habitadas por elementais.

Ao comentar seu romance, o autor menciona qual seria o norte da trama toda: elementais não seguem as regras que esperamos que sigam. Não agem da forma que esperamos que humanos ou fantasmas ajam: "Se você acha que é de um jeito, vai ser do outro. E é isso que os elementais são — o que considero um mal quintessencial. A base do livro é que tem algo lá fora que não segue nossas regras. Acho aterrorizante por ser a maior insegurança possível — se você se der conta que não somos apenas pequenos, mas também impotentes e insignificantes".

Neste gótico iluminado de McDowell, que culmina em um banho de sangue, as regras não são ignoradas somente pelos elementais e pelos personagens humanos. O próprio autor as subverte nas mortes de Dauphin e de Odessa, perdas sentidas pelos leitores.

E é de volta ao leitor que *Elementais* cresce. Pois o horror escancara quão perto estamos de tudo sair do eixo e desabar por completo. De como o impensável e o improvável podem, de repente, se tornar inevitáveis. Porque, se pensarmos bem, não há regras imutáveis em nossas vidas; as compreensões, os entendimentos mudam; nossas certezas escorrem como areia pelas mãos. E McDowell usa seus elementais para nos lembrar disso.

LIELSON ZENI
Editor da DarkSide® Books,
roteirista de quadrinhos e audiovisual
e pesquisador de quadrinhos

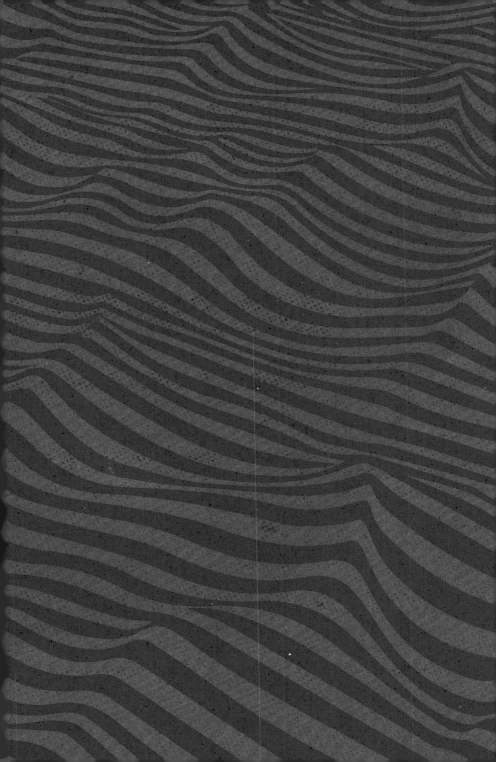

MICHAEL MCDOWELL nasceu em 1950 em Enterprise, Alabama, e frequentou escolas públicas no sul do Alabama até 1968. Ele se formou bacharel em Letras e depois fez mestrado em Letras, ambos os cursos em Harvard, e em 1978 recebeu seu Ph.D. em Letras e Literatura Americana pela Brandeis.

Seu sétimo romance escrito e primeiro a ser vendido, *The Amulet*, foi publicado em 1979 e seguiram-se a ele mais de outros trinta volumes de ficção publicados com o seu nome ou com os pseudônimos Nathan Aldyne, Axel Young, Mike McCray e Preston MacAdam. Destacam-se obras como o romance de horror gótico sulista *Elementais* (1981), a série *Blackwater* (1983), que foi publicada pela primeira vez em uma série de seis volumes em brochura, e a trilogia dos livros de "Jack & Susan".

Em 1985, McDowell escreveu roteiros para televisão, incluindo episódios para diversas séries de antologia como *Tales from the Darkside, Amazing Stories, Contos da Cripta* e *Alfred Hitchcock Apresenta*. Ele depois escreveu roteiros para Tim Burton, como *Os Fantasmas se Divertem* (1988) e *O Estranho Mundo de Jack* (1993), assim como o roteiro de *A Maldição* (1996). McDowell morreu em 1999 devido a uma doença decorrente da AIDS. Tabitha King, esposa do escritor Stephen King, completou um romance inacabado de McDowell, *Candles Burning*, publicado em 2006.

"O tempo voa. Nada pode superá-lo. A morte chega rápido, e antes mesmo que você se acostume com a vida, eis o fim. Amor é o que precisamos, ficarmos juntos, e bem próximos, sobretudo quando a escuridão chega, sem convite ou hora."
— TENNESSEE WILLIAMS —

HALLOWEEN 2021

DARKSIDEBOOKS.COM

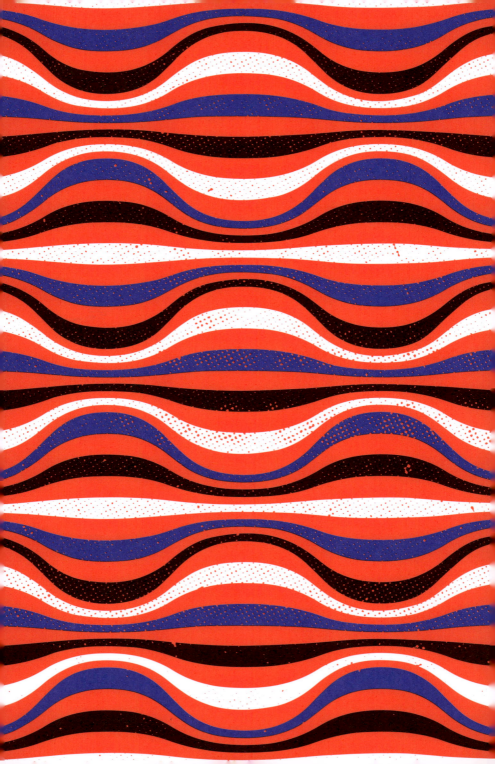